걸작의
탄생

제 5회 김만중문학상 금상 수상작

걸작의 탄생

조완선 장편소설

나무옆의자

"조선 천지간의 괴물!"

『조선왕조실록』 광해군 편에는 이처럼 섬뜩한 글이 기록되어 있다. 이 글의 주인공은 광해군 때의 혁명적 지식인이며, 『홍길동전』의 저자인 교산(蛟山) 허균(許筠)이다. 조선의 사대부와 유생들은 실제로 허균을 그렇게 불렀다.

허균은 당대 최고 명문가의 적자(嫡子)였다. 그의 아버지 허엽은 율곡 이이와 어깨를 나란히 한 대학자였다. 그의 누이인 허난설헌은 여류 천재 시인이며, 형인 허봉은 명나라에서 더 유명한 시인이자 문신이었다. 그런 명문가의 후손을 조선 천지간의 괴물이라고 부르다니, 뭔가 속 깊은 사연이 있지 않고서는 있을 수 없는 일이다.

허균은 괴팍하면서도 자유분방한 인물이다. 명문가 출신인데도 하는 짓거리가 사대부 같지 않았다. 절간을 제집처럼 드나들며 승려들과 어울렸고 서출과도 허물없이 트고 지냈다. 상중에도 며칠 밤을 쉬지 않고 기녀의 방에서 여흥을 즐겼다. 그런 까닭에 허균은 관직을 수행하는 도중에 사대부와 유생으로부터 수차례 탄핵을 받았다. 조선의 벼슬아치 중에 허균처럼 탄핵을 많이 받은 이는 없다.

1618년 8월 24일, 허균은 그의 파란만장한 일생에 마침표를 찍었다. 역모죄로 체포된 그는 몸이 여섯 조각으로 찢어지는 거열형을 당했는데, 이 또한 조선의 역사에서 보기 드문 참형(慘刑)이었다. 그 후 세월이 흐르고 왕이 바뀌어도 허균은 복권이 되지 않았다. 조선의 역사에서 역모죄든 패륜 범죄든 훗날 복권되지 않은 이는 허균이 유일하다.

내가 허균을 소재로 소설을 써야겠다고 마음먹은 것은 아주 오래전의 일이다. 시대를 앞서간 천재 지식인, 『홍길동전』의 저자, 당대 최고 가문의 적자, 미완의 혁명가……. 이런 매력적인 인물을 어떻게 가만 놔둘 수 있겠는가. 그런데 나는 허균에 관한 자료를 찾던 중에 아주 특별한 기록을 발견했다. 1618년 허균이 역모죄로 의금부에 갇혀 있을 때, 이이첨 등 집권 세력이 허균의 집을 낱낱이 수색했다는 기록이었다. 이들이 허균의 집에서 찾고자 했던 것은 다름 아닌 『홍길동전』의 원고였다.

그들은 왜 허균의 집에서 『홍길동전』을 찾으려고 했을까? 훗날 밝혀진 대로 『홍길동전』은 허균을 역모죄로 잡아넣을 수 있는 유력한 물증이었기 때문이다. 그러나 수일 동안 허균의 집을 수색했지만 『홍길동전』은 발견되지 않았다. 당시 허균은 이런 모함을 예감했는지 그가 소장한 서책과 집필한 글을 모두 조카사위의 집으로 보냈다.

허균을 역모죄로 몰 증거물로 삼으려 했던 『홍길동전』, 이 작품은 허균의 사상이 집약된 소설이다. 홍길동이라는 연산군 때의 실제 인물을 통해 신분 차별이 없는 세상, 사람답게 사는 세상, 이상적인 국가를 그렸다. 조선의 사대부들에게 『홍길동전』은 위험한 소설이었고, 눈엣가시 같은 소설이었다.

『걸작의 탄생』은 허균이 『홍길동전』을 쓰기 위해 어떤 과정을 거쳤을까 하는 단순한 생각에서 출발했다. 어느 누구나 『홍길동전』을 알고 있기에, 창작하는 과정이 녹록지 않았다. 무엇보다 나는 17세기 허균이 꿈꾸던 이상 국가를 그려보고 싶었다. 그런데 이 소설의 초고가 거의 끝나갈 무렵, 또 하나의 고전이 불쑥 고개를 내밀었다. 연암(燕巖) 박지원(朴趾源)의 「허생전」이었다.

나는 『홍길동전』만으로는 성이 차지 않았다. 기왕에 나선 걸음, 걸작 한 편을 더 추가하기로 했다. 그래서 주제넘게 연암의 「허생전」도 이 판에 끼워 넣었다.

연암은 허균과는 여러모로 달랐다. 어려서 부모를 일찍 여읜 그는 조부의 손에서 자랐다. 늘 빚에 쪼들렸으며, 벼슬도 외직만 맡아 떠돌아다녔다. 그러나 그는 백탑파의 정신적인 지주로 『열하일기』라는 당대 최고의 걸작을 남겼다. 박지원의 호인 연암은 금천의 한 지명인 제비바위[燕巖]골에서 따온 것이다. 연암은 이 외진 골짜기에서 그만의 이상향을 건설하려고 했다. 비록 그곳에 오래 머물지 못했지만, 새로운 세상을 꿈꾸던 연암의 이상은 19세기 조선 선비의 구심적 역할을 했다.

「허생전」은 연암의 사상과 이상 국가를 향한 열망이 잘 드러난 작품이다. 공교롭게도 이 소설의 배경이 되는 변산반도는 허균이 『홍길동전』을 쓸 당시 머문 우반골 정사암이 있던 곳이다. 또한 『홍길동전』이나 「허생전」에는 도적들의 얘기가 많이 나오는데, 이는 변산 도적과도 무관하지 않았다.

『조선왕조실록』에는 변산 도적에 대한 단편적인 얘기가 기록되어 있다. 1728년에 발생한 무신란(戊申亂, 이인좌의 난)에는 변산 도적 구천여 명이 민란 주도 세력으로 등장했다. 연암의 조부뻘 되는 박필현과 박필몽 역시 무신란에 주도적으로 참여한 인물이다. 그러나 두 명 모두 거사의 뜻을 이루지 못하고 처참한 최후를 맞이했다. 연암은 조부인 박필균으로부터 이런 집안의 얘기를 들으며 성장했다. 미루어 짐작하건대, 「허생전」의 모태는 무신란 때 새로운 세상을 염원했던 변산 도적들의 꿈과 열망은 아니었을까.

허균과 연암, 그리고 『홍길동전』과 「허생전」……. 나는 오랫동안 17세기와 18세기의 시공간을 넘나들며 두 대학자의 여정을 따라갔다. 물론 내게는 무리한 여정이었음을 이 자리를 빌려 밝힌다. 두 대학자의 꿈을 엮어내기에는 필력이 따라주지 못했음을 인정한다. 그걸 빼히 알면서도 글을 놓지 못했다. 이들의 꿈과 이상은 21세기에도 간절했기 때문이다.

2015년 벽두, 세월이 어수선하다.

아직도 저 먼 남쪽 바다 밑에는 꽃을 피우지 못한 청춘이 수장되어 있다. 지도자는 온데간데없고 4월의 잔인한 기억만이 남았다. 가진 자들의 탐욕은 끝이 보이지 않는다. 권력 주변에 기생하는 모리배들의 잔치는 그칠 줄 모른다. 어딜 가나 썩은 내가 진동해 숨을 쉴 수가 없다.

허균과 연암, 두 대학자는 지금 우리의 현실을 어떻게 보고 있을까? 사람답게 사는 세상, 이상 국가를 염원하던 그들의 꿈이 그 어느 때보다 절실한 겨울이다. 끝으로 허균이 「호민론」에서 강조한 직필(直筆)로 이 글을 마무리하고자 한다.

"천하에 두려워해야 할 것은 백성이다!"

서설(瑞雪)을 기다리며

조완선

:: 차례

작가의 말 | 4

열망 | 11

마흔넷, 꿈을 찾아서 | 57

새재에서 길을 묻다 | 132

그들이 꿈꾸는 나라 | 202

나비야, 꿈을 잡으러 가자 | 268

열 망

1

한바탕 소낙비라도 뿌리려나.

때 이른 제비 날갯짓이 물가 위로 낮게 차 올랐다. 남산골 기슭에서 기세 좋게 몰아치던 칼바람도 스르르 꼬리를 감추었다. 낮달이 사라진 북녘 하늘엔 거머번질한 먹구름이 꾸역꾸역 몰려오고 있었다.

연암(燕巖)은 붓을 내려놓았다.

글이 잘 써지지 않았다. 한나절 구들장을 뭉개고 앉아 있었지만, 앉은뱅이책상 위에는 하잘것없는 잡문만이 너저분히 깔려 있었다. 제아무리 용을 쓰고 고쳐 써도 성이 차지 않았다. 기껏 상투까지 쥐어짜 내놓은 글이 『소학』을 겨우 뗀 철부지들의 잡문에도 견줄 만 못했다.

글 쓰는 일에도 춘삼월에 잔설 녹듯 때가 있기 마련이었다. 영기(靈

氣)가 번뜩이는 날엔 붓끝이 덩실덩실 춤을 추며 하루에도 달포 분량을 거침없이 써 내려갔다. 잡귀가 해코지를 하는 날엔 사흘 밤을 꼬박 지새운들 한 줄도 쓰지 못했다. 행여 마음마저 동떨어질까 봐 단단히 붓을 쥐고 있어도 거친 손마디만 아려올 뿐 붓대가 춤출 기미는 전혀 보이지 않았다.

열하(熱河)에 다녀온 지 반년이 흘렀다. 때로는 십 년이 넘은 것 같고, 때로는 엊그제의 일처럼 이목이 생생했다. 보고 듣고 겪은 것들을 글로 옮기자니 오감은 물론 육감마저 동이 날 지경이었다.

별천지가 따로 없었다. 발길 닿는 곳마다 난생처음 마주하는 풍물이 궁색한 선비의 눈 끝을 유혹했다. 심양(瀋陽)의 가게와 골동가, 영평(永平)의 금옥 편액들, 연교보(烟橋堡)에서 바라본 십만여 척의 큰 배, 조양문(朝陽門)의 구름 같은 궁궐과 유리창(琉璃廠)에 전시된 진귀한 서책들…… 불혹을 훌쩍 넘긴 나이에 생경한 문물을 접하느라 날이 저무는 것도 모른 채 이리저리 싸돌아다녔다.

한양을 떠날 때 연암의 행장에는 붓 두 자루에 먹 하나, 공책 네 권에 이정표(里程表) 하나가 전부였다. 삼천칠백 리, 반년의 여행길을 마치고 돌아가는 봇짐에는 기껏 중국 선비들과 필담을 나눈 쪽지만 늘어났을 뿐이었다. 잠시나마 세속의 번뇌를 멀리하고 골계와 해학, 풍자를 가까이하니 그 멀고도 고된 길이 되레 유쾌한 여정이 되었다. 마부나 비장, 노비들과 웃고 떠드느라 날밤을 꼬박 새운 적이 한두 번이 아니었다.

'어디까지 썼더라……'

연암은 앉은뱅이책상 앞으로 돌아왔다.

一日妻甚饑 泣曰
하루는 그 처가 몹시 배가 고파서 울음 섞인 소리로 말했다.
子平生不赴擧 讀書何爲
당신은 평생 과거를 보지 않으니, 글을 읽어 무엇합니까?
許生笑曰 吾讀書未熟
허생이 웃으며 대답했다. 나는 아직 독서를 익숙히 하지 못하였소.

청 황제의 별궁을 떠나 옥갑(玉匣)에 이르러서 비장들에게 전해 들은 이야기는 아주 흥미로웠다. 비장들이 어찌나 입담이 드센지 두서없이 내뱉는 욕지거리도 두 귀에 쏙쏙 들어왔다. 허생이라는 가난뱅이 양반의 궁상은 그 밤 내내 이어졌다. 차라리 도적질이라도 하라는 허생 처의 일갈에는 코웃음이 절로 나왔다. 오죽했으면 그런 맹랑한 소리로 서방을 몰아붙였을까? 한량과 다름없는 선비의 신세가 애처로워 새벽녘까지 마음이 허허로웠다.

연암은 다시 붓을 들었다. 이참에 사대부들의 속내를 깊이 다뤄볼 생각이었다. 「양반전」에서 몰락하는 사대부들의 위선과 허세를 그렸다면, 이번에는 그와는 격이 다른 사대부들의 고충과 위세를 두루두루 엮어볼 작정이었다.

"나리, 안에 계십니까요?"

그때 싸리문 밖에서 낯익은 목소리가 들려왔다. 연암의 발그레한 얼굴에 화색이 돌고 흰 수염이 들썩거렸다. 도성 내 최상급이라 일컬어지는 책쾌, 조열의 목소리였다.

"어서 들어오게나."

연암은 앉은뱅이책상을 치우고 방문을 활짝 열었다. 그새 남산골을 떠받치고 있는 하늘을 온통 먹구름이 장악하고 있었다. 아직까지 삭신이 쑤시지 않은 게 용하고 신기했다. 잠시 후 구릿빛 얼굴의 조열이 입가에 허연 입주름을 매달고 문지방을 넘어섰다.

"그간 잘 지내셨습니까요?"

오랜만에 찾아오는 귀한 손님이었다. 도성 내에 조열만큼 서책에 밝은 인물이 없었다. 조열은 얼마 되지 않는 푼돈을 놓고 흥정을 벌이는 여느 책쾌와는 급이 달랐다. 책을 목숨처럼 아꼈고, 책이 필요한 곳이라면 당상관에게든 글 깨친 계집종에게든 가리지 않고 달려갔다. 사대부 못지않게 해박한 지식도 갖춰 말동무로도 손색이 없었다. 그동안 수많은 책쾌를 만나봤지만 조열처럼 책을 아끼는 이를 보지 못했다. 사실 연암이 청나라 문물에 눈을 뜨게 된 것도 조열이 가지고 온 책 덕분이었다. 물론 앞서 청나라를 다녀온 담헌(湛軒, 홍대용)과 형암(炯庵, 이덕무)의 간곡한 권유도 빼놓을 수 없었다.

"한데 이 누추한 곳엔 어인 일인가?"

빤한 질문이었다. 책쾌가 학식 깊은 선비의 집을 찾아오는 데 무슨 곡절이 있을까. 붉은 홍시처럼 달아오른 조열의 얼굴을 보아하니 이번에도 귀한 서책을 가지고 온 게 틀림없었다. 지난겨울 함박눈을 머리에 이고 찾아왔을 때는 서광계가 번역한 『기하원본(幾何原本)』을 가지고 와서 연암을 깜짝 놀라게 했다.

"아주 진귀한 서책이 있습니다요."

조열은 경계심이 가득한 눈빛으로 주위를 휘휘 둘러보았다.

"허허, 무슨 서책이기에 그리 사위를 살피는가?"

"놀라지 마십시오."

조열은 두 눈을 가늘게 뜨고 연암 앞으로 바짝 다가갔다.

"교산(蛟山)의 서책입니다요."

"교산이라니, 허균(許筠)을 이르는 건가?"

"그렇습니다요."

연암은 자세를 고쳐 앉았다. 허균의 서책이라면 조열의 말대로 진귀한 책임이 틀림없었다.

교산 허균은 역모죄로 거열형(車裂形)을 당한 지 백육십여 년이 흘렀어도 복권이 되지 않은 유일무이한 인물이었다. 조정에서는 그를 조선 천지간의 괴물이라 불렀고, 글깨나 읽은 선비들은 반역의 음모자로 낙인찍힌 그를 입에 올리기조차 꺼렸다. 허균이 쓴 책은 모두 금서로 지정되어 유통되는 책도 없었다. 간간이 상급 책쾌들의 은밀한 손을 거쳐 문장의 깊이를 따지는 선비들의 부름을 받는 정도였다.

"어떤 책인지 풀어보게나."

연암은 어서 그 책을 꺼내보라는 듯 커다란 손바닥으로 구들장을 쓱쓱 문질렀다.

"아직 때가 이르니 조금 참고 기다리셔야 합니다요. 지금 소인이 그 책을 가지고 있지 않습니다요."

"그럼 그 책이 어디에 있다는 소린가?"

"전라도 부안입니다."

연암의 얼굴이 살짝 일그러졌다.

"문경의 한 책쾌 놈이 교산의 서책을 뒤춤에 꿍치고서 흥정을 벌이고 있지 않겠습니까요. 소인이 곧 그놈을 구워삶아 냉큼 책을 가지고 올 테니 시간을 주십시오."

"허허."

애간장 타는 소리였다. 연암은 실망한 기색을 감추지 않았다. 귀로 듣는 서책과 눈으로 보는 서책은 엄연히 달랐다. 제아무리 귀한 책이라 해도 골백번 귀로 듣느니 한 번 손으로 쓰다듬는 것만 못했다.

"전라도 부안이라면 교산이 귀양살이를 마치고 머물던 곳이 아닙니까요?"

연암은 고개를 끄떡였다. 허균은 1610년 과거시험에서 부정을 저질렀다는 이유로 대독관(對讀官)에서 파직당했다. 그 후 의금부에 갇혀 있다가 전라도 함열로 귀양을 떠나 그곳에서 꼬박 한 해를 보냈다. 일 년 남짓 귀양살이를 마친 허균은 1611년 겨울 다시 부안 정사암에 둥지를 틀었다.

"한데 이 서책에 입맛을 확 돋우는 게 있습니다요."

조열은 연암을 힐끔 쳐다보며 입술을 도톰하게 모았다.

"그게 뭔가?"

"바로 홍길동입니다요, 히힛."

순간 연암의 크고 하얀 귀가 붉게 변하고 귀밑까지 뻗친 광대뼈가

꿈틀거렸다. 홍길동은 허균의 소설 속에 등장하는 연산군 때의 대도
적이 아닌가.

연암은 구부러진 허리를 장죽처럼 빳빳하게 세웠다.

2

"교산 선생님……."

문틈 사이로 소슬바람이 귓불을 간질이고 달아났다.

"……."

허균은 비스듬히 누운 채로 눈꺼풀을 반쯤 밀어 올렸다. 혼백이 잠
시 마실 나간 사이 살가운 소리가 등줄기를 타고 슬금슬금 기어 올라
왔다.

소쩍새가 벗이라도 삼으려고 부르는 소리일까, 아니면 연화세계에
머물고 있는 노승의 목탁 소리인가. 꿈인지 생시인지 비몽사몽인 터
라 도무지 소리의 근간을 가늠할 수 없었다. 허균은 천근만근 짓누르
는 단잠의 유혹을 뿌리치지 못하고 다시 눈을 감았다.

"안에 아무도 안 계십니까?"

이번엔 굵고 걸쭉한 소리가 먹먹한 고막을 비집고 들어왔다. 그것
은 소쩍새 소리도, 노승의 목탁 소리도 아니었다.

그제야 허균은 목침을 밀어내고 자리에서 부스스 일어났다. 망건을
고쳐 쓰고 툇마루를 내려와 암자 문 앞으로 터벅터벅 걸어갔다. 무릎

이 팍팍해서 잠시 발 뻗고 눕는다는 것이 그만 깜박 잠이 들고 말았다.

바깥문 밖에는 육 척이 넘는 거구의 몸이 정승처럼 우뚝 서 있었다. 허균의 제자인 택당(澤堂) 이식(李埴)이었다. 아침나절에 까치 두 마리가 뜰 앞에 내려앉아 요란하게 짖어대더니 기어이 반가운 손님을 불러들였다.

"우반골 정사암에 오색구름을 갖고 노니는 신선이 있다기에 이 두 눈으로 확인하러 왔습니다. 하하. 과연 도연명이나 이태백, 소동파를 벗으로 삼을 만합니다."

이식은 툇마루에 걸터앉으며 암자 주위를 휘휘 둘러보았다. 우거진 덤불 속으로 시냇물 소리가 끊이지 않았다. 암자 좌우에 가파른 봉우리가 학의 날개처럼 높이 치솟아 있고, 온갖 나무와 꽃들의 향취가 암자를 그윽하게 감싸고 있었다. 암자 너머 선계폭포에서는 굵은 물줄기가 쉼 없이 쏟아지고 있었다.

"신선이 어디 따로 있는 건가? 수심의 그늘 없이 자연과 벗 삼고 술 대신 가랑비에 조홍하면 그게 신선놀음이 아니고 뭐겠나, 허허."

"아무리 여흥에 시간 가는 줄 몰라도 유배지에서 나온 지 얼마 되지 않으니 몸을 잘 돌봐야 할 겁니다. 행여 속병이라도 앓으면 어찌하겠습니까?"

"염려 말게나. 반은 신선이 나 되었거늘 무슨 부귀영화를 누릴 게 있다고 속병을 앓겠나. 그런데 어쩐 일로 예까지 찾아왔는가?"

부안에 내려온 후 이식과는 몇 차례 서신을 주고받았지만, 그가 부안에 몸소 내려온 것은 처음이었다.

"선생님께 보여드릴 게 있어서 내처 달려왔습니다."

이식은 품 안에서 꼬깃꼬깃 접힌 문서를 꺼내 허균 앞에 펼쳐 보였다. 문서 첫머리의 낯익은 이름 석 자가 눈길을 확 사로잡았다.

경신년(1500년) 10월 22일, 충청도의 도적 괴수인 홍길동을 문경 조령(鳥嶺)에서 체포하여, 관아에서 참수하였음을 알려드리옵니다. 당초 대간(臺諫)의 분부대로 한양으로 압송하여 의금부에 투옥하고 국문하는 것이 지당한 처사이오나, 홍길동 잔존 무리들의 극악한 저항으로 인해 부득불 문초 없이 이 괴수를 참수하게 됐음을 고합니다.

　　　　　　　　　　　　　　　- 경상우도 병마절도사 장노균(張魯均)

허균의 손끝이 부르르 떨렸다. 경신년이면 백 년이 훨씬 넘었는데, 어찌 이런 기막힌 공문이 이제야 나타났단 말인가! 당시 홍길동은 충청도와 전라도, 경상도 일대에서 도적질을 일삼아 조정의 큰 골칫거리였다. 예나 지금이나 홍길동은 유령처럼 떠돌아다닌 도적 괴수에 지나지 않았지만, 그의 호방하고 변화무쌍한 무용담은 후대 호사가들의 세 치 혀를 통해 조선 팔도에 널리 퍼져 있었다.

"이 공문은 사간원 서고에 오래도록 방치되어 있었던 것 같습니다. 사간원 사서가 이 공문을 발견했을 때만 해도 그 진위를 식별하기가 쉽지 않습니다."

"이 공문을 알고 있는 자가 또 있는가?"

"사서가 직접 제게 가져온 것이니 달리 아는 이가 없을 겁니다. 설령 이 공문이 세상에 알려진다고 한들 백 년 전 도적 괴수의 참수형에 어느 누가 관심을 가지겠습니까?"

공문을 바라보는 허균의 얼굴이 서서히 일그러졌다. 목구멍이 조여들고 가슴이 미어져 숨을 쉴 수가 없었다. 홍길동은 결코 한물간 도적 우두머리가 아니었다. 아주 오래전부터 허균의 가슴에 각인되어 있는 풍운의 화신이었다.

"제가 비통한 소식을 가져온 게로군요."

이식은 허균의 굳은 얼굴을 측은한 눈빛으로 바라보았다.

"아닐세. 천수(天壽)를 누린다는 게 어디 하늘의 도움 없이 가능한 일인가. 벼락을 맞고도 사는 자가 있는가 하면, 약초 맛보려다가 독기에 급살 맞는 자도 있지 않나. 언젠가는 밝혀질 일이었네."

말은 그리 대수롭지 않게 털어내고 있지만, 이미 끝이 뾰족한 대못 하나가 등골 깊숙한 곳까지 들어서고 있었다.

"글은 뜻한 대로 잘 써지십니까?"

이식은 허균의 눈치를 살피며 화제를 돌렸다.

"귀양살이가 매섭고 고약했는지 심지대로 잘 따라주지 않는군."

허균은 귀양살이를 끝내자마자 정사암을 다시 찾았다. 가까운 벗에게는 그동안 쓴 시와 문장을 정리하기 위해서라고 말했지만, 깊은 속내는 따로 있었다. 궁궐 안에서 당파를 손아귀에 쥐고 제 입맛대로 국사를 흔드는 간신 무리들 때문이었다.

이식은 툇마루에서 일어나 허균이 기거하는 방 안을 둘러보았다.

반쯤 열린 문 옆으로 수북이 쌓여 있는 고서, 낡은 책상 귀퉁이에 위태롭게 자리 잡은 벼루와 먹, 여기저기 코를 처박고 누워 있는 파지(破紙)……. 세 칸 방 암자에는 역작(力作)을 토해내려는 대문장가의 고뇌가 고스란히 드러나 있었다. 낡은 책상 위에 놓인 두루마리 종이에는 다음과 같은 글이 적혀 있었다.

천하에 두려워해야 할 것은 백성이다. 백성은 호랑이나 표범, 물난리나 큰 화재보다 더 무섭다. 그런데 권력을 가진 자들은 백성들을 모질게 부리기만 할 뿐 백성들을 두려워하지 않는다. 정말 백성이 무서운 존재가 되는 때는 호민(豪民)이 나타날 때이다. 호민은 호걸의 탄생을 의미한다. 영웅이 탄생하면 백성들을 괴롭힌 권력자는 내쫓김을 당한다.

"여기 권력을 가진 자라 함은 군주를 칭하는 것입니까?"

"군주가 아니라 하늘이 점지한 천하의 황제라 할지라도 어찌 백성을 두려워하지 않을 수 있단 말인가."

"관직을 떠나더니 붓끝이 더 매서워졌습니다. 이 어찌 신선에게서 나올 소리란 말입니까?"

"허허, 아직 완전한 신선이 되기에는 도량이 부족한 모양일세. 그래서 이를 두고 반신선이라고 하지 않는가."

이 글은 「호민론(豪民論)」의 일부로 허균은 조선 백성을 세 부류로 나누었다. 그 첫째는 항민(恒民)으로, 순순히 법을 받들고 윗사람에게

철저히 복종하는 백성이다. 원민(怨民)은 윗사람에게 모질게 착취당하는 현실을 원망하는 백성이다. 호민은 자신의 모습을 푸줏간에 감추고 남모르게 딴마음을 품고서 천지간의 기회가 오면 자신의 의지를 관철하려는 백성이다. 허균은 이런 호민의 원형을 홍길동과 그의 무리에게서 찾고자 했다.

3

"자네도 교산의 서책을 두 눈으로 봤는가?"

연암은 쌍꺼풀 진 두 눈에 힘을 주고 목소리를 낮게 깔았다. 책쾌에게도 학문에 통달한 선비가 정해준 급이 있었다. 그냥 책을 사고파는 데 그치는 이들은 하급 책쾌에 지나지 않았다. 책에 관한 일련의 정보와 지식을 고루 섭렵해야 상급 책쾌로 인정했다.

"아직 보지는 못하였으나 그 서책에 홍길동이 나오는 것만은 확실합니다요. 그러니까 이 책은 교산이 홍길동의 흔적을 쫓아 쓴 기행문 같다고 했습니다요."

"기행문이라……."

연암은 입맛을 쩍쩍 다셨다. 그리 백 번을 떠들어도 소용없는 일이었다. 직접 눈으로 보지 못하면 제아무리 최상급 책쾌의 말이라고 해도 건성으로 들을 수밖에 없었다. 손아귀에 들어오지 않은 책은 바람과 다름없었다. 바람은 눈으로 보려고 해도 볼 수 없고 손으로 잡으려

해도 잠을 수 없었다. 텅 빈 허공에 만물을 띄워서 결 따라 움직이게 하는 것이 바람이었다.

"소인의 말을 못 믿겠습니까요? 후후, 그러실 줄 알고 이 문서를 가져왔습니다요."

조열은 연암의 속내를 읽은 듯 품 안에서 낱장의 종이를 꺼냈다.

"이것이 그 서책의 서문인 듯합니다요."

택당이 정사암에 다녀간 후로 잠을 이룰 수 없고 글도 쓸 수가 없다. 책상 위에 쌓인 시고(詩稿)는 닷새가 지나도 그대로이고, 사우재(四友齋)의 도연명이나 소동파, 이태백도 한심한 나를 벗으로 삼으려 하지 않는다. 낚시라도 하면 나아질까 하여 강가에 나가 보고 가까운 사찰에 들러 부처를 가까이 두어도 도무지 평정을 찾을 수가 없다. 이는 아직 승천하지 못한 홍길동의 혼백이 내게 넋이라도 달래달라는 호곡(號哭)의 애원이 아니고 무엇이겠는가. 일찍이 손곡 선생은 도적에도 격(格)이 있다 하여 홍길동을 추앙하였다. 내가 공주 목사로 부임해서 홍길동의 신출귀몰한 행적을 똑똑히 전해 들은바, 저잣거리에 떠도는 풍문이 허튼소리가 아님을 알게 되어 내 마음의 화신으로 삼았다. 하여 다망한 세월 속에서 차일피일 미루던 기행을 이제 비로소 시작하려 하니 이는 홍길동의 자취를 더듬어보는 것은 물론이요, 아직도 한 점 의혹으로 남아 있는 생사의 곡절을 확인하려는 까닭이다.

택당, 정사암, 사우재, 손곡 선생 그리고 홍길동…… 낯익은 이름들이 가시처럼 튀어나와 두 눈을 콕콕 찔렀다. 이 글만 헤아려도 허균의 서책이 분명했다. 택당은 허균의 제자요, 손곡 선생은 허균의 스승이었다. 사우재는 허균이 정사암을 고쳐 짓고 붙인 이름이었다.

"이 글은 문경의 책쾌 놈이 서문만 필사하여 보내온 겁니다요. 교산의 서책은 함부로 다뤄서는 안 되는 금서가 아닙니까요. 자칫 이를 유통시키다가 큰 화를 입을지 모르니 부디 몸조심을 하라는 까닭이지요."

일리 있는 소리였다. 허균의 서책을 소지하고 있는 것만으로도 옥방 신세를 면하기 어려웠다.

"이 책의 출처가 어디인지 그것만이라도 속 시원히 말해주게나."

"문경의 천 년 넘은 사찰에서 이 책을 발견했다고 합니다요."

"사찰? 대체 그 사찰이 어디란 말인가?"

"그건 소인도 잘 모르겠습니다요. 이번에 그 책쾌 놈을 만나면 반드시 이 책의 출처를 알아내겠습니다요."

연암은 입을 꾹 다물었다. 더 떠들어봤자 숯덩이처럼 까맣게 속만 타들어갈 뿐이었다.

"한데 『홍길동전』은 정작 교산의 작품이옵니까요?"

한때 『홍길동전』의 저자를 두고 여러 잡설이 떠돌아다녔다. 방정맞은 호사가들은 『홍길동전』이 민초들의 입에서 입으로 전해져 내려온 구전이라며 양반 사대부의 작품이 아니라고 선을 그었다. 그러나 『홍길동전』의 저자가 허균이라는 점은 『택당별집(澤堂別集)』에 오롯이 자리 잡고 있었다. 『택당별집』의 저자인 이식은 허균과 열다섯 살밖에 차이가 나지 않는 동시대의 인물이었다.

세상에 전하기를, 『수호전』을 지은 사람은 삼대가 귀머거리, 벙어리가 되고 도둑들이 그 책을 높였다고 한다. 허균과 박엽 등은 그 책을 좋아하여 도둑 장수의 별명을 각각 차지해 호를 삼고 서로 어울렸다. 허균 또한 『홍길동전』을 지어 『수호전』에 비겼다.

이식은 성균관 유생 시절 허균의 제자였다. 그는 대제학과 예조판서를 지냈으며, 한문 사대가(四大家)의 한 사람으로 꼽힐 정도로 학문에 뛰어났다. 무엇보다 이식은 허균이 부안 정사암에 머무를 때, 그를 스승으로서 예우하고 보필해준 인물이었다.

"그럼 언제쯤 교산의 서책을 볼 수 있겠는가?"

"어림잡아 보름만 참고 기다리십시오. 소인이 날이 밝으면 후딱 부안으로 내려가 이 책을 가져오겠습니다요. 제깟 책이 발 달린 것도 아닌데 어디 가겠습니까요?"

그새 빗줄기가 더욱 굵어져 빗물이 섬돌 아래까지 스며들었다. 조열은 볏짚으로 만든 도롱이를 어깨에 걸치고는 총총걸음으로 사라졌다.

연암은 조열이 야속하고 원망스러웠다. 차라리 보름 지나 허균의 책을 꿰차고 오면 될 일이 아닌가. 그런데 빈 수레만 세 치 혀에 담고 와서는 애먼 가슴에 불만 지피고 사라졌다. 조열이 코앞에 있을 때는 잘 몰랐는데, 그가 사라지고 나니 가슴속의 불씨가 불기둥으로 둔갑해 있었다.

'교산의 책이 기행문이라고 했던가.'

연암은 조열이 남기고 간 문서를 집어 들었다. 비록 낱장에 불과하나 이 글 속에는 홍길동에 대한 허균의 집착이 생생하게 담겨 있었다.

허균은 괴팍하면서도 자유분방한 인물이었다. 조선의 뼈대 있는 명문가 출신인데도 하는 짓거리가 사대부 같지 않았다. 깊은 산속의 절간을 제집처럼 드나들며 중들과 잘 어울렸고 서출과도 허물없이 트고 지냈다. 그런 까닭에 지방 관리로 있을 때마다 사대부와 유생으로부터 수차례 탄핵을 받았다. 조선의 학자나 벼슬아치치고 허균처럼 탄핵을 많이 받은 이가 또 있을까.

연암은 지그시 눈을 감았다. 저 멀리서 허균의 환영이 빗속을 뚫고 뚜벅뚜벅 걸어오고 있었다.

4

아쉽고 짧은 만남이었다.

오랜 벗과 다름없는 제자가 왔는데 술상은 고사하고 차 한 잔 내오지 못했다. 이식은 날이 저물 무렵 그의 처가인 전라도 임실에 급한 볼일이 있다면서 서둘러 정사암을 떠났다. 툇마루 위에는 홍길동을 참수형에 처한 공문이 빳빳하게 고개를 치켜들고 비통한 가슴을 갈기갈기 찢고 있었다.

'사람 팔자라는 게 어찌 천명을 거스를 수 있단 말인가······.'

허균이 홍길동의 행적에 관심을 갖게 된 것은 1607년 12월, 공주 목사에 부임해 고을 수령의 직분을 수행하고 있을 때였다. 충청도 공주는 홍길동이 수천의 도적을 이끌던 곳으로, 지금도 공주 무성산에는 그의 자취가 고스란히 남아 있었다. 백여 년이라는 세월이 흘렀어도 홍길동의 신출귀몰한 재주는 여전히 삼척동자의 입에 오르내렸다. 그러나 저잣거리에 떠도는 수많은 풍문 중에 홍길동의 마지막 행적에 대해서는 여전히 오리무중이었다. 홍길동이 관군에게 체포된 것인지, 천수를 누리다가 염라의 부름을 받아 저세상에 간 것인지 도통 알길이 없었다. 고을 수령의 직분을 제쳐두고 사방팔방으로 수소문하고 돌아다녀도 홍길동의 최후에 대해 아는 이는 단 한 사람도 없었다. 그러나 이식이 가져온 이 야박한 공문으로 홍길동의 마지막 행적은 여실히 드러나고야 말았다.

허균은 툇마루로 슬금슬금 기어 나와 공문의 머리채를 낚아챘다. 사실이 이러하다면 차라리 사간원 서고를 제 무덤이라 여기고 그 자리에 대대손손 처박혀 있는 게 더 나을 성싶었다.

'이건 또 무슨 곡절일까?'

두 눈 부릅뜨고 공문을 뜯어보니 여기저기 납득할 수 없는 점이 눈에 밟혔다. 홍길동을 산 채로 체포하였다면 곧바로 한양으로 압송하는 것이 병마절도사로서의 당연한 책무였다. 의금부에서 그 죄를 추문하여 능지처참한 후, 조선 팔도에 시체 조각을 보내고 머리는 저잣거리에 효시하는 게 통상적인 관례였다. 한데 홍길동을 의금부로 압송하지 않고 병마절도사가 자의적으로 참수하였다니. 공문에는 홍길동 잔존 무리가 구출할 것을 염려하였다고 하나 이 또한 궁박한 궤변에 지나지 않았다. 설령 문경에서 참수했다고 해도 사간원에 보내는 서신과 홍길동의 사체 일부를 함께 송달하는 게 옳은 처사였다.

행여 무슨 피치 못할 사유가 있었던 것은 아닐까. 눈에 거슬리는 점이 한둘이 아니어서 공문의 진위가 의심스러웠다.

형장에는 가랑비가 추적추적 내리고 있었다.

홍길동은 형장에 도착할 때부터 사지가 핏빛으로 물들어 있었다. 때마침 비가 내려 붉은 핏덩이를 바닥으로 쓸어내렸다. 형틀에 묶인 그의 육신은 꼼짝하지 못했으나 눈빛만은 들불처럼 맹렬히 타오르고 있었다. 간단한 결안(結案) 절차가 끝나자 홍길동의 목이 커다란 통나무 참수대에 얹혀졌다.

"쓰윽쓰윽."

칼 가는 소리가 빗소리에 섞여 스산하게 들려왔다. 회자수(劊子手)가 들고 있는 언월도에는 빗물이 뚝뚝 떨어지고 홍길동의 목에는 푸른 핏줄이 팽팽하게 돋아 있었다.

백여 명에 이르는 고을 사람들이 홍길동의 마지막 가는 길을 배웅하러 나왔다. 비렁뱅이, 꼽추, 애꾸눈, 한쪽 팔이 잘려 나간 외팔이도 그의 최후를 숙연하게 지켜보고 있었다. 이윽고 회자수가 언월도를 번쩍 치켜들었다. 붉은 피가 사방으로 튀면서 홍길동의 목이 단칼에 베어졌다. 눈 깜짝할 사이였다.

"으으······."

허균은 번쩍 눈을 떴다. 어디로 사라진 것일까. 형장 바닥에 호박 덩이처럼 뒹굴던 홍길동의 목이 보이지 않았다. 참수대 통나무를 흥건히 적시던 붉은 핏물도, 애꾸눈 아래로 주르르 흐르던 피눈물도 보이지 않았다. 꿈이었다. 그새 등줄기에는 식은땀이 흠뻑 배어나왔다.

'그럴 리가 없어······.'

허균은 고개를 절레절레 내저었다. 만약 홍길동이 참수되었다면 이 광경을 목격한 이는 한둘이 아닐 것이다. 홍길동은 세인들에게 잘 알려진 터라 이런 소문은 금방 사람들의 입을 타고 조선 팔도에 퍼졌을 것이다. 그러나 지금까지 홍길동이 참수되었다는 말은 그 어디에서도 들은 적이 없었다.

"길참이, 거기 있느냐?"

허균은 바잣문 밖으로 나와 길참을 불렀다. 잠시 후 길참이 헐레벌떡 숨을 고르며 정사암으로 들어왔다.

"네, 나리."

"낚싯대가 어디 있는지 찾아보거라."

길참은 목을 길게 빼고는 방 문턱 앞에 있는 책상을 넌지시 바라보았다. 책상 위의 원고는 정사암을 나설 때의 모습 그대로였다.

"마음이 편치 않아 보입니다요······. 홍길동 때문입니까요?"

"허허, 네놈이 십 년 가까이 그림자처럼 따라다니더니 이제 속내까지 훤히 들여다보는구나."

길참은 허균을 위해서라면 하나뿐인 목숨이라도 내놓을 심복이었다. 무예는 물론 타고난 머리도 비상하여 심복으로 두기에 조금도 부족하지 않았다. 허균이 수안 군수로 있을 때 옥방을 지키는 말단 문지기인 길참을 처음 만났다. 그해 여름 허균이 산사의 중들과 어울렸다는 이유로 군수에서 파직당하자, 길참은 그길로 허균을 따라나섰다. 그때가 벌써 강산이 변한다는 십여 년 전이었다. 허균의 여러 벗이 그렇듯이 길참도 서자로 태어난 설움을 뼈저리게 느끼고 있었다.

강바람이 매서웠다. 비온 뒤라 물살이 거칠었다. 낚시라도 하면 마음을 다잡을 수 있을까. 마음이 쇠잔하고 글이 써지지 않을 때는 멀리 강가로 나가 낚시를 하면서 머리를 식혔다. 낚싯대를 붙들고 있으면 정신이 맑아지고 머릿속에서 하염없이 맴도는 온갖 생각이 잘 정리되곤 했다.

허균은 밥알을 미끼 삼아 낚싯대를 강물에 드리웠다. 마음이 허하고 몸이 쇠잔하니 낚싯대가 쇠몽둥이처럼 느껴졌다. 기가 찰 노릇이었다. 하잘것없는 공문 하나가 심신을 유린하고도 모자라 혼기마저 앗아가버렸다.

반나절이 훌쩍 넘었는데도 손끝에 기척이 없었다. 차라리 미끼라도 채 가면 좋으련만 물고기들은 낚싯대 근처에 얼씬도 하지 않았다. 그때였다. 뽀얀 물안개 위로 무언가 두둥실 떠올랐다. 허균은 엉덩이를 살짝 들어 올리고 게슴츠레한 두 눈에 힘을 주었다. 상투를 풀어헤친 머리카락, 핏발 선 두 눈, 광대뼈를 타고 흐르는 핏물……. 아아, 꿈에서 본 홍길동의 머리였다. 목이 댕강 잘린 홍길동의 핏빛 머리가 부표처럼 물 위를 떠다니고 있었다. 가는 한숨이 절로 나왔다.

홍길동은 참으로 맛깔스럽고 매력적인 인물이었다. 서자 출신의 일개 도적 우두머리가 오갈 데 없는 궁핍한 백성을 구휼했다는 점만으로도 남다른 기품이 느껴졌다. 게다가 제 잇속만 채우려는 탐관오리들만 골라 응징하고 관군들을 노리개처럼 농락한 것은 두고두고 후대에 남을 일이었다. 그러하니 어떤 백성인들 그의 호방한 기개에 탄복하지 않을 수 있을까.

'보통 인연이 아닌 게로군……'

잠시 수면 아래로 가라앉았던 홍길동의 환영이 또다시 물안개 위로 불쑥 튀어 올랐다. 정사암 바잣문을 나설 때부터 홍길동의 환영은 적당한 간격을 두고 뒤를 졸졸 따라다녔다. 이식이 다녀간 후로는 눈길을 주는 곳마다 똬리를 틀고 앉아 허균을 빤히 노려보았다.

전생에 무슨 깊은 인연이라도 있는 것일까. 그렇지 않고서야 오래된 혼백이 이승에 빌붙어 있는 육신을 분신처럼 따라다닐 리가 없지 않은가.

허균은 낚싯대를 걷어 올렸다.

5

한양의 아침은 부산했다. 집 앞 오방거리는 장사꾼들의 우마차로 북적거렸고 피맛길까지 행인들의 발길이 끊이지 않았다.

날이 밝자마자 연암은 원각사 터를 지나 재동 길로 접어들었다. 동궐 후원 쪽에서 봄 향기가 날아들고 때늦은 매화가 꽃망울을 터뜨리고 있었다. 서리와 눈을 두려워하지 않는 매화, 언 땅 위에 고운 꽃을 피우니 그 청고(淸高)함이 불굴의 표상과 꼭 닮았다. 그러나 연암의 처지는 매화는커녕 들판의 이름 모를 잡초만도 못했다.

열하에 다녀온 후 일정한 거처 없이 여기저기 떠돌아다녔다. 한때 처남 집인 평계(平溪)에 얹혀살다가 두 달을 채우지 못하고 집을 나왔다. 은둔과 잠행의 날들이 내내 이어졌다. 그래서 벼슬과는 담을 쌓은 비슷한 처지의 벗과 서신을 주고받으며 외로움을 달랬다. 사는 곳이 분명하지 않고 여전히 궁박한 삶을 벗어나지 못해 찾아오는 손님도 뜸했다. 기껏 찾아오는 손님이라고 해야 조열 같은 책쾌나 귀신같이 거처를 찾아낸 빚쟁이들뿐이었다.

연암은 부친이 사망한 후 방경각을 떠났다. 삼청동 백련봉 아래에서 살다가 백탑 근처로 이사했다. 이제 와서 더듬어보니 백탑 인근에 살며 벗들을 만날 때가 가장 행복했다. 그믐달이 어슴푸레 뜬 밤에 오랜 벗과 함께하는 탁주 한잔은 녹용을 푹 다린 보약에 비할 바가 아니었다. 식솔들 끼니 걱정에 한숨만 푹푹 내쉬어도 백탑 지기들과 있을 때면 모든 걱정거리가 눈 녹듯 사라졌다. 부도 명예도 없었지만, 벗이 있었기에 행복한 시절이었다. 그러나 백탑청연(白塔淸緣) 시절은 오래가지 못했다. 새 임금이 즉위한 후 연암은 조정의 실권을 장악한 홍국영을 피해 한양을 떠날 수밖에 없었다. 그래서 백동수와 함께 찾아간 곳이 금천의 제비바위골이었다. 십 년 가는 권세 없고 열흘 붉은 꽃 없다고 했던가. 홍국영이 실각하고 다시 한양으로 돌아왔지만, 백탑파는 이미 해산한 후였다. 가난과 병이 날로 심해져 죽은 이도 있었고, 생계가 어려워 시골로 내려간 이도 있었다. 간혹 도성 내에서 우연히 벗을 만나면 서로의 안부를 묻고 아무 탈 없음을 다행으로 여겼다.

연암은 백탑 앞에서 걸음을 멈추었다. 오랜 벗과 시를 짓고 술잔을 돌리던 자리는 술이 덜 깬 비렁뱅이들이 차지하고 앉아 온갖 음담패설을 늘어놓고 있었다. 나이가 들어서도 이곳을 지날 때면 공연히 가슴이 뜨거워지는 것은 무슨 까닭일까. 젊은 날의 풍류는 갔어도 그 여운만은 아직도 가슴 깊은 곳에 남아 있었다. 오늘따라 오랜 벗과 서로 머리를 맞대고 시 한 수 읊조리던 때가 그리웠다. 미치도록 그리웠다.

"형암, 게 있는가?"

연암은 옷매무새를 다듬으며 이덕무를 불렀다. 잠시 후 큰 키에 호리호리한 몸집의 이덕무가 모습을 드러냈다.

"이 이른 아침에 어인 일입니까?"

이덕무는 두 손을 다소곳이 모으고 예를 갖추었다. 고작 네 살밖에 차이가 나지 않는데도 이덕무는 연암을 스승처럼 공손하게 대했다. 새 임금이 즉위하고 이덕무는 규장각 초대 검서관으로 추대되었다. 왕명을 받아 책을 교정하고 간행하는 한편 나라 안팎의 서적을 관리하면서 학문 연구에 몰두했다.

연암은 마루에 힘없이 걸터앉았다. 마루 위의 앉은뱅이책상에는 책이 펼쳐져 있었는데, 겉장을 보니 『일지록(日知錄)』이라 적혀 있었다.

"이 서책은 청나라에서 금서로 지정된 책이 아닌가?"

『일지록』은 명말청초의 대학자인 고염무(顧炎武)의 역작으로, 저자의 정치적 문제의식이 명료하게 드러나 있는 정치 개혁서였다. 고염무는 양명학의 공소(空疎)함을 비판하고 실증적인 학문에 몰두한 실학자였다.

"지난 무술년(1778년) 5월에 연경(燕京) 유리창에 갔을 때 어렵게 구한 책입니다."

"세상의 모든 책이 어찌 자네를 피해 갈 수 있겠나, 흠흠."

이덕무는 책 없이는 단 하루도 살지 못하는 위인이었다. 글을 막 배웠을 때부터 스무 살이 넘을 때까지 하루도 손에서 옛글을 놓은 적이 없었다. 그래서 사람들은 그에게 '간서치(看書痴)'라는 별칭을 붙여주었다. 이덕무는 세상의 모든 서책을 다 읽었을 정도로 많은 독서를 했다. 특히 연암의 글을 좋아해 거의 암송하고 있을 정도였다.

"집필은 잘 되어가고 있습니까?"

이덕무는 책을 접어 방 안에 밀어 넣었다.

"막돼먹은 잡귀가 해코지를 하는지 뜻대로 되질 않네."

열하에 다녀온 후로 도무지 집중이 되지 않았다. 열하의 천태만상의 풍경을 일기 형식으로 옮겨 적을 것이라고 호기를 부렸으나 지금껏 차일피일 미루고 있었다.

"자네, 교산 책을 가지고 있지 않나?"

연암은 슬며시 허균 얘기를 꺼냈다. 허균의 책이 금서이기는 하나 조선의 선비들은 허균의 책을 놓지 않았다. 허균의 역작인『성소부부고(惺所覆瓿藁)』는 그가 반역죄로 처형당한 후에도 책쾌들을 통해 필사본이 은밀히 유통되고 있었다.

"갑자기 교산 책이라니요?"

이덕무는 그렇게 물으면서 서가 쪽으로 다가가 허리를 굽혔다. 서가 맨 아래 공간에는 그만이 은밀히 소장하고 있는 책이 가득 들어 있었다. 이덕무는 흰 보자기를 풀고 그 안에 담긴 책을 눈짓으로 가리켰다. 『성소부부고』의 필사본이었다. 이덕무는 평소에도 허균의 글을 창출신론(創出新論)했다면서 높이 평가했다. 지난 무술년 연경에 갔을 때는 허난설헌과 허균의 시를 중국 선비에게 소개해 보이며 조선의 빼어난 시풍을 자랑했다.

연암은 『성소부부고』의 여러 권 중의 한 권을 냉큼 손으로 집어 들었다. 마침 손에 잡힌 책은 『한정록(閑情錄)』으로, 그 속에는 연암이 좋아하는 구절이 담겨 있었다.

"보지 못했던 책을 읽을 때는 마치 좋은 친구를 얻은 것 같고, 이미 읽은 책을 볼 때는 마치 옛 친구를 만난 것 같다."

허균 역시 엄청난 장서가이며 애서가로 잘 알려져 있었다. 그가 명나라의 사신으로 두 차례 중국을 다녀왔을 때는 무려 사천여 권의 책을 구입해 주위를 놀라게 했다. 훗날 이런 책을 구입한 자금이 조정의 돈을 횡령한 것이라 해서 큰 곤욕을 치르기도 했다.

"실은 어제 조열이 다녀갔었네. 교산이 지은 서책이 어느 사찰에서 발견되었다고 하는데, 그 내용이 예사롭지 않네."

연암은 조열이 건네준 문서를 이덕무 앞에 내밀었다.

"이건…… 홍길동에 관한 글이 아닙니까?"

이덕무의 눈빛이 반짝 빛났다.

"놀라운 일이군요. 교산이 지은 서책 어디에도 홍길동에 관한 글은 없습니다."

그랬다. 허균의 수많은 저작 중에 홍길동을 언급한 곳은 단 한 줄도 없었다. 그래서 『홍길동전』의 저자가 허균인지 의심하는 자도 더러 있었다.

"조열의 말로는 이 문서가 그 책의 서문에 해당되는 글을 필사한 것이라고 하네."

이덕무는 고개를 갸웃거렸다. 이 낱장의 종이만으로는 서책의 내용을 가늠할 수 없다는 얼굴이었다.

"서문만을 필사해 보낸 것은 책의 존재 여부를 알리려고 한 것이 아닙니까?"

"그런 것 같네. 조열은 이 서책이 기행문 같다고 했는데, 내가 보기엔 교산이 『홍길동전』을 쓰기 전에 지방 곳곳을 두루 여행하면서 기록한 글이 아닐까 싶네."

『홍길동전』은 허균의 사상이 집약된 소설이었다. 그의 앞선 소설들, 「남궁선생전」과 「장생전」, 「손곡산인전」에서도 『홍길동전』과 유사한 점이 곳곳에 드러났다. 각종 도술 비법이 등장하고 이상국을 세밀하게 묘사하고 있으며, 신분 차별이 없는 세상을 지향했다. 허균의 소설에 등장하는 인물은 하나같이 재능은 있지만 신분이 미천하여 불우한 생애를 보낸 이들이었다. 허균의 주요 사상인 '유재론(遺才論)', 천하에서 가장 두려운 존재는 오직 백성뿐이라는 '호민론'도 마찬가지였다. 『홍길동전』의 모태가 되는 '서얼(庶孼)'이라는 족쇄도 예외가 아니었다. 허균이 서자 문제에 관심을 가진 것은 서출인 손곡(蓀谷) 이달(李達)을 만나면서부터였다. 이태백에 비견될 만큼 뛰어난 시인인 이달은 탁월한 재능에도 불구하고 서출이라는 신분 때문에 평생 벼슬을 하지 못하고 불우한 삶을 살았다. 허균은 이런 스승을 통해서 서자의 아픔을 일찍부터 깨우쳤던 것이다.

"한데 교산의 서책은 없고 어찌 이런 글만 있습니까?"

"흠흠, 조열 그자가 애먼 가슴에 불만 지르고 사라졌지 뭔가. 보름은 지나야 그 책을 가져올 수 있다고 했네."

"어찌 됐든 조신하셔야 합니다. 아직은 교산의 책이 세상에 나오기에 이릅니다. 행여 그 책을 지니고 있다가 예기치 않은 변고를 당할지 어찌 알 수 있겠습니까?"

연암은 속으로 피식 웃었다. 도성 내에서 이덕무처럼 조선의 금서를 많이 소장한 자를 보지 못했다. 청나라가 금하는 서책도 지니고 있는데 더 말해 무엇하랴. 이덕무는 워낙 책을 좋아해서 양서나 음서, 금서를 가리지 않았다. 간서치라는 별칭이 괜히 얻어진 것이 아니었다.

"알았네."

공연한 발걸음이었다. 이덕무의 집으로 발길을 잡을 때만 해도 이야기보따리를 남김없이 풀어볼 생각이었다. 그러나 입궐을 서두르는 그의 표정을 보니 차마 입이 떨어지지 않았다. 이덕무도 더 이상 백탑 아래서 세태를 논하던 인물이 아니었다. 이제는 나라의 책을 관장하는 규장각 검서관, 국록을 먹는 벼슬아치였다.

　조열이 다녀간 지 한 달이 지났다.

　보름이 지난 후로 낮밤 가리지 않고 조열이 올까 집 앞을 서성거렸다. 하루를 참고 이틀을 기다리고 사흘을 뜬눈으로 보냈다. 그렇게 또 보름이 지났지만, 조열은 집 나간 며느리처럼 깜깜무소식이었다. 코빼기도 비치지 않으니 어디서 무얼 하는지 도통 알 수가 없었다. 혹시 허균의 서책을 가져오다가 변을 당한 것은 아닐까.

　불길한 잡념이 또 고개를 들었다. 일이 틀어져 약조를 어겨도 좋으니 얼굴이라도 한 번 비쳤으면 하는 바람뿐이었다. 조열은 약조를 목숨처럼 지키는 인물이었다. 그와 십 년 넘게 말동무가 되었지만, 약조를 어긴 적이 단 한 번도 없었다. 그래서 더 애가 타고 염려가 되었다.

　연암은 책상을 물리고 자리에서 일어났다. 기다리는 사람이 오지 않으면 직접 나서서 찾는 도리밖에 없었다.

　서소문 밖의 칠패시장은 온갖 사람 냄새로 가득했다. 칠패 지역은 도성의 정문인 남대문 가까이에 있고, 만리재를 넘으면 마포로 이어지는 곳이었다. 시장 좌판에는 강정과 복숭아, 연시 등 먹을거리가 넘쳐났다. 하루하고 반나절을 굶었는데도 입맛이 당기지 않았다. 굶는 것에 익숙해지면 나뭇가지에 매달린 감도 까치 몫으로 남겨두는 법이었다. 필기구점 옆으로는 책쾌들이 삼삼오오 모여 있었다. 그러나 책쾌들의 숫자가 예전만 못했다.

『명기집략(明紀輯略)』 사건 이후로 도성 내에 책쾌들의 씨가 말랐다. 『명기집략』은 명나라 주린(朱璘)이 저술한 역사서로, 이 책에는 태조와 최영 일파에 의해 처형된 이인임이 태조의 아버지라는 황당하고 악의적인 내용이 담겨 있었다. 조선의 선비들은 오래전부터 이 책을 불온서적으로 여기고 있었다. 조정은 『명기집략』이 조선에서 버젓이 유통되는 것을 책쾌 탓으로 돌렸다. 그래서 영조의 엄명에 따라 보이는 족족 책쾌들을 처형하였다. 『명기집략』 사건으로 연암의 형인 박명원도 큰 곤욕을 치렀고, 젊은 시절 연암과 가장 가까웠던 이희천(李羲天)도 이 책을 소지했다는 이유만으로 목숨을 잃었다. 그 후 연암은 소설을 쓰지 않았고, 더 나아가 일체의 글쓰기를 온몸으로 거부했다.

책쾌들의 수난 시대였다. 눈에 익은 책쾌들이 사라질 때마다 팔다리가 잘려 나가는 기분이었다. 책쾌들이 낮밤을 가리지 않고 봇짐과 소매에 책을 넣어 도성 안을 누빌 때의 이 거리는 얼마나 풍요로웠던가. 그나마 새 국왕이 즉위한 후로는 책쾌들의 숫자가 서서히 불어나고 있었다.

연암은 책쾌들이 모여 있는 곳으로 다가갔다. 열 명가량의 책쾌들이 듬성듬성 앉아 있는 자리에 조열은 보이지 않았다. 연암은 옷소매에 한글 소설을 꿰차고 있는 혹부리 사내에게 다가가 조열의 소식을 물었다. 도성 내에서 조열을 모르는 책쾌는 없었다.

"방금 조열이라고 했습니까요? 그자는 죽었습니다요."

조열이 죽다니, 이게 무슨 날벼락 같은 소린가. 한 달 전만 해도 교산의 서책을 가져온다고 장담하던 조열이 아닌가.

"조열이 무슨 일로 죽었는가? 병사인가?"

"살해되었다고 합니다요."

"허허, 이런 변고가 있나. 조열이 언제, 어디서, 누구에게 살해되었단 말인가?"

"소인도 잘 모릅니다요. 조열이 살해되었다는 소문만 무성하지 자세한 내막을 아는 이가 없습니다요."

팔뚝에 오돌토돌한 소름이 돋았다. 무심코 떠오른 불길한 잡념이 맞아떨어진 걸까. 연암은 칠패시장을 샅샅이 누비고 다녔다. 낯익은 책쾌를 만날 때마다 조열의 소식을 물었지만, 명쾌하게 답을 주는 이가 없었다. 그들에게 돌아오는 대답은 서로 약조라도 한 듯 똑같았다. 조열이 살해되었다는 것, 그 이상도 이하도 아니었다. 책쾌들 역시 조열의 죽음에 강한 의혹만 안고 있을 뿐 무슨 연유로 조열이 살해됐는지 알지 못했다.

칠패시장을 뒤지고 다닌 지 한참 지나 연암은 어물전 좌판 앞에서 반가운 인물을 만났다. 그는 마종삼으로, 조열과 막역한 사이였다. 그는 일전에 조열과 함께 연암의 집에 찾아온 적도 있었다.

"그렇습니다. 조열은 살해된 게 틀림없습니다."

마종삼이 확신에 찬 목소리로 말했다.

"조열이 어디서 그런 변을 당했단 말인가?"

"전라도 부안입니다."

부안이라면 조열이 허균의 서책을 가지고 온다고 하던 곳이 아닌가.

"부안에서 칼에 맞아 절명했다는 소리가 있습니다……."

"화적에게 당한 건가?"

"그건 아닌 듯합니다. 한데 갑자기 조열은 왜 찾으십니까?"

"달포 전에 조열이 내 집에 찾아왔었네. 귀중한 책을 전해줄 게 있다면서 말일세."

"귀중한 서책이라면…… 교산의 서책을 말하는 것입니까?"

"자네도 알고 있었나?"

마종삼은 고개를 끄떡였다.

"그 책에 관해 조열에게서 달리 전해 들은 말은 없었는가?"

"별말은 없었습니다. 조열이 진귀한 서책을 가지고 있다고 하기에 무슨 책이냐고 물었더니 교산의 책이라고만 했습니다."

마종삼은 지난 기억을 더듬으려는 듯 부지런히 눈알을 굴렸다.

"그러고 보니 이런 말도 했던 것 같습니다. 교산의 서책에 대해 잘 알고 있는 또 다른 책쾌가 있는데, 그 또한 부안에 와서 이 책을 호시탐탐 노리고 있다고 말입니다."

"조열을 마지막으로 본 게 언젠가?"

"보름 전 바로 이 칠패시장에서였습니다."

더 이상 조열의 죽음에 대해 물어보는 것은 무의미한 일이었다. 마종삼이 조열의 죽음에 대해 알고 있는 것은 그것이 전부였다.

"조열의 집을 알고 있는가?"

"물론이지요."

6

또다시 머리가 지끈거렸다.

허균은 관자놀이를 엄지손가락으로 힘껏 눌렀다. 계곡에 머물 때만 잠시 머리가 맑아질 뿐 정사암에 돌아오니 정신이 혼미해졌다. 부처를 찾으면 좀 나아질까 해서 깊은 산사를 기웃거려도 소용없는 일이었다. 한번 야박하게 등을 돌린 손끝은 무뎌질 대로 무뎌져 있었다.

아직 마땅한 처소를 찾지 못한 것일까? 홍길동의 혼백은 여전히 정사암 주위를 빙빙 맴돌고 있었다. 밥상머리에 앉을 때도, 산사에 머물 때도, 심지어 뒷간에서 볼일을 볼 때도 어김없이 나타나 눈 끝을 어지럽혔다. 때로는 관군을 농락하던 신출귀몰한 모습으로, 때로는 형장으로 끌려갈 때의 참혹한 몰골로 꿈과 생시의 경계에 위태롭게 머물러 있었다. 고작해야 하루나 이틀 정도 정사암에 머무르다 사라지리라 여겼는데, 걸물의 혼백은 닷새가 지나도 정사암을 떠나지 않았다.

허균은 문을 활짝 열었다. 바잣문 안으로 새벽안개가 꾸역꾸역 밀려오고 있었다. 산자락을 뿌옇게 휘감은 안개에 눈을 빼앗기다 보면 때로 전생의 족적이 보이는 것 같았다. 약관의 나이 때부터 팔자가 드센 걸 보니 전생에 필부(匹夫)와는 인연이 없었던 게 분명했다.

"글이 써지지 않는 게냐?"

그때 낯익은 목소리가 허공을 갈랐다. 허균은 문턱 앞에서 물러나 산만하게 주위를 두리번거렸다.

"뭘 그리 놀라는 게냐, 허허."

허균의 스승인 손곡 선생이었다. 손곡 선생의 잔영이 어느새 문턱을 넘어 방 안을 유유히 떠다녔다.

"스, 스승님……."

허균은 손곡 선생이 코앞에 있는 것처럼 머리를 조아렸다. 암자 안까지 치고 들어온 안개가 조금씩 뒷걸음치고 있었다. 손곡 선생은 허균 앞에 너그러운 미소만을 남긴 채 안개와 함께 슬며시 빠져나갔다.

허균의 나이 열세 살 때 처음 손곡 선생을 만나 시를 배웠다. 손곡 선생은 일찍부터 문장에 능하고 글씨에 조예가 깊었다. 삼당시인(三唐詩人)이라 불릴 정도로 시재가 뛰어났으나 서출이라는 신분 때문에 중용의 길이 막혔다. 그러나 손곡 선생은 시로써 인생을 유유자적하기로 삶의 방향을 정하고 집필에 전념해 시의 새로운 경지에 이르렀다. 기박한 출신에서 온 울분을 시로써 승화시킨 것이었다. 허균의 누이인 허난설헌의 시가 비범했던 것도 그녀의 타고난 시재에 손곡 선생의 지대한 영향이 더해졌기 때문이었다.

"동에 번쩍 서에 번쩍, 홍길동처럼 신출귀몰한 걸물이 또 어디에 있겠느냐."

손곡 선생은 문장을 가르치다가도 잠시 틈이 생기면 홀로 그렇게 중얼거리곤 했다. 허균이 홍길동이라는 이름을 처음 접한 것은 손곡 선생을 통해서였다.

"조선 팔도에 셀 수 없이 많은 도적이 있으나, 그런 도적에도 격(格)이 있어 수탈하고 갈취하는 대상이 서로 다르지 않더냐. 남의 재물이나 탐하는 도적이 있는가 하면, 궁박한 백성을 구휼하고 세상을 바꾸려 하는 의적도 있으니 그가 바로 홍길동이 아니겠느냐."

허균은 손곡 선생의 혼백이 빠져나간 길을 따라 정사암 뜰 앞에 섰다. 산자락을 뒤덮은 안개가 때마침 불어온 바람에 휩쓸려 흔적조차 없이 사라졌다.

안개가 사라지자 우반골 전경이 한 폭의 그림처럼 펼쳐졌다. 조선 팔도를 다 돌아다녀도 우반골 벼랑에 붙어 있는 정사암만큼 글을 쓰기에 좋은 곳이 없었다. 벼랑 아래로 사시사철 개울물이 흐르고, 개울물을 따라 온갖 나무와 풀들이 서로 마주 보고 키 재기를 하고 있었다. 울창한 숲 속으로 깊이 들어가면 산사가 흐트러진 불심을 깨웠다. 암자 앞에는 폭포가 있고, 그곳에 햇살이 비치면 무지개가 피어나니 그야말로 신선이 사는 곳이 따로 없었다. 한때 부안 기녀인 매창(梅窓)과 시를 나누고 교분을 맺은 곳도 우반골이었다.

이리 마음을 다잡지 못하고 있을 때 매창이라도 살아 있었으면 얼마나 좋을까. 술 한잔 주고받으며 시를 읊던 그 시절이 너무도 간절하여 목이 메어왔다. 문득 매창이 피를 토하며 죽었다는 소식을 듣고 지은 시 한 수가 떠올랐다.

妙句堪擒錦
절묘한 글귀는 넓게 펼쳐진 비단이요

清歌解駐雲
맑은 노래는 흩어지고 머무르는 구름이라

燈暗芙蓉帳

부용꽃 휘장에 등불은 어두워졌는데

香殘翡翠裙

비취색 치마에 향내는 아직도 남아 있구려

明年小桃發

내년에 복사꽃 활짝 피어날 때엔

誰過薛濤墳

그 누가 설도의 무덤을 찾아주리오

"나리, 이참에 어디 여행이라도 한번 다녀오시지요."

한참 매창의 향기에 젖어 있는데 길참이 정사암 쪽방에서 걸어 나와 어깃장을 놓았다. 허균은 밭은기침을 하며 방 문턱을 넘어섰다.

"벌써 엿새나 지났는데도 글을 쓰지 못하고 있지 않습니까? 이럴 땐 만사 제쳐두고 산천을 벗 삼아 머리를 식히는 게 좋을 듯합니다요."

길참의 말마따나 엿새 동안 붓만 쥔 채 기약 없이 제사만 지내고 있었다. 온갖 제문을 읊조리고 사나운 정신을 집중하려 애를 써도 붓끝은 꼼짝하지 않았다. 앉은뱅이책상 앞에 놓인 원고는 이 따위 제문으로는 어림없다며 좀 더 강한 살풀이를 요구하고 있었다.

"생각 좀 해보자꾸나."

비 갠 끝이라 산속은 후텁지근했다. 허균은 정사암을 나와 계곡 쪽으로 천천히 걸어갔다. 귀양살이에 진이 다 빠졌는지 몸이 예전과 달랐다. 오르막길을 몇 걸음만 걸어도 금방 땀이 옷에 스며들었다. 간밤에 선잠을 잔 탓인지 무릎이 더 팍팍했다.

허균은 두 손에 계곡물을 떠서 얼굴에 적셨다. 정신이 번쩍 들었다. 홍길동의 혼백은 커다란 바위에 쭈그리고 앉아 무당 공수하듯 웅얼거리며 허균을 빤히 노려보았다. 허균도 그 눈길을 피하지 않고 똑바로 마주 보았다. 그때 낙숫물을 뚫고 한 줄기 빛이 솟구쳐 올랐다.

'바로 그것이로군!'

허균은 자신도 모르게 손으로 무릎을 내리쳤다. 홍길동의 혼백이 시도 때도 없이 정사암 주위에 얼씬거리는 것은 결코 우연이 아니었다. 꿈속에까지 나타나 붉은 피를 토한 걸 보면 필히 무언가 할 말이 있기 때문이 아닌가. 그것은 비명에 간 넋이라도 보듬어달라는 혼백의 곡성이었다. 아아, 홍길동은 원통하고 애절한 넋을 달래줄 인물로 자신을 점찍은 것이었다.

이제야 비로소 해야 할 일을 찾아냈다. 그것은 낭설과 풍문의 진원지가 아닌, 홍길동이 이승에서 남긴 자취를 직접 둘러보는 것이었다. 초야를 떠난 곡절을 알아야 제대로 굿판을 벌이든 살풀이를 하든 한을 풀어줄 게 아닌가. 비록 홍길동의 육신은 사라졌어도 그가 남긴 흔적은 어딘가 생생히 남아 있을 것이다.

더 이상 주저하거나 망설일 이유가 없었다. 계곡에서 내려온 허균은 길참을 불렀다.

"길참아, 짐을 꾸리거라."

"짐이라뇨?"

"네놈이 먼저 여행이라도 한번 다녀오자고 하지 않았느냐?"

"행선지는 정하셨습니까요? 그곳이 어딥니까요?"

"경상도 문경이다!"

홍길동이 체포되고 참수형에 처해진 곳이 문경이니 그곳에 가면 귀동냥이라도 할 수 있을 것이다. 운이 좋아 홍길동 도적 무리의 후손이라도 만나면 서로가 걸물의 자취를 더듬으며 위안으로 삼을 수도 있었다.

"아, 아니다. 이참에 아예 전라도 장성부터 둘러보자."

허균은 곧바로 행선지를 수정했다. 기왕에 나선 걸음이라면 태를 묻은 고향부터 순례하는 것이 도리였다. 전라도 장성은 홍길동의 고향이었다. 떠도는 바람을 타고 입소문만 주워들었지 아직 장성에는 발길을 들여놓은 적이 없었다. 장성은 부안과도 그리 멀지 않아 하루 이틀만 부지런히 걸으면 닿을 수 있는 거리였다.

"날이 밝는 대로 떠나자꾸나."

그렇게 흔쾌히 정하고 나니 정신이 맑아지고 상서로운 기운이 몸속으로 스며들었다. 드디어 엿새 동안 마냥 뻗대고 있던 붓끝이 꿈틀거리기 시작했다.

인재가 귀한 집 태생이라고 해서 타고난 재능을 풍부하게 해주고, 신분이 천하다고 해서 타고난 재능을 인색하게 해서는 안 된다. 그래서 선철(先哲)들은 인재를 초야에서도 구했고, 군대에서도 뽑았으며, 항복하여 사로잡힌 패망지장(敗亡之將)에서도 발탁했다. 혹은 도둑 가운데서도 인재를 가려 썼다. 천하는 넓은데 서

얼이라 하여 어진 이를 버리고, 그 어미가 개가를 했다 하여 인재
를 쓰지 않음은 나라의 막대한 손실이 아닐 수 없다. 인재를 가려
쓰는 데는 그 어떤 차별도 두어서는 안 된다.

허균은 붓을 내려놓고 멀찍이 시선을 던졌다. 저 멀리 무등산 자락
이 성큼 눈앞에 다가왔다. 그의 마음은 벌써 장성의 한 고갯마루에 오
롯이 닻을 내리고 있었다. 그제야 비로소 정사암 꼭대기에 둥지를 튼
홍길동의 혼백이 환하게 미소 지었다.

7

마종삼이 발길을 멈춘 곳은 인왕산 기슭의 허름한 초가 앞이었다.
초가 주위로 고만고만한 집들이 옹기종기 모여 있었다. 여러 술벗들
의 집은 자주 드나들었어도 책쾌의 집은 처음이었다.

싸리문을 열자 퀴퀴한 냄새가 코를 찔렀다. 툇마루 위에는 아직 치
우지 않은 밥상과 막걸리 사발이 덩그러니 놓여 있었다.

"어디를 가는 건가?"

마종삼은 조열의 방 안은 거들떠보지도 않고 마당을 그대로 지나
쳤다.

"책쾌들은 아무나 찾을 수 있는 곳에 서책을 두지 않습니다."

『명기집략』 사건 이후 책쾌들은 불철주야 경계심을 늦추지 않았다.

당시 관졸들이 책쾌들의 집에 들이닥쳐 서책을 마구 집어 가는 바람에 이만저만 피해를 본 게 아니었다.

마종삼은 조열의 초가에서 멀찍이 떨어진 오두막 앞에서 걸음을 멈추었다. 새끼를 꼬아 만든 거적을 들어 올리자 장정 대여섯 명이 누우면 꽉 들어찰 공간이 나타났다. 조열의 서고였다. 사방 벽에 켜켜이 쌓아 올린 책들이 장정의 키보다 한 척은 더 높았다. 밖에서 볼 때는 그저 허름한 움막 같았는데, 그 안은 온갖 잡다한 책들로 가득했다. 어림잡아도 사오백 권은 되어 보였다. 아녀자들이 즐겨 찾는 한글 소설에서부터 연경 유리창에서나 볼 수 있는 진귀한 서책 등 책의 종류도 다양했다. 연암은 벽면에 비스듬히 누워 있는 책부터 뒤지기 시작했다.

"임자 없는 곳에 불쑥 쳐들어와 이래도 되는지 모르겠습니다요."

마종삼은 영 내키지 않는 얼굴이었다. 그는 서고 안을 뒤지면서도 껄끄러운 표정을 숨기지 않았다. 연암 역시 마음이 무겁기는 마찬가지였다. 서책 임자는 칼에 맞아 황천길로 사라졌는데, 그의 책을 탐하는 것은 도리가 아니었다. 그러나 귀중한 책을 코앞에 두고 나 몰라라 외면할 수도 없는 일이었다. 더군다나 조열이 허균의 책을 넘겨준다고 약조까지 하지 않았는가.

"너무 염려하지 말게. 조열도 귀중한 서책이 이런 곳에 외로이 묻히는 것을 원하지 않을 걸세."

연암은 마종삼과 함께 책의 겉장을 유심히 훑어나갔다. 허균이 쓴 책의 제목을 알 수 없기 때문에 일일이 책 속의 내용까지 확인했다.

"나리, 이쪽으로 와보십시오."

움막 밖으로 나간 마종삼이 연암을 불렀다. 움막 뒤편의 책상 위에는 휴대용 필가(筆架) 안에 엄지손가락만 한 먹물통과 가는 붓이 놓여 있었다. 필가 옆으로 다섯 권의 서책과 함께 낱장의 종이가 질펀히 배를 깔고 누워 있었다. 마종삼은 서책 옆에 있는 종이를 들어 보였다.

홍길동 소설을 써야겠다고 호기를 부린 게 오 년 전이다. 그때 내 나이 서른아홉, 공주 목사에서 파직당한 후 산천을 정처 없이 떠돌아다녔다. 관직을 훌훌 털고 나니 마음이 부처였다. 어딜 가도 뭐라 주절대는 이 없고, 무슨 짓거리를 해도 입에 담는 이 없었다. 그렇게 수개월 떠돌아다니는 동안 문득문득 떠오르는 인물이 있었는데, 그가 바로 홍길동이었다. 이미 나는 그해 봄날 잔설을 쓸어내면서 홍길동을 마음에 깊이 새기고 있었다. 조선 팔도에 떠돌아다니는 풍문에 날렵한 문장을 입혀 홍길동을 다시 환생시키고 싶었다. 그러나 어찌 된 일인지 도통 붓끝이 따라주지 않았고, 책상머리에는 늙은 잣나무 뿌리 향기만이 진동하며 나를 조롱했다. 「엄처사전」이나 「장생전」은 불과 달포 만에 마무리를 지었는데, 홍길동 소설은 제대로 얼개조차 잡을 수 없었다. 그렇게 오얏꽃과 망춘화가 피고 사라지듯 차일피일 미루다가 예까시 오고야 말았다.

"이, 이것은 교산의 책의 일부를 필사한 게 아닙니까?"
홍길동, 공주 목사, 「엄처사전」, 「장생전」……. 허균의 글이 틀림없었다. 이 글 속에도 홍길동을 향한 구구절절한 심경이 담겨 있었다. 그러나 이것은 한 달 전 조열이 직접 가지고 온 문서와 필체가 달랐다.

"조열의 필체인지 잘 살펴보게."

"틀림없습니다. 조열은 진귀한 서책에는 반드시 그 책의 일부를 필사하는 버릇이 있습니다. 이걸 보십시오."

마종삼이 필가 옆에 있는 서책을 가리켰다. 그곳에는 숙종 때 북애노인이 지은 『규원사화(揆園史話)』와 중국 명나라 사상가인 왕양명의 서간집인 『전습록(傳習錄)』이 놓여 있었다.

"여기에도 이 책들의 서문을 적어놓았습니다요."

마종삼은 두 책을 펼치고 서두에 해당하는 부분과 필가 옆의 종이에 적힌 글을 비교했다. 원본과 글자 하나 다르지 않은 필사지였다. 의심의 여지가 없었다. 조열이 직접 필사한 듯 필체도 똑같았다.

"오오, 그렇다면 교산의 책도 여기에 있을 게 아닌가."

다시 움막으로 들어간 연암의 손길이 빨라졌다. 소매를 걷어붙이고 한 권 한 권 책의 내용을 확인하고 또 확인했다. 켜켜이 쌓인 먼지를 털어내고 두 눈에 불을 켠 채 조열의 숨결을 따라잡았다.

움막 밖으로 어둠이 내리고 있었다. 인왕산 기슭에 내려앉은 땅거미는 그새 자취를 감추었다.

걷고 또 걸었다.

오솔길이든 거친 산길이든 길 따라 걷는 동안 마음만은 폭포수를 머리에 인 것처럼 맑고 시원했다. 매서운 칼바람이 쓸데없는 잡념을 날리고 산속의 어둠은 헛된 근심을 집어삼켰다. 팔 베고 마냥 누워 있으면 상념만 늘어나는 한량이지만, 발길 닿는 대로 걸으니 호시절이 따로 없는 나그네며 시인이었다.

공로(公路)가 아닌 탓에 길이 험했다. 발길을 옮길 때마다 낙엽 밟히는 소리가 사각사각 들려왔다. 곱게 뻗은 길로 가도 될 것을 촌각을 아끼느라 험한 산봉우리를 여러 차례 넘었다. 오랜만에 험한 길을 나선 까닭인지 지난날의 쓰라리고 욕된 기억이 떠올랐다. 돌이켜보니 파란만장한 삶의 깃발이 가파른 산길 위에서 외롭고 쓸쓸하게 펄럭거렸다.

공맹(孔孟)을 받드는 유생들에게 휘둘려 팔자에도 없는 시비를 가리느라 좋은 세월 다 보냈다. 그때마다 떠밀리다시피 관직에서 밀려나 정처 없는 유랑이 시작되었다. 처마 아래서 비를 피하며 땅이 꺼져라 한숨을 내쉰 게 한두 번이 아니었다. 허봉(許篈) 형이나 서애(西厓, 류성룡) 선생 덕분으로 다시 관(官)의 문턱을 넘어섰지만, 가는 곳마다 이놈저놈 달려들어 시빗거리가 끊이지 않았다. 마흔넷에 이르러 그 길을 돌아봐도 쓸쓸하고 고적하기는 매한가지였다.

"길참아, 좀 쉬었다 가자."

허균은 지팡이를 허리춤에 걸치고 평평한 바위 위에 털썩 주저앉았다. 가쁜 숨을 들이쉴 때마다 시큼한 땀 냄새가 폴폴 풍겼다.

장성의 명물인 갈애바위와 갈재고개를 넘어서자 노령산맥의 지맥이 힘차게 뻗어 있었다. 입암산 산줄기에는 기괴한 병풍바위와 소나무들이 절묘하게 어우러져 있었다.

이제 장성이 코앞이었다. 고창 주막에서 하루를 묵고 해가 중천에 걸렸을 때 발길을 잡았으니 꼬박 하루하고 반나절이 걸린 셈이었다. 갈애바위 아래 계곡에서 빨래를 하는 아낙들의 소리가 와자지껄 들려왔다. 아낙들은 어느 못된 서방의 바람기를 성토하느라 한시도 입을 쉬지 않고 주절거렸다. 갈재고개를 넘은 뒤로는 사람들이 부쩍 불어났다.

"나리, 안색이 뽀얀 달덩이처럼 아주 좋아 보입니다요."

길참이 허균의 얼굴을 보더니 빙그레 웃었다.

"듣던 중 반가운 소리로구나."

가파른 산길을 오르느라 힘이 부치고 다리가 후들거려도 마음은 편했다. 마음이 허허로우면 백 리 길도 천 리 길이지만, 마음이 부처 같으면 천 리 길도 십 리와 다름없었다.

"이럴 줄 알았으면 진작 떠날걸 그랬습니다요."

이번 여행을 작심했을 때만 해도 장성은 그리 염두에 두지 않았다. 곧바로 홍길동을 참수형에 처한 문경으로 내달을 생각이었다. 그러나 홍길동의 태생을 확실하게 짚고 넘어가는 것도 사려 깊은 일이라 여겨 첫 행선지로 장성을 택했다. 날짐승 들짐승도 뿌리가 있는데, 어찌 걸물의 뿌리를 모르고서 그의 기백을 논할 수 있겠는가.

지금도 홍길동의 출생에 대해서는 알려진 바가 거의 없었다. 홍길동의 출생지가 장성의 아차실이라는 것, 홍길동이 양반과 시비(侍婢) 사이에서 태어난 서얼이라는 것 정도가 세인들의 입에 오르내렸다. 사람들은 홍길동의 신출귀몰한 재주나 관군을 농락한 변신술에만 귀를 기울였지, 그의 출생이나 성장 과정에 대해서는 별 관심이 없었다.

마방(馬房)이 딸려 있는 역원에 여장을 풀었다. 역원은 주막보다는 큰 숙소로, 양반을 위한 방은 물론 노비를 위한 방도 봉노라 하여 따로 마련되어 있었다.

날이 어두워지면서 역원 안은 속속 밀려드는 길손으로 꽉 들어찼다. 대청마루에는 이미 자리를 잡은 지 꽤 오래된 듯 네댓 명의 길손이 막걸리 사발을 돌리고 있었다. 마당 한쪽에는 거적때기를 깔고 앉아 술잔을 기울이는 보부상도 여럿 눈에 띄었다. 바람 따라 거닐다 보면 어느 객지에서나 흔히 볼 수 있는 역원 풍경이었다. 허균은 방을 정한 후 툇마루에서 산나물을 다듬고 있는 역원 주인에게 다가갔다.

"아차실은 예서 얼마나 더 가야 하오?"

역원 주인이 눈꼬리를 치켜 올리며 허균을 위아래로 쓰윽 훑어보았다.

"무슨 연유로 아차실에 가려는지 모르나 된서리 맞고 싶지 않거든 사나흘 후에나 가는 게 좋을 것이외다."

"그곳에 무슨 일이라도 있소?"

"멀리서 온 길손 같은데, 아차실이 어떤 곳인지는 알고나 있는 게요?"

역원 주인이 비시시 웃어 보였다.

"조만간 도적 무리들이 아차실에 개떼처럼 몰려들 것 같아서 하는 소리외다."

"도적 무리라니, 대관절 그게 무슨 소리요?"

"수일 전부터 홍길동을 추종하는 무리들이 아차실로 집결한다는 소문이 있소."

"방금 호, 홍길동이라고 하였소?"

귀가 솔깃한 소리였다. 장성 역원에 들어서자마자 홍길동을 듣게 되다니…….

"그렇소. 관아에서는 사나흘 전부터 이들을 체포하려고 아차실 곳곳을 기찰하고 있소."

"그건 어디서 들은 소리요?"

"듣고 자시고 할 게 뭐가 있소. 장성 사람이라면 삼척동자도 다 아는 일인데. 9월 보름달이 뜰 무렵에 홍길동을 추종하는 무리들이 아차실로 몰려드는 건 이미 십수 년 전부터 있었던 일이오. 그러니 급한 볼일이 아니거든 예서 며칠 더 머물다 가라는 소리요. 공연히 객쩍은 호기 부리느라 아차실에 들어갔다가 날벼락을 맞을지 어찌 알겠소."

역원 주인은 그렇게 툭 내던지고는 마방 쪽으로 느적는적 걸어갔다. 허균은 싸대기를 얻어맞은 것처럼 얼떨떨했다.

"오는 날이 장날이라더니, 어쩐지 느낌이 좋지 않습니다요."

길참은 불길한 징후를 느꼈는지 어깨를 움츠렸다.

"달리 보면 잘된 일인지도 모르지 않느냐. 이틀 내내 발이 부르트면서 장성까지 왔는데, 아무 일도 없이 홍길동 생가만 둘러보고 가면 섭섭하지 않겠느냔 말이다."

"암만 그래도 도적 무리가 온다는데……."

"그건 네놈이 신경 쓸 일이 아니니 어서 들어가자."

허균은 가는 숨을 뱉어냈다. 지금이 어느 땐데 홍길동을 추앙하는 무리가 출현한단 말인가. 홍길동이 환생하여 제 태를 묻은 곳에 강림하거나, 세월이 천도(天道)를 거슬러 거꾸로 흐르지 않는 다음에야 있을 수 없는 일이었다.

역원 지붕 위로 둥근 보름달이 두둥실 떠올랐다.

마흔넷, 꿈을 찾아서

1

허망하고 객쩍은 바람이었다.

뿌연 먼지를 뒤집어쓴 채 어둠이 내릴 때까지 서고 안을 뒤졌지만 허균의 서책은 나오지 않았다. 돌이켜보니 부질없는 짓이었다. 인연 깊은 망자의 집에서 서책을 찾으려는 것부터가 선비의 도리를 벗어났다. 망자의 넋을 위로하기는커녕 어찌 서책에 눈이 멀어 예를 벗어났을까.

조열의 서고를 다녀온 지 사흘이 지났는데도 손끝에는 여전히 고서들의 향취가 진하게 남아 있었다. 연암은 앉은뱅이책상 위에 놓인 두 장의 필사지를 물끄러미 내려다보았다. 하나는 조열이 가지고 온 것이고, 다른 하나는 조열의 서고에서 발견한 것이었다. 서로 필체는 달라도 글 속에 묻어 있는 애틋함은 같았다. 모름지기 글이란 내면 깊은 곳을 비추는 거울이었다. 이 필사지에도 잘 드러나듯 허균 스스로가 홍길동이라 착각이 들 정도라고 하니 홍길동에 대한 살가운 정은 말할 것도 없었다.

　　홍길동 소설을 써야겠다고 호기를 부린 게 오 년 전이다. 그때 내
　　나이 서른아홉, 공주 목사에서 파직당한 후 산천을 벗 삼아 정처
　　없이 떠돌아다녔다. ……

　허균이 귀양살이를 끝내고 정사암에 머무를 때의 나이는 마흔넷이었다. 지금 연암의 나이와 같았다.
　기묘한 인연이었다. 허균의 생애에서 가장 고단했던 때가 이 무렵이었는데, 연암 역시 그와 별반 다르지 않았다. 청나라에 다녀온 후 연암은 다시 외톨이 신세를 면치 못했다. 매일 쌍륙(雙六)놀이로 시간을 죽였고, 빚에 쪼들려 심신이 고달팠다. 문 앞에는 빚쟁이가 기러기처럼 줄을 서 있고, 방 안에는 지난밤 거나하게 취한 놈들이 물고기처럼 잠을 자고 있었다. 열하로 가는 도중 하룻밤에 아홉 번 강을 건널 때도 마음의 평정을 잃지 않은 그였지만, 궁박하고 찌든 형편에는 달리 방도가 없었다. 이제 더 이상 돈을 빌릴 만한 곳도 없었다. 다시 글을 써야겠다고 다짐한 것도 계절이 바뀌어도 변함없는 가난과 무료함 때문이었다. 가난을 잊고 무료한 일상에서 탈피하려는 연암의 몸부림은 치열하고 처절했다. 어딘가에 집중하고 몰두하지 않으면 그대로 미쳐

버릴 것 같았다.

　그래도 허균은 마흔넷의 나이에 나름의 꿈과 이상을 좇고 있었다. 늘 관직 가까이에 있던 터라 귀양살이 도중에도 벼슬의 끈을 놓지 않았다. 마흔넷의 나이가 될 때까지 허균은 무려 열두 번이나 파직당했다. 스무 살에 생원시에 합격해 스물다섯에 첫 벼슬길에 오른 허균은 연이은 파직과 탄핵으로 제대로 임기를 채운 적이 없었다. 유생들의 상소는 불혹의 나이가 넘도록 끊임없이 그를 괴롭혔다. 공맹의 가르침을 천명보다 더 귀히 여기는 그들 앞에서 허균은 언제나 성깔 사나운 외톨이였다. 조선 건국의 모태가 된 공맹사상은 그의 풍운아적인 기질을 용납하지 않았다. 나이가 들어서는 대간들의 인신공격까지 더해져 그의 입지는 점점 더 좁아졌다.

　허균이 도교와 불교에 심취한 것도 그의 자유분방한 사상과 무관하지 않았다. 유랑의 발길을 반갑게 맞아주는 이들은 외딴 암자의 노승이었고, 산속 깊은 곳의 도인이었다. 그들을 만난 인연으로 태어난 것이 「남궁선생전」과 「장생전」이었다. 허균이 공주 목사에서 파직을 당한 것도 「남궁선생전」의 주인공인 남궁두라는 도인을 만나 신선 흉내를 낸 것이 직접적인 이유였다.

　이렇듯 허균의 삶은 하루도 바람 잘 날이 없었다. 그나마 허균이 유일하게 마음을 붙인 것이 다독과 끊임없는 집필이었다. 기생방을 수시로 드나들면서도 허균은 책과 붓을 놓지 않았다.

　연암은 자리에서 일어나 문을 반쯤 열었다. 하늘에는 닭털 같은 구름이 해를 가리고 있었다. 툇마루를 넘어온 바람이 창호를 가볍게 두

드리더니 소가 우는 들판으로 멀찍이 사라졌다.

허균의 서책은 어디에 있는 것일까? 누가 조열을 살해했으며, 허균의 책과는 어떤 관계가 있는 것일까?

또다시 신기루 같은 의혹이 목덜미를 감아 올랐다. 연암은 조열의 행적을 차분히 더듬어갔다. 조열이 연암의 집에 찾아온 것은 한 달하고도 사흘 전이었다. 조열은 보름이 지나 한양에 모습을 나타냈고, 마종삼에게 허균의 책에 대해 털어놓았다. 그때만 해도 조열은 허균의 서책을 가지고 있었던 게 분명했다. 조열의 서고에 남아 있는, 허균의 책을 필사한 종이가 이를 뒷받침해주고 있었다. 그런데 조열은 왜 느닷없이 부안에 내려간 것일까.

"나리, 안에 계십니까?"

문밖에는 마종삼이 우두커니 서 있었다.

"나리께 전해드릴 소식이 있어 찾아왔습니다."

마종삼 또한 조열의 죽음에 강한 의혹을 품고 있었다. 그날 빈손으로 조열의 서고를 나설 때도 범인을 꼭 잡아 조열의 원한을 풀어줘야 한다고 수차례나 되뇌었다. 연암은 전해줄 소식이 무엇인지 눈빛으로 물었다.

"교산의 서책을 직접 두 눈으로 본 책쾌가 있다고 합니다."

"그자가 누군가?"

"박후생이라는 책쾌로 조열과는 친분이 두터운 자입니다. 지난 사흘 동안 소인은 도성 안을 돌아다니면서 모든 책쾌들에게 일일이 탐문하였습니다."

마종삼은 연암처럼 방구석에 틀어박혀 구들장만 차지하고 있지 않았다. 그는 조열의 서고를 나서자마자 도성 내 책쾌들이 집결하는 곳을 찾아다녔다. 평소 안면이 있는 책쾌를 만날 때마다 조열의 행적을 묻고 그의 죽음에 강한 의혹을 제기했다. 지성이면 감천이라 했던가. 마종삼은 허균의 서책은 물론 이번 사건의 전모를 아는 책쾌를 찾아냈다.

"듣자 하니 이 책의 서두에는 교산이 장성으로 내려가 그곳에서 겪은 일이 적혀 있다고 합니다."

짚이는 데가 있었다. 전라도 장성은 홍길동의 고향이었다. 조선의 특이한 인물들의 사적(事蹟)을 모아 엮은 『증보 해동이적(海東異蹟)』에는 홍길동의 출생지가 정확히 기록되어 있었다.

옛적에 듣자 하니, 국조 중엽 이전에 홍길동이란 자가 있었는데, 재상 홍일동의 얼자 동생으로 이들은 장성의 아차곡에 살았다.

이 야사집에는 홍길동의 옛집이 장성의 아차실로 나와 있었다. 뿐만 아니라 홍길동이 그곳에서 태어났다는 전설이 지금까지 이어져오고 있었다.

큰 암석 바위가 벌어지면서 하얀 김이 솟아오르고 말을 타고 투구를 쓴 세 장군이 힘차게 튀어나왔다. 그때 셋째 장군의 말 다리가 부러지면서 말과 장군이 넘어졌다. 그 순간 맑게 개었던 푸른 하늘이 어두워지며 하늘에서는 천둥과 벼락이 내리쳤다. 세 장군은 성난 용의 꼬리에 휩싸여 서서히 하늘로 올라갔다. 그때 부러진 다리 때문에 절룩거리던 셋째 용은 두 용으로부터 떨어져 황룡면 아차실 마을로 떨어졌다. 그 순간 아차실에 있는 홍씨 댁에서 어린애의 울음소리가 났다. 이렇게 태어난 아이가 바로 홍길동이다.

"박후생이라는 자는 지금 어디에 있나?"

연암의 허연 눈썹이 꿈틀거렸다.

"부안에 있습니다. 짐작하건대 조열이 부안에 내려갔을 때 그자를 만난 것 같습니다."

"자네도 그자를 만나봤나?"

"아닙니다. 소인도 다른 책쾌를 통해 전해 들었을 뿐 아직 그자를 보지는 못했습니다. 부안을 왕래하는 책쾌들에 따르면 박후생은 조열의 사인에 대해서도 잘 알고 있는 듯합니다."

그나마 박후생이라는 기댈 언덕이 하나라도 있다는 게 다행이었다. 허균의 서책도 직접 두 눈으로 봤다고 하니 이번 사건에 중요한 인물임이 틀림없었다.

"어찌하시겠습니까? 나리께서 부안으로 내려가시겠다고 하면 소인이 길잡이가 되어드리겠습니다."

마종삼이 아래턱을 쳐들었다.

"자네도 부안에 갈 수 있겠나?"

"물론입니다. 조열의 원한을 풀어주어야지요. 막역한 벗의 죽음을 나 몰라라 외면하면 사람의 도리가 아니죠."

"……."

"사람이 짐승과 다른 게 무엇입니까? 그건 신의와 은혜를 저버리지 않는 것 아닙니까?"

마종삼의 날카로운 눈빛 속에 조열의 구릿빛 얼굴이 침통하게 고여 있었다.

"알았네."

2

잠이 오지 않았다. 몸이 파김치처럼 늘어지고 등짝은 욱신거리는데도 눈이 감기지 않았다. 관솔불이 눅눅한 구들장을 쉼 없이 덥히고 있었다.

참으로 기이한 일이었다. 홍길동이 저세상으로 간 지 족히 백 년은 넘었거늘 어찌 그를 따르는 군도(群盜)가 아직도 진을 치고 앉아 저리 소란을 피운다는 것인가. 게다가 이틀을 꼬박 걸어와 장성에 접어든 날이 홍길동이 태어난 날이라니. 그저 우연으로만 보기에는 어딘가 마뜩지가 않았다. 홍길동의 꿈을 꾼 것이나 문경에서 장성으로 발길을 튼 것도 그냥 어물쩍 넘길 일이 아니었다. 허균은 목침을 밀어내고 자리에서 일어났다.

역원 앞마당은 쥐 죽은 듯이 고요했다. 마당 곳곳에 널브러져 막걸리 사발을 돌리던 이들은 모두 자리를 파하고 방으로 들어갔다. 작두간이나 마방, 봉노도 깊은 침묵에 둘러싸여 있었다. 나이 어린 종만이 마방 앞에서 말에게 먹일 여물을 작두로 썰고 있을 뿐이었다.

"어디서 온 게요?"

거적때기를 매단 뒷간에서 한 사내가 터벅터벅 걸어 나왔다. 기골이 장대하고 키가 육 척이나 되는 텁석부리 사내였다.

"부안에서 왔소이다."

"좀 전에 듣자 하니 아차실로 간다고 하던데, 거긴 무슨 일로 가려는 게요?"

"별일 아니오."

"장성이 초행인가 본데 조심해야 할 것이외다. 9월 보름달이 저리 휘영청 밝을 때면 아차실에서 온갖 잡귀들이 날뛴다는 소리가 있소."

"잡귀라니, 이 무슨 해괴망측한 소리요?"

텁석부리는 고개를 들어 희뿌연 구름에 반쯤 가려진 보름달을 가리켰다.

"홍길동이 바로 저 보름달을 품고 세상에 나오지 않았소. 그래서 이맘때면 아차실에서는 늘 크고 작은 소란이 있었소. 홍길동을 추종하는 무리들이 떼거지로 출몰한다거나, 깊은 산속에 눌러앉은 잡귀들이 홍길동의 혼백에 놀라 고을 사방으로 날뛰며 돌아다닌다고 하였소."

텁석부리의 입에서는 술 냄새가 확 풍겼다.

"지난 기유년에는 아차실에서 큰 산불이 나 고을이 쑥대밭이 된 적도 있었소. 아차실 사람들은 이를 두고 홍길동의 혼령이 대노하여 산에 불을 지른 것이라 하오."

허균은 피식 웃었다. 텁석부리의 허풍이 도가 지나쳐 아예 막돼먹은 잡설을 짓고 있었다. 홍길동의 혼령이 무슨 원한이 있어서 제 태를 묻은 곳에 해코지를 한단 말인가.

"이곳은 홍길동의 총기(聰氣)뿐만 아니라 원기도 서린 곳이오. 백 년이라는 세월이 지났다고 하지만, 산천초목을 휘어잡은 걸물인데 그 귀신이야 뭘 더 말하겠소. 안 그렇소?"

"……."

"귀신의 등쌀에 개죽음을 당하면 저승길도 잘 열리지 않는 법이라오. 홍길동의 혼백에게 제를 지내는 것도 바로 그런 까닭이오."

"제를 지내다니? 예서 홍길동의 제를 지낸다는 게요?"

"그렇소, 하하하."

텁석부리는 비틀거리는 몸을 끌고 마방 옆에 딸린 방 안으로 들어갔다. 허균은 그 자리에 우뚝 서서 멍하니 밤하늘을 쳐다보았다. 그새 구름 속으로 숨어든 보름달은 고개만 빠끔 내밀고 산천초목을 묵묵히 굽어보고 있었다.

홍길동을 추종하는 무리, 9월 보름달, 홍길동의 혼백……. 방금 전 텁석부리가 정색을 하며 내뱉은 말들이 사정없이 귓불을 흔들었다. 불과 몇 마디밖에 나누지 않았는데도 워낙 뜬구름 같은 소리라 정신을 차릴 수가 없었다. 그래서인지 아직 홍길동의 고향에는 발길도 들여놓지 않는데, 벌써부터 몸도 마음도 아차실의 깊숙한 곳까지 들어와 있는 것 같았다.

문틈 사이로 뿌연 빛줄기가 스며들었다.

무등산 끝자락에 동이 터오면서 역원 안이 부산스러워졌다. 잠을 제대로 자지 못한 탓인지 온몸이 찌뿌듯했다. 밤새 몸을 가누지 못하고 뒤척이다가 겨우 잠이 든 것이 축시(丑時) 무렵이었다.

"여기서 아차실까지는 오 리 정도 떨어져 있다고 합니다요."

허균이 방에서 나오자 툇마루에 앉아 있던 길참이 일어났다.

"나리께서는 여기 남아 계시는 게 좋겠습니다. 아무래도 고을 분위기가 뒤숭숭한 것 같으니 쉰네가 먼저 아차실을 살피고 오겠습니다요."

길참은 그렇게 말하고는 휘적휘적 걸어갔다. 허균은 두 다리를 길게 뻗었다. 잠자리가 편치 않은 터라 무릎이 더 팍팍하고 허리가 시큰거렸다. 역원 안은 서둘러 길을 떠나려는 나그네들로 북적거렸다.

이제 와 더듬어보니 불길한 징후는 곳곳에서 감지되었다. 갈재고개를 넘어 저잣거리로 들어설수록 관군들의 숫자가 부쩍 늘어났다. 조선 팔도를 정처 없이 떠돌아다닌 터라 관군들의 눈빛만 봐도 대충이나마 그 고을 분위기를 짐작할 수 있었다. 이들은 옆구리에 창을 움켜쥐고서 외지에서 온 길손을 살피느라 경계를 늦추지 않았다. 고을 사람들 역시 비장한 표정을 뒷전에 꿍치고서 힐끔힐끔 외지에서 온 길손을 곁눈질하고 있었다.

길참이 역원에 돌아온 것은 오시(午時)가 다 되어서였다.

"아차실 분위기가 어떻더냐?"

"역원 주인의 말이 허튼소리 같지는 않습니다요. 오늘 밤 아차실에서 홍길동의 제를 지낸다는 소리가 있습니다요. 이곳에서는 십수 년 전부터 9월 보름이면 홍길동에게 제를 지내왔다고 합니다요."

"대체 어디서 제를 지낸다는 게냐? 홍길동의 생가더냐?"

"그건 쉰네도 잘 모르겠습니다. 암만 캐물어도 이리저리 말을 돌리고 딱 부러지게 말하려고 하지 않습니다요."

"허허, 참으로 기이한 일이로구나."

"고을 안에는 관군들이 사방에 깔려 있고, 사람들도 잘 눈에 띄지 않습니다. 역원 주인의 말마따나 아차실에는 사나흘 지난 뒤에나 가는 게 좋을 듯합니다요. 자칫하다가 큰 봉변을 당할지 어찌 알겠습니까요."

"아니다. 다른 이도 아니고 홍길동과 곡절이 닿는 일인데 어찌 가만두고 볼 수 있겠느냐. 무슨 일이 있는지 이 두 눈으로 똑똑히 확인해야겠다. 어서 앞장서거라."

우연이든 필연이든 간에 이런 기이한 사연을 알고도 그냥 지나칠 수는 없었다. 정사암 주위에서 얼씬거리던 홍길동의 혼백이 장성까지 길잡이가 되어 동행한 것인지 어찌 알겠는가. 춘하추동 수많은 날들을 제쳐두고 홍길동이 귀빠진 날에 때맞춰 내려온 것만 봐도 범상한 일이 아니었다.

허균은 홍길동의 생가 쪽으로 발길을 잡았다.

3

꼬박 닷새가 걸렸다.

걷다가 힘이 부치면 바위든 수풀이든 가리지 않고 바람 막아주는 곳에 엉덩이를 붙였다. 목이 마르면 냇가에서 목을 축이고 잠이 쏟아지면 볕 잘 드는 곳을 찾아 오수(午睡)를 즐겼다. 그렇게 모진 바람을 등에 지고 걷고 또 걸었다. 열하를 다녀온 후로 이처럼 긴 여행길은 처음이었다.

연암은 평소에도 여행을 좋아했다. 서른 안팎에 이덕무, 홍대용, 박제가, 백동수 등과 조선 곳곳을 누비고 다니며 유람의 희열을 만끽했다. 그들과 함께한 여행길은 더없이 유쾌하고 즐거웠다. 돈이 궁해도 외롭지 않고 끼니를 걸러도 배고픈 줄 몰랐다. 한때는 신선을 찾기 위해 천하 절경인 금강산을 누비고 다닌 적도 있었다. 그렇게 해서 태어난 소설이 「김신선전」이었다. 원래 소설이라는 것이 책상머리에 앉아 머리만 굴린다고 해서 얻어지는 게 아니었다. 귀동냥이든 풍문이든 가리지 않고 여기저기 발품을 팔아야 원하는 것을 얻을 수 있었다.

부안에 도착하자마자 연암은 성황산 자락을 끼고 있는 관아에 들렀다. 한양을 떠날 때부터 조열의 죽음에 대해 알아봐야겠다고 마음먹었다. 모든 의혹이 조열의 죽음에서 비롯되었으니 이를 속 시원히 푸는 게 가장 먼저 해야 할 일이었다. 허균이 지은 서책의 향방을 찾는 것은 차후의 일이었다. 부안 관아에서도 조열의 사체를 검안하고 범인을 색출하기 위해 안간힘을 썼을 터였다. 대개 살인 사건이 관아에 접수되면 초검관, 복검관, 삼검관을 임명해 세 차례에 걸쳐 탐문 수사를 실시했다. 공정성을 담보하고 죽은 자의 원한을 풀어주기 위한 세심한 방책이었다. 또한 현감을 위시해 형방(刑房), 율생(律生), 의생(醫生)과 시신을 검시하는 오작(仵作) 등으로 검험관을 조직하는 게 통상 관례였다.

부안 관아에서 연암을 맞이한 이는 율생이었다. 그는 육 척의 허우대가 큰 인물로 광대뼈가 유달리 툭 튀어나왔다. 연암은 율생에게 한양에서 예까지 오게 된 연유를 간략하게 설명하고 조열의 주검에 대해 말문을 열었다.

"검시는 하였소?"

"그야 당연하지 않소. 비명횡사한 원혼이 산천을 떠도는데 개나 소가 아닌 담에야 어찌 가만히 있을 수 있겠소."

개나 소라니, 연암은 표 나지 않게 인상을 구겼다. 율생의 언사가 불손했다. 연암의 행색이 초라하고 남루하니 비렁뱅이 대하듯 말을 가리지 않았다. 관아에서 율생이 나올 때부터 썩 내키지 않았다. 이런 일에는 고을 수령은 아니더라도 형방이 나와 예를 갖추는 게 나라의 녹을 먹는 자의 도리였다.

"초검은 누가 하였소?"

"현감 나리께서는 부재중이라 내가 직접 초검을 하였소. 이틀 지나서는 관례대로 현감 나리께서 복검을 지휘하였소."

"조열의 사인은 무엇이오?"

"자상이 틀림없소."

연암은 고개를 갸웃거렸다. 자상으로 인한 살인 사건은 결코 흔치 않은 일이었다. 관군이나 도적을 제외하고 칼을 다루는 자는 그리 많지 않았다. 흔히 살인 사건에 이용되는 도구로는 칼보다는 호미나 쟁기, 도끼, 낫 등의 연장이 주를 이루었다.

"초검시형도(初檢屍形圖)를 볼 수 있겠소?"

이놈 봐라, 율생의 눈꼬리가 치켜 올라갔다. 한양에서 듣도 보도 못한 비렁뱅이 양반 놈이 찾아와 꽤나 성가시게 군다는 묵언의 표시였다. 율생은 옆에 있는 오작노에게 초검시형도를 가져오라고 명령한 후 연암을 빤히 쳐다보았다.

"조열과는 어떤 관계요?"

"막역한 사이외다. 개나 소가 아닌 이상 막역한 자의 죽음을 나 몰라라 해서는 안 될 일이잖소. 하여 만사를 제쳐두고 한양에서 예까지 부리나케 달려온 것이라오."

연암이 비꼬는 투로 받아쳤다. 개나 소를 말할 때는 율생의 표정을 흉내 내면서 불편한 심기를 드러냈다. 잠시 후 오작노가 사체를 검시할 때 그린 초검시형도를 가져왔다.

"당시 조열은 무방비 상태에서 기습을 당한 것 같소."

율생이 가리킨 초검시형도에는 사체의 등덜미 쪽에 붉은 점이 그려져 있었다. 자상을 나타낸 표식이었다. 등덜미에 자상이 있는 걸 봐서 누군가 조열의 등 뒤에서 기습적으로 칼로 찌른 것 같았다.

"도적의 소행이오?"

"도적 무리는 아니오. 자상을 세세히 살펴보니 칼을 잘 다루는 자의 소행 같지는 않소. 더군다나 등덜미를 파고든 칼자국이 좁고 뭉툭한 걸로 봐서 단검에 의한 상흔이 분명하오. 도적들은 단검을 잘 사용하지 않소.”

연암은 다시 한 번 초검시형도를 훑어보았다. 등덜미에 난 자상은 모두 네 곳으로, 하나같이 치명적인 부위가 아니었다. 율생의 말마따나 칼을 잘 다루는 자의 솜씨는 아니었다.

“이것만 봐도 범인이 조열을 단번에 제압하지 못한 걸 알 수 있지 않겠소? 아마 급소도 제대로 찾지 못해 몹시 허둥거렸을 것이오. 자객들은 결코 이런 실수를 하는 법이 없소이다.”

“조열에게 유품은 없었소?”

“유품이라니, 뭘 말하는 게요?”

“조열은 한양의 책쾌요. 피살 당시 조열의 봇짐 속에 서책이 있었는지를 묻는 것이오.”

“그, 그게……..”

율생은 갑자기 우물쭈물거리면서 말을 더듬었다. 그러고는 헛기침을 두어 번 내뱉더니 옆에 우두커니 서 있는 오작노를 힐끔 쳐다보았다.

“보, 봇짐을 가져오너라.”

율생의 태도가 석연치 않았다. 오작노가 관아에 들어간 후에는 연암과 눈을 마주치지 않으려는 듯 멀찍이 시선을 던졌다.

잠시 후 오작노가 낡은 봇짐을 가지고 왔다. 조열의 봇짐을 보자 연암은 눈앞이 흐려졌다. 저 낡은 봇짐 속에 귀한 서책을 담아 전해주던 조열의 얼굴이 떠올랐던 것이다. 조열은 빚에 쪼들리는 가난뱅이 선비를 위해 무상으로 책을 전해주기도 했다. 무릇 좋은 책이란 그 책이 반드시 필요한 사람에게 건네주어야 제 값어치를 한다는 게 조열의 신조였다. 어디 그뿐인가. 빠듯한 살림에도 명절 때면 글 읽는 선비 집 앞에 넌지시 제수품을 놓고 가기도 하였다. 마종삼 역시 조열의 봇짐을 보자 눈 밑이 벌겋게 달아올랐다.

연암은 이내 평정을 찾고 조열의 봇짐을 열었다. 그 안에는 서책이 열 권 정도 들어 있었는데, 대부분이 한글 소설책이었다. 허균의 서책은 없었다.

"뭘 그리 찾는 게요?"

율생의 말투는 다분히 시비조였다.

"행여 봇짐 속에 단서가 될 만한 게 있을지 몰라 살펴본 것이오. 범인의 윤곽은 잡혔소?"

"지금으로서는 오리무중이오. 조열이 부안 사람도 아니어서 심문할 곳도 마땅치 않소."

연암은 조열의 봇짐을 오작노에게 건네주고는 마지막 질문을 던졌다.

"조열이 피살당한 곳은 어디요?"

"개암사로 가는 산길이오."

4

아차실 초입에 들어서자 무등산 끝자락이 질펀하게 누워 있었다. 아차실은 사방이 야트막한 능선으로 둘러싸여 있었다. 그래서인지 남쪽으로 탁 트인 길이 우렁이 속처럼 아늑하게 느껴졌다.

홍길동 생가를 찾는 것은 어렵지 않았다. 철부지 조무래기든 팔자 수염의 노인네든 만나는 사람마다 홍길동의 생가로 가는 길을 친절하게 일러주었다. 무등산 끝자락에서 내려와 커다란 샘물을 옆에 끼고 돌아서자 고가 한 채가 거북등처럼 누워 있었다. 홍길동의 생가였다. 진작 한번 다녀갔어야 할 곳인데, 차일피일 미루다가 이제야 겨우 찾아왔다.

홍길동 생가 앞에는 음산한 기운이 감돌았다. 그 주위의 번듯한 고가와는 달리 유독 이 가옥만이 생기를 잃고 침울하게 가라앉았다.

길참이 허균의 소매를 슬며시 잡았다. 그러고는 자신이 먼저 고가 안을 살피겠다는 듯 조심스럽게 문턱을 넘어섰다. 창호지가 찢겨 나간 창틀, 깨진 장독대, 강아지풀들로 덮인 낡은 기와⋯⋯. 앞마당에는 제멋대로 뻗은 잡초들이 뒤엉켜 있고 잡초 덤불 밑으로 쥐들이 날래게 기어가고 있었다.

"휴, 흉가이옵니다요."

한 차례 매서운 바람이 몰아치자 창틀에 위태롭게 걸쳐 있던 문짝이 풀썩 자빠졌다. 대문 앞에 무릎 높이까지 자란 잡초들도 바람결에 휩쓸려 납작하게 엎드렸다.

이 어찌 된 변고인가. 무등산 자락을 끼고 있는 추로지향(鄒魯地鄕)의 터는 당상관 이상의 세도가가 아니고서는 들어설 수 없는 명당이었다. 그러나 장풍득수(藏風得水)의 당당한 위풍은 사라지고 날랜 쥐들이 명당의 기운을 독차지하고 있었다.

"거기 뉘시오?"

그때 대문 쪽에서 가래 섞인 목소리가 들려왔다. 낡은 대문 밖에 칠십은 됐을 법한 노인이 뱁새 같은 눈으로 허균을 노려보았다.

"지나가는 길손이오."

노인은 빠르게 사위를 두리번거리더니 대문 쪽으로 바짝 다가섰다.

"이곳은 함부로 발을 들여놔서는 안 되는 곳이오. 관군들에게 발각되는 날에는 모진 문초를 당할지도 모르니 어서 썩 나오시오."

허균이 멀뚱히 선 채 아무런 반응을 보이지 않자 노인의 카랑카랑한 목소리가 다시 한 번 흉가 안을 울렸다.

"어서 나오지 않고 뭘 꾸물대는 거요!"

노인은 마치 이 흉가의 문지기라도 되는 듯 어깨에 힘이 잔뜩 들어가 있었다.

"허허, 문턱 한 번 넘어섰다고 그리 옥박지를 것은 없지 않소."

"이곳이 누구의 집인지는 알고나 있소?"

"홍길동의 생가 아니오."

"그리 잘 알고 있으면서 무슨 배포로 그 안을 기웃거리는 게요. 어서 나오시오."

노인이 하도 다그치는 바람에 허균은 얼떨결에 문밖으로 나왔다.

"보아하니 흔치 않은 명당인데, 어찌 이리 흉가로 변했단 말이오?"

"홍길동의 모친이 시름시름 앓다가 세상을 뜬 후부터 몹쓸 잡귀가 들었는지 집안사람들이 차례차례 화를 입었소. 그래서 남아 있는 홍씨 자손들이 집을 내버리고 다른 곳으로 간 게요. 이곳에 사람이 드나든 지 수십 년은 넘었을 것이오. 갈 곳 없는 비렁뱅이들도 이 집만은 거들떠보지도 않소이다."

그때 허리에 칼을 찬 관군 두 명이 홍길동 생가 앞으로 다가섰다. 노인은 마치 죄라도 지은 사람처럼 관군을 피해 슬금슬금 뒷걸음쳤다. 키가 작은 관군이 흉가 안을 힐끔 들여다보고는 큰길 쪽으로 사라졌다.

"빌어먹을 것들!"

노인은 관군들이 사라진 길에 대고 가래침을 내뱉었다.

"급한 볼일이 없으면 약주라도 한잔 나누는 게 어떻소. 아차실에 들어와보니 궁금한 점이 한둘이 아니라 목이라도 축이면서 얘기 좀 듣고 싶소."

노인은 허균의 갑작스러운 호의에 어리둥절한 표정을 지었다.

"뭘 듣고 싶은 게요?"

"다 지난 얘기니 크게 신경 쓸 일은 아니오. 홍길동이 아차실에서 어떻게 성장했는지 알고 싶소이다."

홍길동 생가 건너편에 조그만 주막이 눈에 띄었다. 허균은 한사코 거절하는 노인을 겨우 꼬드겨 주막으로 데리고 갔다.

주막 아낙은 한쪽 구석에 쪼그리고 앉아 병든 암탉처럼 꾸벅꾸벅

졸고 있었다. 허균은 노인의 잔에 술을 가득 채웠다.

"홍길동은 어려서부터 머리가 비상하여 장성 읍성까지도 소문이 자자했소. 하나 제아무리 머리가 총명한들 무슨 소용이 있겠소. 하늘이 돕지 않고서야 서자로 태어난 팔자가 변할 수 있는 게 아니잖소."

노인은 홍길동의 출생부터 출가하기 전까지의 과정을 간략히 들려주었다. 홍길동은 당시 장성의 권세가로 알려진 홍상직과 그의 시비 사이에서 태어났다. 홍상직이 집 앞에 바라보이는 무등산을 삼키는 꿈을 꾼 후에 밥을 나르는 시비와 관계하여 홍길동을 얻은 것이다. 그날이 바로 9월 보름이었다. 홍길동은 그 총명함이 이웃 마을까지 전해질 정도로 빼어났으며, 아차실에서는 일곱 살 신동으로 불렸다. 문재는 물론 무예도 출중해 장부의 조건을 두루 갖추었다. 그러나 홍길동은 점점 성장하면서 자신 앞에 커다란 장벽이 가로막고 있는 것을 깨달았는데, 그것은 서자라는 신분 차별의 족쇄였다. 이 세상은 그의 총명을 천하에 널리 떨칠 기회를 원천적으로 봉쇄했던 것이다. 그 후로 홍길동은 홀연히 장성에서 사라졌고, 그를 다시 본 사람은 없었다.

"홍길동이 출가한 것이 언제요?"

"열다섯 살 되던 해였소. 서자라는 신분으로는 이 나라에서 대장부의 역할을 할 수 없다는 걸 깨닫고 홀연히 집을 나간 게요. 그 후로는 어느 깊은 산속에 들어가 노승의 수하가 되어 무예를 배웠다고 하오. 홍길동이 아차실을 떠난 후에는 온갖 풍문이 떠돌아다녔는데, 대부분 홍길동이 큰 도적이 된 후 지어낸 것들이라 믿을 만한 게 되지 못하오."

"홍길동이 아차실을 떠난 후 다시 고향을 찾은 적은 없었소?"

"꼭 한 차례 있었소."

노인이 술잔을 단숨에 비웠다.

"그때가 아마 기미년(1499년)이라고 했던 것 같소."

기미년은 홍길동이 문경에서 참수되기 한 해 전이었다.

"모친의 묘소를 둘러보기 위해 아차실에 온 것이라 하오. 당시 홍길 동의 생가 뒷산에는 홍길동의 모친 묘소가 있었는데, 지금은 다른 데 로 이장을 했소이다."

스무 해 가까이 단 한 번도 고향을 찾은 적이 없던 홍길동이 왜 갑 자기 아차실에 나타난 것일까. 앞으로 자신에게 닥칠 불길한 징조를 감지하여 마지막으로 모친의 묘소 앞에 꿇어앉아 그간의 불효를 용서 받으려고 했던 것이 아닐까.

"혹시 홍길동이 참수되었다는 소리를 들은 적은 없소?"

"방금 뭐라 하였소? 참수? 허허, 내 온갖 기막히고 맹랑한 소문은 다 들어봤어도 홍길동이 참수되었다는 소리는 댁에게 처음 듣소. 대관절 어떤 잡놈이 그런 헛소문을 퍼뜨리는 게요?"

"……"

"내 말 잘 들으시오. 이 아차실은 단순히 홍길동이 태어나고 자란 곳 만이 아니오. 이곳 백성들은 지금도 홍길동이 다시 나타나 힘없고 궁 박한 자신들을 구원해줄 것으로 믿고 있소이다."

"그건 또 무슨 소리요? 홍길동이 환생이라도 했다는 말이오?"

노인은 더 이상 말은 않고 히쭉히쭉 웃기만 했다.

"이쯤에서 끝내는 게 좋겠소. 덕분에 잘 마셨소이다."

노인은 술잔을 말끔히 비우더니 자리에서 일어났다.

"이보시오. 입 밖으로 말을 꺼냈으면 끝을 봐야지 어찌 그리 가슴에 불만 지피고 가겠다는 게요."

허균이 노인의 소매를 붙들었다.

"더 알아서 좋을 게 없다는 말이외다. 공연히 세 치 혀 잘못 놀렸다가 황천길로 가는 수도 있으니 말이오."

"알았소. 더 이상 그 까닭을 묻지 않을 테니 한 가지만 분명하게 말해주시오. 오늘 밤에 홍길동에게 제를 드린다고 하는데 그곳이 어디요?"

"허허, 이 사람이……. 누가 들으면 어쩌려고 그런 소리를 함부로 입에 담는 게요?"

노인은 허균의 손을 거칠게 뿌리치며 사위를 산만하게 두리번거렸다.

"금년엔 성황당에서 드릴 것이오……."

노인은 그렇게 귓속말로 속삭이고는 횅하니 사라졌다.

5

가파른 재를 넘어서자 산들바람이 가슴에 착 달라붙었다. 좌우로 늘어서 있는 기암괴석은 마치 두 손을 공손히 마주 잡고 고개를 숙여 절하는 모습이었다. 눈길 주는 곳마다 빼어난 절경이 실타래처럼 이어졌다. 연암은 기암괴석을 뒤로하고 왼쪽으로 몸을 틀었다.

"나리, 이곳은 개암사로 가는 길이 아닙니다요."

뒤를 따르던 마종삼이 빠른 걸음으로 다가와 앞을 막아섰다.

"알고 있네. 기왕 예까지 왔으니 잠시 둘러볼 곳이 있네."

한양을 떠날 때부터 부안에 가면 꼭 들러봐야겠다고 벼르던 곳이 있었다. 바로 반계거사(磻溪居士) 유형원(柳馨遠)이 머물던 우반골이었다.

반계거사는 호걸 같은 선비였다. 『반계수록(磻溪隧錄)』에 나타난 강령(綱領)의 웅장함과 절목(節目)의 치밀함은 읽는 이들을 절로 탄복하게 만들었다. 반계는 공언(空言)만 판치던 세상, 문약하기 이를 데 없는 나라를 새롭게 변혁시키려는 큰 꿈을 품었다. 비록 반계는 그런 꿈을 펼치지 못하고 눈을 감았으나 그의 큰 꿈은 여전히 올곧은 선비에게 영감을 불어넣었다.

연암은 반계의 경륜과 경국제민(經國濟民) 사상을 늘 마음속에 그리고 있었다. 사실 반계의 경세론을 알아보지 못한 것은 나라로서도 큰 손해였다. 그나마 반계거사가 타계한 지 백 년이 지나 『반계수록』이 목판본으로 간행되었으니 천만다행이 아닐 수 없었다. 당대의 경세가로 반계거사만 한 학자가 없었다.

연암은 약초를 캐고 있는 촌로에게 다가가 반계거사가 머물던 곳을 물었다. 촌로는 말없이 개울가 너머의 작은 기와집을 가리켰다.

"여기가 어딥니까?"

마종삼은 낡은 기와집을 물끄러미 쳐다보았다. 그 안에서 조무래기들의 글 읽는 소리가 들려왔다.

"반계거사가 머물던 곳이라네."

"반계거사라면……『반계수록』의 저자 아닙니까?"

역시 상급의 책쾌답게 저자 이름만 듣고도 책의 제목을 짚어냈다. 반계 유형원은 서른두 살 때 조부의 농장이 있던 부안 우반골에 내려왔다. 우반골의 땅은 대부분 그의 9대조 유관이 세종대왕에게 받은 사패지였다. 부안으로 낙향한 반계는 서당에 은둔하면서 글을 쓰며 여생을 보냈다. 그는 마흔아홉 살까지 무려 십구 년에 걸쳐 이곳에서 조선 최고의 명저인 『반계수록』을 집필했다. 그렇다고 반계가 우반골에 처박혀 집필에만 몰두한 것은 아니었다. 그의 글은 바지런한 발품에서 비롯되었다. 서른여섯 살과 서른여덟 살 때 호남 지방을, 마흔 살 때 영남 지방을 두루 여행했다. 반계는 그의 저서 『반계수록』 발문에 이렇게 적었다.

> 벼슬을 하는 양반들은 과거를 보아 출세를 하고, 현행 악습들이 자기에게 유리하다고 확신한다. 벼슬을 하지 않은 양반들은 독선적으로 도덕 운운하며 국가 사회에 대한 고려는 전혀 하지 않는다. 이런 사유로 정치는 날로 어지러워지고 백성의 생활은 날로 파탄되어가고 있다.

연경으로 돌아오는 도중 옥갑에서 비장들의 얘기를 들었을 때 무심코 떠오른 인물이 반계였다. 반계는 허생과 너무도 흡사했다. 벼슬을 멀리한 점, 글만 읽을 줄 아는 가난한 선비였다는 점은 물론 경세의 흐름을 짚는 지략 또한 다르지 않았다. 겉으로는 책만 끼고 사는 선비처럼 보이나 속내에 들어찬 기백은 올곧고 호탕했다.

연암은 한 편의 소설을 구상할 때 본보기로 삼을 만한 인물을 늘 마음속에 새겨두었다. 마구잡이식으로 소설 속의 인물을 만들어내다가는 소설 줄기가 엉뚱한 곳으로 흐르기 십상이었다. 그래서 직접 만나보거나 귀동냥으로 전해 들은 인물을 소설의 주요 소재로 삼았다. 「김신선전」은 한양에 사는 김홍기라는 실존 인물을 다룬 소설이었고, 「예덕선생전」은 종본탑(宗本塔) 동편에 살면서 분뇨를 치워 나르는 역부의 우두머리 엄행수를 소재로 쓴 소설이었다.

허생과 반계거사…… 겉으로 드러난 두 사람의 모습은 서로 닮은 점이 적지 않았다. 이들이 속에 품은 뜻을 맛깔스럽게 풀어내는 것이 다음 소설의 큰 줄기였다. 그래서 부안에 도착하면 반계거사가 머물던 곳에 꼭 들러야겠다고 마음먹고 있었다.

"어떤가, 이곳은 신선도 감탄할 천하의 명당이 아닌가."

우반골에는 반계거사의 자취가 아직도 오롯이 남아 있었다. 삼면이 산봉우리로 둘러싸여 있고 마을 앞은 시원하게 트여 있었다. 마을 한가운데로 장천(長天)이 흐르고 있었는데, 물줄기가 북에서 남으로 향하니 천하의 절경이 따로 없었다. 듣던 대로 우반골은 천하의 명당이었다. 상여봉에서 내려온 물줄기가 남포리와의 경계를 형성해 좌청룡을 이루고, 옥녀봉에서 내려온 산줄기가 매봉을 만들어 우백호를 이루었다. 남쪽에는 안산으로 천마산이 있어 장풍득수를 갖춘 길지 중의 길지였다. 어떻게 이런 곳에 터를 잡았단 말인가. 연암은 감탄이 절로 나왔다. 이곳은 선인(仙人)만이 살 곳이요, 속객(俗客)이 와서 머물 곳은 아니었다.

문득 제비바위[燕巖]골에 머물던 때가 떠올랐다. 연암골짜기 역시 길지로서 손색이 없었다. 어디를 가나 바위 사이를 비집고 굽이도는 개울물 소리가 우렁찼다. 집 모양을 이룬 바위틈으로 제비 둥지가 고즈넉이 자리하고 있었는데, 골짜기는 그림 병풍을 펼쳐놓은 듯 워낙 깊어 여름 볕인데도 눈이 시리도록 푸르렀다.

연암골짜기에 들어가 발 뻗을 만한 곳에 터를 잡았다. 짚으로 지붕을 이고 소나무로 처마를 댔다. 겨울이면 구들을 놓아 따스하게 하였고, 여름이면 마루를 깔아 시원하게 하였다. 좁쌀과 보리, 채소와 고사리가 고작이었지만, 모자람도 아쉬움도 없었다. 그때만 해도 진시황도 요순임금도 부럽지 않았다. 제비바위골이 하도 근사하고 아늑해서 연암을 호로 삼았다.

"언제까지 여기에 머물 겁니까?"

마종삼이 어서 목적한 곳으로 가자는 듯 채근했다. 그제야 연암은 조무래기들의 글 읽는 소리를 뒤로하고 개암사 쪽으로 발길을 잡았다.

조열이 살해당한 곳은 야트막한 산길 중간쯤이었다. 재를 넘어가면 개암사로 이어지는 길이고 오른쪽으로 꺾어지면 정사암으로 가는 길이었다. 연암은 오작노가 그려 준 약도를 펼쳤다.

"바로 이곳 같습니다요."

마종삼은 걸음을 멈추고 무덤 앞의 소나무를 가리켰다. 산길 왼쪽으로는 무덤 두 기가 마주하고 있고, 그 앞으로 수백 년은 됐음직한 소나무가 서 있었다. 무덤 건너편에는 커다란 바위가 덩그러니 누워 있었다. 오작노가 그려 준 약도의 위치와 똑같았다.

조열이 목숨을 잃은 곳이 정사암 가는 길목이라니……. 이 또한 우연의 일치일까. 연암은 관아를 나오면서 허균이 머물던 정사암의 위치를 물었는데, 공교롭게도 그곳은 조열이 살해당한 곳과 지척에 있었다. 율생은 허균이 우반골 정사암에 머문 것은 물론 부안 기녀인 매창과의 남다른 연분에 대해서도 잘 알고 있었다.

"매창을 모르고서야 어찌 부안에 산다고 할 수 있겠소, 하하하."

율생은 부안 관아 안에도 매창의 흔적이 남아 있다면서 큰 소리로 웃었다.

허균은 서른세 살, 부안에 머무를 때 매창을 처음 만났다. 그리고 곧 그녀의 빼어난 시에 반했고, 매창이 거리에서 피를 토하며 죽을 때까지 그녀와 돈독한 관계를 유지했다. 유람하는 곳곳마다 기생들과 염문을 뿌리고 다닌 허균이지만 매창과는 남녀의 사랑으로 발전하지 않았다. 그럼에도 조선의 대문장가와 빼어난 여류 시인의 만남은 그 자체로 두고두고 호사가들의 입방아에 올랐다.

"조열은 왜 이곳에 왔을까요?"

마종삼이 두 발을 가지런히 모았다. 연암 역시 오작노가 그려 준 약도를 따라 산길로 접어들면서 그런 생각이 들었다. 조열이 살해당한 산길은 저잣거리나 한양으로 올라가는 길과는 무관한 곳이었다. 산길을 따라 위로 올라갈수록 길옆에 늘어선 나무들이 더 크고 울창했다.

"이런 한적한 산길에서 기습을 받았다는 게 이상하지 않습니까? 누군가 미행하고 있었다면 귀머거리나 장님이 아닌 다음에야 금방 눈치챌 수 있었을 텐데 말입니다."

마종삼의 말에도 일리가 있었다. 이곳은 인적이 뜸한 길이지만 도적이 출몰할 만한 곳은 아니었다. 더군다나 주위가 고요하고 한산해 사람의 기척을 금방 감지할 수 있었다.

"조열이 가는 길목에 잠복하고 있다가 기습을 했을 수도 있지 않은가."

연암이 눈짓으로 무덤 옆의 울창한 수풀을 가리켰다. 수풀 속에 몸을 은폐하고 있다가 조열이 오기만을 호시탐탐 엿볼 수도 있는 일이었다. 무덤 옆의 수풀로 다가가니 장정 무릎 높이에 붉은색 천을 칭칭 감아놓은 나무가 보였다. 조열의 살해 장소를 나타낸 표식이었다.

"그 율생이라는 자가 좀 수상해 보이지 않았습니까?"

"뭐가 말인가?"

"나리께서 조열의 유품을 보자고 했을 때 뭔가 켕기는 게 있는지 그자의 안면이 노랗게 변했습니다."

연암 역시 율생의 태도를 수상하게 여겼다. 어딘가 구린 구석이 있는지 건방을 떨던 표정이 싹 지워졌던 것이다. 조열의 봇짐을 뒤질 때는 짐짓 딴청을 부리며 오작노를 매섭게 노려보았다.

"죽은 자는 말이 없으니 어찌 알 수가 있겠나."

연암은 수풀에서 나와 다시 산길을 따라 걸었다. 곧이어 전나무를 사이에 두고 갈림길이 나왔다. 앞으로 곧장 가면 개암사에 들어서는 길이고, 오른쪽은 정사암으로 접어드는 길이었다.

대체 조열은 어디를 가려고 했던 것일까? 혹시 정사암에 급한 볼일이라도 있었던 것은 아닐까? 연암은 정사암이 있는 오른쪽 길로 들어섰다.

6

성황당 사위는 어두컴컴했다. 그나마 보름달이 빛을 내려 한 치 앞을 겨우 분간할 정도였다. 어둠이 깊어지면서 인적은 한결 뜸해지고 관군들의 숫자는 눈에 띄게 불어나 있었다. 허균은 느티나무 뒤에 몸을 숨기고 성황당으로 오르는 길목을 내려다보았다.

"정말 고을 사람들이 성황당으로 올라올까요?"

길참이 길게 하품을 했다. 이곳에 올라온 지 꽤 오랜 시간이 흘렀지만 아직 아무런 기척도 움직임도 없었다. 이따금씩 날짐승의 날갯짓이 나뭇가지를 가늘게 흔들 뿐이었다.

"참으로 요상한 일입니다요. 장성에 발을 들여놓자마자 기다렸다는 듯이 홍길동과 마주치니 말입니다. 아무리 걸물의 혼백이라고 해도 심기는 썩 편치 않습니다요."

허균은 두 눈에 매서운 불똥을 달고 성황당 주위를 쉼 없이 훑어갔다. 입술 언저리는 가문 논바닥처럼 쩍쩍 타들어갔다. 사실 홍길동 생가에서 나와 저잣거리를 하릴없이 쏘다닐 때만 해도 별다른 감흥이 일지 않았다. 그러나 어둠이 깊어지고 성황당 길목에 들어서면서 조바심이 일어나고 벼룩이 등골을 핥는 것처럼 온몸이 근질거렸다. 성황당으로 들어서는 길목에는 서늘하면서도 뜨겁고, 섬뜩하면서도 오묘한 기운이 흐르고 있었다.

"사각사각."

그때 성황당 맞은편에서 나뭇잎 밟는 소리가 들려왔다. 소나무가 울창한 수풀 속에서도, 구렁이 몸통처럼 휘어진 우마차 길에서도, 야트막한 산등성을 등지고 있는 성황당 뒤편에서도 바닥을 훑어오는 소리가 고막을 흔들었다.

"저기 누군가 옵니다요!"

허균은 느티나무 뒤에서 고개만 빠끔 내밀었다. 한 무리의 장정들이 성황당 쪽으로 느릿느릿 올라오고 있었다. 뒤이어 아녀자들이 어깨를 잔뜩 웅크리며 장정들의 뒤를 따르고 있었다. 삼삼오오 성황당으로 몰려든 이들의 모습은 어둠 속을 날렵하게 헤집고 다니는 옥잠화 같았다. 그새 사방에서 몰려든 이들의 숫자는 오십여 명으로 불어났다.

이윽고 성황당 앞에 노착한 이들이 품 안에서 무언가를 꺼내더니 돌무더기 앞에 마련된 제단 위에 올려놓았다. 사과, 대추, 감 등의 과일부터 메밀전과 떡 등 다양한 종류의 제수품이 제단을 채웠다. 눈 깜짝할 사이에 성황당 제단은 이들이 올려놓은 제수품으로 가득 넘쳐났다.

허균은 마치 꿈을 꾸듯 몽롱한 눈길로 그들의 모습을 지켜보았다. 등줄기에는 어느새 식은땀이 축축이 묻어 나왔다. 성황당 앞뜰은 장정과 아녀자들로 꽉 찼으나, 사람의 소리는 단 한 마디도 새어 나오지 않았다. 이따금씩 그릇 부딪치는 소리만이 들려올 뿐이었다. 돌무더기 양쪽에는 두 개의 횃불이 활활 타오르며 성황당 주위를 밝히고 있었다.

그때 돌무더기 뒤편에서 키 작은 노인이 제단 앞으로 천천히 걸어 나왔다. 노인 뒤로 네 명의 장정이 그를 호위하듯 보폭을 맞추며 제단 앞에 섰다. 사람들은 한 발치 뒤로 물러나 노인에게 고개를 숙이며 깍듯하게 예를 갖추었다. 성황당 주위를 휘휘 둘러보던 노인이 제단 뒤로 물러서자 네 명의 장정이 서로 약조라도 한 듯 옆구리에서 뭔가를 빼 들었다. 칼이었다. 이들은 양손에 쥔 칼을 하늘을 향해 높이 치켜들었다. 그러고는 어깨를 으쓱거리며 춤을 추기 시작했다.

오오, 저것은 검무(劍舞)가 아닌가. 이들은 서너 발치의 적당한 거리를 유지하며 칼을 휘둘렀다. 서로 마주 보았다가 이내 등짝을 붙이고는 유연한 몸짓으로 칼을 건네받았다. 이들의 검무는 부드러우면서도 날카로웠다. 격렬하면서도 우아했다. 이들의 몸은 학의 날개가 되었다가 금방 호랑이의 발톱으로 변했다. 허균은 숨을 죽이고 그들의 춤사위를 지켜보았다. 관직에 있을 때 가끔 기녀들이 작은 칼을 들고 춤을 추는 것을 본 적이 있었다. 그러나 이들의 검무는 기녀들의 춤과는 격이 달랐다.

여기서 검무를 보게 될 줄이야. 임진년 왜적이 쳐들어왔을 때는 삼도수군통제영 산하의 취고수청, 교방청 등에서 병사들의 사기를 북돋기 위해 진지에서 칼춤을 추었다. 이는 장졸들의 심정을 헤아리고 그들을 강인하고 굳건한 전투력으로 무장시키는 데 목적이 있었다. 그렇다면 이들은 무슨 연유로 칼춤을 추는 것인가. 홍길동의 혼백을 불러들이는 이들만의 독특한 몸짓은 아닌가.

검무가 끝나자 한 장정이 키 작은 노인에게 다가가 칼을 건넸다. 키 작은 노인은 장정으로부터 받은 칼을 하늘 높이 치켜 올렸다. 그러고는 품 안에서 커다란 종이를 꺼냈다. 노인이 꺼낸 종이에는 다음과 같은 문양이 그려져 있었다.

둥근 원 안에 평(平) 자가 적힌 문양이었다. 노인은 이 종이를 제단 옆의 커다란 나무에 붙이고 한가운데에 칼을 꽂았다. 그와 동시에 성황당에 모여든 사람들이 일제히 칼이 꽂혀 있는 나무를 향해 큰절을 올렸다. 그들이 절을 올리는 동안 키 작은 노인은 제문을 읊고 있었다.

허균은 아랫입술을 지그시 깨물었다. 제문을 끝낸 노인은 평 자 문양의 종이를 횃불에 태웠다. 아녀자들은 일사불란하게 제단 위의 제수품을 거두어들였다. 그것으로 제는 끝났다. 제를 마친 장정과 아녀자들은 아직 해야 할 일이 남아 있는지 서로 무리 지어 깊은 산속으로 들어갔다. 키 작은 노인은 검무를 추던 장정들과 함께 어둠 속으로 사라졌다.

그들이 사라지자 허균은 느티나무에서 쭈뼛쭈뼛 걸어 나왔다. 느티나무에 숨어 그들을 염탐하는 내내 오금이 저려왔다. 꿈도 환시도 아니었다. 허균은 육신에서 훌쩍 빠져나간 혼백을 되찾으려고 자신의 뺨을 힘껏 후려쳤다. 눈에 퍼런 불똥이 튀고 정신이 번쩍 들었다.

"쉰네가 보기에 저들은 도적 무리 같아 보이지는 않습니다요."

그들은 어디서나 흔히 볼 수 있는 필부필부(匹夫匹婦)였다. 도무지 납득이 가지 않았다. 하늘이 산신을 통해 내린 천명이 아니고서야 어찌 홍길동을 저리 숭앙하는 것인가.

"날이 밝으면 다시 와보자."

허균은 성황당에서 벗어나 우마차 길을 따라 내려갔다. 구름 속에서 나온 보름달이 역원으로 향하는 그들의 발길을 묵묵히 굽어보고 있었다.

날이 밝자마자 허균은 성황당으로 향했다.

어수선한 밤이었다. 역원에 돌아온 후에도 한동안 정신이 오락가락거려 마음의 평정을 찾는 데 꽤나 애를 먹었다. 잠결에도 하얀 옥잠화들이 어둠 속을 헤집고 다녔다.

기이하고 해괴한 제사였다. 그들의 제를 지켜보는 동안 육신이 운해(雲海) 위에 두둥실 떠 있는 것처럼 몽롱하고 혼란스러웠다. 지금까지 수많은 제사를 보아왔지만, 이런 음사(陰祀)는 난생처음이었다. 더군다나 나라에서 인정하지 않는 이런 음사가 어떻게 성황당 앞에서 이뤄지는지 의아스러웠다. 성황당은 관아의 부속 시설이었다. 춘추로 제사를 지낼 때 예방이 관아에서 해마다 제수를 대었다. 뿐만 아니라 관아의 수령이 직접 나서서 제상에 맨 처음 술잔을 바치면서 제사를 주관했다. 이는 고을 수령이 성황제를 주관함으로써 고을 백성을 장악하려는 의도가 다분히 깔려 있는 의식이었다. 하나 어제의 제사에는 고을 수령은커녕 관아에서 나온 인물은 한 명도 없었다.

성황당 앞은 을씨년스러웠다. 돌무더기 앞에 이르자 칼춤을 추던 이들의 가느다란 숨결이 코끝에 와 닿았다. 온갖 미혹을 머리에 싸매고 왔을 때와는 느낌이 또 달랐다. 간밤에 산신과 잡귀들이 서로 뒤엉켜 푸닥거리를 치렀다고 여겼는데 제단 주변은 아무 일도 없었다는 듯 너무도 깔끔하고 평온했다. 아무리 두 눈에 불을 켜고 달려들어도 그들이 남긴 흔적은 보이지 않았다.

"여기 뭔가 있습니다요!"

제단 쪽을 기웃거리던 길참이 소리를 질렀다. 길참은 손바닥 크기의 나무 패찰을 손에 쥐고 있었다.

"여기에도 펴, 평 자가 적혀 있습니다요."

작은 나무 패찰에도 둥근 원 안에 평 자가 선명하게 새겨져 있었다. 허연 턱수염 노인이 제단 옆에 붙인 종이에 새겨진 문양과 똑같았다.

"이 패찰을 어디서 찾아낸 게냐?"

"돌무더기 제단 뒤쪽에 있었습니다요."

허균은 길참을 따라 성황당 뒤편으로 다가갔다. 제단 끄트머리에는 작은 돌탑이 있었는데, 평 자 문양의 패찰은 돌탑 아래의 웅덩이에서 나온 것이었다. 한눈에 보아도 누군가 이 나무 패찰을 은밀히 보관하려고 했던 게 틀림없었다.

"이 패찰을 어찌해야 할까요?"

"다시 그곳에 묻어두거라."

이 패찰은 제를 지내던 사람들이 귀히 여기는 물건으로, 지나가는 길손이 함부로 건드려서는 안 될 것 같았다.

대체 이 평 자는 무얼 뜻하는 것일까? 돌무더기 주변에는 이 패찰만이 유일한 표식으로 남아 간밤의 혼란을 희미하게나마 대신해주고 있었다.

7

산중턱에 자리 잡은 정사암은 외롭게 누워 있었다.

인적이 오래도록 끊긴 탓인지 창호지는 흉측하게 찢겨 나가고 섬돌 위에는 이끼가 퍼렇게 돋아났다. 정사암을 지탱하는 처마는 들쥐가 파먹었는지 성한 데가 없었다. 마루 아래에는 녹이 슨 농기구가 코를 박고 누워 있었다. 올곧고 강개한 기질은 간데없고 툇마루 위의 뽀얀 먼지만이 낯선 객을 맞이했다.

옥녀봉에서 불어온 바람이 얼굴을 스치고 지나쳤다. 졸졸졸, 어디선가 개울물 소리가 청아하게 들려왔다. 이곳 역시 반계거사가 머물던 곳과 견줄 만한 명당이었다. 정사암은 금방이라도 무너질 듯 위태로워 보였으나 그 주변 풍광만은 일품이었다.

교산 허균과 반계 유형원…… 당대의 대학자들이 머물던 곳이 지척이라니, 천하의 길지인 우반골의 기를 받아 조선의 명저가 탄생했단 말인가. 골짜기 사이로 널따란 들판이 보이고 줄포의 갯벌이 길게 뻗어 있었다. 대문장가의 자취는 사라졌어도 그의 기백은 여전히 골짜기를 빼곡히 채우고 있었다.

"이건 뭡니까요?"

마종삼이 툇마루 끝에 처박혀 있는 편액을 집어 올렸다. 편액 모서리는 뜯겨나가고 달필을 깔고 앉은 종이는 누렇게 바래 있었다. 백 년 넘는 세월을 비바람 맞으면서 외롭게 정사암을 지키느라 겨우 형체만 남아 있었다. 편액에는 사우재라고 적혀 있었다.

"교산은 정사암을 고쳐 지으면서 이곳을 사우재라고 이름 지었네. 도연명과 이태백, 그리고 소동파와 교산 자신을 가리켜 네 명의 벗이 있다고 해서 지은 이름일세."

"오호, 어쩐지 서체가 예사롭지 않다 했습니다."

연암은 편액을 툇마루에 올려놓고 마당 주위를 어슬렁거렸다. 저 멀리 산봉우리 사이로 계곡이 보였다. 정사암은 암탉이 달걀을 품은 듯 산봉우리에 둘러싸여 있었다.

글쓰기에 이보다 더 좋은 곳이 있을까. 허균의 역작은 대부분 정사암에서 태어났다. 세속에 찌든 인물에게는 궁박하고 후미진 거처로 보일지 몰라도 글 쓰는 선비에게는 천하의 길지였다. 정사암의 주변 풍광은 금천의 연암골짜기와 흡사했다. 연암골짜기에도 정사암처럼 폭포가 있었는데, 제비가 두 날개를 펴고 날아오르는 듯 물살이 두 갈래로 난 쌍폭이었다.

허균은 귀양살이를 마치고 정사암에 머물렀지만, 연암은 도피하듯 한양을 떠나 연암골에 거처를 마련했다. 사실 궁박한 도피였다. 권세가인 홍국영을 정면 공격하는 글을 썼다가 미운털이 박혀 연암골로 떠났다. 식솔은 한양에 남겨두고 백동수와 함께 연암골짜기에 터를 닦았다. 냇물은 속이 훤히 비쳤고 너럭바위는 판판했는데, 골짜기 한가운데 평평하고 잡초가 우거진 빈터에 집을 지었다.

연암골짜기에서의 생활은 평온했다. 권세가의 눈치 볼 일도 없었고, 그의 글을 가지고 뭐라 비난하는 이도 없었다. 홍대용이 보내준 소와 농기구로 밭을 일구고 뽕나무를 심었다. 그럭저럭 살 만하여 한양에 남아 있는 식솔을 연암골로 불러들였다. 당시만 해도 평생 이곳에서 가축 기르고 농사를 지으며 살아야겠다고 다짐했다.

"나리께서는 여기에 계십시오. 소인이 먼저 저잣거리에 가보겠습니다."

마종삼이 봇짐을 지고 싸리문 쪽으로 다가섰다.

"어딜 가려는데 그리 서두르는가?"

"벌써 잊으셨습니까요? 부안 책쾌를 만나기 위해 여기에 온 게 아닙니까. 어서 박후생이라는 자를 찾아야지요."

연암은 우반골의 정취에 흠뻑 빠져 깜빡 정신줄을 놓고 있었다.

"갈 때 가더라도 날이 밝은 후에 움직이는 게 좋을 것 같네."

벌겋게 달아오른 해가 산봉우리에 걸터앉아 우반골을 굽어보고 있었다. 곧 어둠이 내릴 기세였다.

"우반골을 내려가면 곧 어두워질 게 아닌가. 일단 산을 내려가 주막을 잡도록 하세."

우반골 아래 주막은 한가로웠다.

연암은 방을 잡자마자 주인에게 벼루와 먹을 달라고 주문했다. 우반골을 내려오는 동안 손끝이 근질거려 참을 수가 없었다. 시든 잡문이든 뭔가 끼적대야 직성이 풀릴 것 같았다.

우반골의 명당 기운을 받아서일까? 아니면 두 대학자의 총명한 영기가 몸에 녹아들어서일까? 굳이 상투 끝을 쥐어짜내지 않아도 시상이 절로 떠올랐다. 마치 구름방석을 깔고 앉아 세속을 내려다보는 신선이 된 기분이었다. 입속에 비평을 담지 않고 미간에 번뇌의 그림자를 드리우지 않으면 세속에 발 딛고 살아도 신선이라 부를 만했다.

연암은 두루마리 종이를 펼치고 붓을 들었다. 누군가 시제(詩題)를 툭 내던진다면 일사천리로 써 내려갈 것 같았다. 붓을 쥔 손에 오묘한 기가 흘렀다. 오랜만에 맛보는 손맛이었다.

"나리, 나리."

그때였다. 마종삼의 호들갑 떠는 목소리가 한껏 부풀어 오른 시상에 어깃장을 놓았다.

"무슨 일인가?"

"오작노가 왔습니다."

연암은 문밖으로 고개를 삐쭉 내밀었다. 마종삼 옆에는 작고 비쩍 마른 사내가 황소처럼 큰 눈을 껌뻑이고 있었다. 부안 관아에서 약도를 그려 준 오작노였다.

8

허균은 눈을 떴다.

축시가 넘어서까지 넋을 놓고 있다가 그만 깜빡 잠이 들고 말았다. 역원에 들어온 후에도 온몸이 나른하고 정신이 오락가락했다. 이승인지 저승인지 아니면 그 경계의 문턱에 선 것인지 갈피를 잡지 못했다. 성황당을 내려올 때는 급살 맞아 죽은 원귀가 뒤를 졸졸 따라다니는 것 같아 등골이 으스스했다. 허균은 옷을 주섬주섬 챙겨 입고 역원 밖으로 나왔다.

동녘 하늘에서 어둠과 빛이 샛별을 가운데 두고 치열한 자리다툼을 벌이고 있었다. 빛의 전령이 어둠의 세력을 야금야금 빨아들이며 동녘 하늘을 검붉게 물들였다. 그때였다. 저 멀리 산중턱에서 희미한 불빛이 깜빡거렸다.

허균은 뭔가에 이끌리듯 불빛이 잘 보이는 큰길 쪽으로 다가섰다. 역원과는 까마득히 떨어져 있어도 불빛이 새어 나오는 곳이 어디쯤인지 짐작이 갔다. 그곳은 홍길동의 제를 올리던 성황당 근처였다.

잠이 확 달아났다. 가만히 양미간을 모으고 살펴보니 그것은 하나의 거대한 횃불이었다. 처음 불빛이 반짝이던 산중턱을 필두로, 횃불의 숫자는 산마루 위로 하나둘씩 불어나고 있었다. 이윽고 산속은 횃불

잔치라도 벌이려는 듯 수많은 횃불로 뒤덮였다. 설마 거화유(炬火遊, 횃불놀이)는 아닐 텐데 어찌 이른 새벽에 저리 횃불을 밝히는 것인가.

"저 횃불이 무얼 뜻하는지 아시오?"

뒤를 돌아보니 텁석부리 사내가 고개를 주억거리며 다가왔다. 허균은 산을 뒤덮고 있는 횃불에 넋을 잃고 있던 터라 사람이 다가오는 것도 몰랐다.

"저, 저들은 명화적(明火敵)이 아니오?"

"하하하, 횃불을 들었다고 모두 도적 무리로 몰아세워서야 되겠소. 저 횃불은 홍길동의 혼령을 부르는 표식이오."

"혼령을 부르는 표식?"

"그렇소. 저들은 매년 이맘때면 저렇게 횃불을 밝히고 홍길동의 혼령을 부르고 있소. 애먼 곳으로 가지 말라는 길잡이 횃불인 셈이오."

횃불은 산허리를 중심으로 위에서 아래로, 오른쪽에서 왼쪽으로 일정한 간격을 맞추면서 맹렬히 타오르고 있었다.

"금년에는 관군들의 눈을 피해 저리로 옮겨 간 게요. 지난해에는 홍길동 생가 뒷산에서 길잡이 횃불을 밝혔소."

"……"

"내 일전에도 말하지 않았소. 아차실의 힘없고 궁박한 백성들은 지금도 홍길동이 자신들을 구원해줄 것으로 믿고 있다고 말이오."

"도무지 이해를 할 수가 없소. 홍길동이 저승으로 올라간 지가 백 년은 넘었을 터인데, 어찌 살아 있는 육신도 아니고 혼령에게 붙어 그런 터무니없는 기대를 한단 말이오."

"하하하."

텁석부리는 큰 소리로 웃었다.

"나도 처음엔 댁과 같은 생각이었소. 하나 아차실에 며칠 더 머물면 내 말 뜻을 이해할 거요. 저들이 산속에 올라가 횃불을 밝힌 것은 임진 란 이후로, 문경에서부터 처음 시작된 것이라오."

"무, 문경이라니……. 이곳 아차실과 문경이 어떤 관련이 있다는 게 요?"

애초 홍길동의 마지막 행적을 찾으러 가려 했던 곳도 문경이었다.

"어찌 관련이 없겠소. 아차실은 홍길동이 태어난 곳이고 문경은 홍 길동이 종적을 감춘 곳이 아니오. 아마 모르긴 해도 저들 중에 절반은 문경에서 온 사람일 거요. 그래서 지금도 관아에서는 외지에서 온 뜨 내기 길손들을 호시탐탐 기찰하고 있는 것이오."

텁석부리의 말은 너무도 황당해서 선뜻 가슴에 와 닿지 않았다.

"놀라운 일이오. 야사집에나 나올 법한 광경이 눈앞에 펼쳐지다니."

"보아하니 홍길동에게 꽤나 관심이 많은 것 같은데, 더 알고 싶은 게 있으면 백학봉(白鶴峰) 중턱에 있는 암자에 가보시오. 그곳에 가면 홍 길동을 손바닥 들여다보듯이 훤히 꿰차고 있는 늙은이가 있을 게요. 사람들은 그 늙은이를 봉추거사(鳳雛居士)라 부르고 있소. 봉추거사 역시 문경에서 온 인물로, 9월 보름 때면 아차실에 홀연히 나타났다가 쥐도 새도 모르게 사라지곤 한다오. 하나 워낙 날래고 신출귀몰한 늙 은이라 봉추거사를 만나기는 쉽지 않을 것이오, 하하하."

텁석부리는 길게 기지개를 켜며 역원 안으로 들어갔다. 그새 하늘이 뿌옇게 밝아오고 있었다. 그러나 산속을 휘어잡고 있는 횃불의 기세는 좀처럼 수그러들지 않았다.

거대한 바위로 둘러싸인 백학봉은 봉우리 이름대로, 하얀 바위들의 모양새가 수목 위에 올라앉은 고아한 학과 닮아 있었다.

"어디를 또 가시는 겁니까요? 문경에는 대체 언제 가시려고요."

길참은 백학봉을 오르면서 계속 구시렁거렸다.

"허허, 말도 참 많구나. 잔말 말고 어서 따라오너라."

"한데 오늘 새벽에 무슨 일이 있었습니까요? 역원 안의 보부상들이 새벽녘에 산속에서 이상한 횃불을 보았다고 합니다요."

허균은 산속의 횃불이 다 꺼진 것을 보고 나서야 역원 안으로 들어왔다. 방에 들어와서도 횃불이 남긴 불티가 눈 끝에 대롱 매달려 제대로 잠을 이룰 수가 없었다. 장성에 이르렀을 때만 해도 이런 기이한 광경을 목격하리라고 어찌 상상이나 했을까. 기망(旣望)의 샛별보다 더 환하게 빛나던 횃불, 그것은 일찍이 본 적이 없는 장엄하고 기이한 불꽃이었다.

봉추거사가 거처하는 곳은 백양사(白羊寺) 위의 백학봉 중턱에 있었다. 그곳은 텁석부리의 말과는 딜리 임자가 아니라 돌덩이로 층층이 쌓아 올리고 거적때기로 바람 드는 것을 겨우 막은 자그만 움막이었다.

"계십니까?"

움막 안으로 들어선 허균은 상복 입은 처녀 귀신을 본 것처럼 움찔거렸다. 화로 앞에는 낯익은 노인이 가부좌를 틀고 앉아 있었는데, 그는 바로 성황당 앞에서 평 자 문양의 종이에 칼을 꽂은 노인이었다.

"뭐 빌어 처먹을 게 있다고 이 험한 산중에까지 찾아온 게야?"

봉추거사는 허균을 거들떠보지도 않고 버럭 소리를 질렀다. 성황당 제단에서 볼 때는 날이 어두워서 잘 몰랐지만, 이리 코앞에서 마주하고 보니 범상한 관상이 아니었다.

"뭣하러 왔느냐고 묻지 않느냐!"

"호, 홍길동에 대해 알고자 왔습니다."

허균은 봉추거사 앞에 공손히 무릎을 꿇고 앉았다. 그동안 조선 팔도를 떠돌면서 각양각색의 도인을 만나봤지만, 봉추거사처럼 강렬한 기운이 솟구치는 인물은 처음이었다.

"허허, 참으로 별난 놈이로구나. 홍길동이 이승을 떠난 지가 백 년이 넘었거늘 어찌 이제 와서 그리 호들갑을 떠는 게냐? 육신을 놓쳐 애간장을 태우더니 이제 혼백이라도 잡아 원풀이를 하러 왔단 말이냐?"

허균은 아무 말도 못 하고 마른 침만 꿀꺽 삼켰다.

"이도 저도 아니면 네놈도 삼수(三水)와 갑산(甲山)을 제집처럼 드나들고 싶어 도술이라도 배우려고 온 게냐? 저 오색구름을 불러내 어디 유람이라도 다녀오고 싶은 게냐? 껄껄껄."

"아, 아니옵니다."

"관아에서 나온 첩자라면 내 못 본 척하고 고이 보내줄 터이니 썩 물러가거라."

봉추거사가 앉아 있는 뒤편에는 반인반수(半人半獸)의 괴물인 치우가 삼지창을 쥐고 두 눈을 부릅뜨고 있었다.

"흠흠."

봉추거사는 양미간을 모으고 허균의 얼굴을 가만히 들여다보았다. 그 역시 허균에게서 범상치 않은 기운을 느꼈는지 허균을 바라보는 그의 눈 속에서 반질반질한 옥구슬이 굴러다녔다.

"네놈의 낯짝을 보아하니 문재가 출중해 이름을 널리 남기겠다만, 그 상판대기에 온갖 잡귀들이 몰려 있어 제 명을 다하지 못할 팔자로구나."

허균은 표 나지 않게 인상을 찡그렸다.

'시건방진 노인네 같으니……'

지금이야 관직에서 물러나 있지만, 그래도 한때는 정삼품의 형조참의(刑曹參議)에 오른 당상관이었다. 그런데 이 정체도 알 수 없는 늙은이는 말썽 많은 손자 녀석 대하듯 말끝마다 험한 욕지거리를 쏟아냈다. 그러나 허균은 불쾌한 기색을 드러내지 않고 속으로 꾹 참았다.

"대체 무슨 헛바람이 들어 오래된 혼백을 쫓아다니는 게냐?"

"우연히 아차실에 들어섰다가 저잣거리에서 떠도는 풍문을 듣게 되었습니다. 하여 그 궁금증을 풀고자 예까지 오게 된 것입니다."

"원래 풍문이라는 게 여러 인간의 혀를 거쳐 산 넘고 강을 건너다 보면 제멋대로 자라나는 잡초와 같은 것이니라."

봉추거사는 다시 한 번 허균의 눈을 똑바로 바라보았다. 허균은 서늘한 광채가 뿜어져 나오는 그의 눈빛을 피하지 않았다. 참으로 해석이 불가한 노인네였다. 금방이라도 움막에서 쫓아낼 듯 사납게 굴다가도 틈틈이 묘한 추파를 던지면서 허균을 묶어두고 있었다.

"네놈의 사나운 눈빛을 보니 홍길동을 쫓는 사유가 따로 있구나."

"……."

"허허, 아침나절부터 바로 네놈이 찾아올 것을 알고 공연히 수족이 까탈을 부린 게로구나. 그래 무엇이 알고 싶은 게냐?"

허균은 잠시 말문이 막혔다. 홍길동에 대해서는 궁금한 것이 너무도 많아 어디서, 무엇부터 물어봐야 할지 막막했다.

"홍길동에 관한 것이라면 무엇이든 좋습니다."

"생가에는 가보았느냐?"

"네."

"하늘이 진노하면 가장 먼저 태를 묻은 곳부터 화를 입게 되는 것이니라. 네놈이 품은 뜻도 범상치 않아 이르는 말이니, 걸물의 자취가 어디에서부터 비롯된 것인지 잘 새겨보거라."

갑자기 봉추거사의 말투가 부드러워졌다. 처음에는 보잘것없는 잡놈을 대하듯 하더니 차츰 격을 높여 눈높이를 맞추었다.

봉추거사는 장죽을 입에 물고는 홍길동이 출가한 후부터 도적 우두머리가 되기까지의 과정을 말해주었다. 아차실을 떠나 깊은 산속에서 무예를 닦던 홍길동이 우연히 도적 무리를 만나 그들과 합류한 후로 인생의 궤적이 한순간에 바뀌었다.

"사람이란 누구나 그렇듯이 적기(適期)가 있는 법이야. 홍길동이 수행의 와중에 때마침 도적 무리를 만난 것도 천명의 징조인 게지."

봉추거사의 말은 산천에 근거 없이 떠도는 홍길동의 소문과는 상당한 거리가 있었다. 도술을 부리는 것이나 변신술, 축지법 따위는 아예 입에 담지도 않았다. 되레 그런 얼토당토않은 풍설보다 홍길동의 내면에 대한 이야기에 많은 시간을 할애했다. 홍길동이 어떻게 도적의 우두머리로 의적이라 불리게 되었는지, 다른 도적들과는 근본이나 기강이 어떻게 다른지를 세세하게 말해주었다.

"무엇보다 홍길동은 아랫사람을 잘 다룰 줄 알았느니라. 집도 절도 없는 도적 무리들에게 남은 게 세상으로부터 받는 괄시와 멸시, 그리고 원한 말고 또 무엇이 있겠느냐. 홍길동은 이런 궁박한 도적 무리의 마음을 잘 헤아렸다. 하여 탐관오리나 못된 지주로부터 빼앗은 곡식을 궁박한 백성들에게 나누어 주니 도적 무리들이 어찌 그의 행실에 감복하지 않을 수 있었겠느냐."

홍길동 무리는 주로 관아와 못된 지주의 집을 털었지만, 절도 예외를 두지 않았다. 허균은 홍길동이 사찰을 습격했다는 것은 처음 듣는 소리였다.

"절이라 한들 다 같은 절이 아닌 게야. 되레 절을 도량으로 여기지 않고 일신의 영달을 꾀하고 부를 축적하는 중놈들이 있으니 이 또한 홍길동의 매서운 손을 어찌 피해 갈 수 있었겠느냐. 해인사 중놈들도 홍길동을 보자마자 혼비백산하여 줄행랑을 치지 않았느냐, 허허."

"해인사라면…… 삼보사찰(三寶寺刹)의 하나인 합천 해인사를 이르는 것입니까?"

"홍길동이 산천을 누비고 다닐 때만 해도 해인사는 못된 중놈들이

득실대는 소굴과 다름없었느니라. 중놈들이 염불은 외지 않고 젯밥에만 눈이 멀어 온갖 재물을 법당에 묻어두니 이게 어디 부처의 행자가 할 짓이더냐. 홍길동은 관아든 절이든 간에 빼앗은 재물을 혼자 챙기는 법이 없었다. 그게 바로 제 배만 따스하게 불리려는 다른 도적들과 다른 점이었지. 아랫사람을 잘 다루면 힘들게 수족 놀리지 않아도 잘 따르는 법이니라."

봉추거사는 자리에서 일어나 움막 안에 있는 낡은 책상 서랍을 열었다.

"이게 무엇인지 아느냐?"

그가 서랍에서 꺼낸 종이에는 다음과 같은 글이 적혀 있었다.

백성이 도탄에 빠지는 것은 군주가 도리를 다하지 않기 때문이니, 이는 곧 하늘의 명을 거역하는 것과 무엇이 다른가. 고을을 다스리는 수령관도 이와 다르지 않다. 하나 작금의 수령은 맡은 책무를 수행하기는커녕 주색에 빠져들어 흥청망청하고 아전들은 백성들의 피고름을 갈취하여 제 배만 채우려 하니 이 어찌 두고만 볼 수 있겠는가. 하여 하늘과 천제석의 부름을 받아 그 이름을 활빈(活貧)이라 짓고 초야의 백성과 함께 궐기에 나설 것이니라.

9

"네놈이 여긴 웬일이냐?"

연암의 두 눈이 휘둥그레졌다.

"나리께 긴히 드릴 말씀이 있어 찾아왔습니다요."

오작노는 경계심이 가득한 눈빛으로 사위를 둘러보았다. 주막 안에서는 술이 거나하게 취한 보부상들이 신세타령을 질펀하게 늘어놓고 있었다. 오작노는 보부상들이 신경 쓰이는지 그들을 힐끔힐끔 쳐다보았다.

"이리 들어오너라."

연암은 오작노의 마음을 눈치채고 바닥에 깔려 있는 벼루와 종이를 치웠다. 오작노는 방 문턱 앞에 가지런히 무릎을 꿇고 앉았다.

이 야심한 밤에 오작노가 찾아온 까닭은 무엇일까? 오작노의 저 깊고 어두운 눈빛으로 봐서 긴요한 말이 나올 것 같았다. 오작노는 조열의 사체를 최초로 검시한 인물이었다.

"내가 이곳에 묵는 것은 어찌 알았느냐?"

"우반골로 가신다고 하기에 지금쯤 근처 주막에 계시리라는 생각이 들었습니다요."

연암은 고개를 끄떡였다. 오작노가 조열이 살해된 곳은 물론 정사암의 위치를 잘 그려 주어 수월하게 그곳까지 이를 수 있었다.

"그래, 긴히 할 말이라는 게 무엇이냐?"

연암의 목소리는 방금 전과는 달리 깃털처럼 부드러웠다. 오작노가 편히 말을 할 수 있도록 근엄한 표정도 풀었다.

"조열을 검시하였을 때…… 그의 품 안에 이 문서가 있었습니요."

오작노는 낡은 저고리 속에서 낱장의 종이를 꺼냈다.

아차실에 강림한 선인이시여!

때를 맞아 제사를 올리려고 메밥을 차렸나이다.

부디 당신이 오래도록 갈망하던 꿈이 이루어지게 하소서.

당신이 꿈꾸었던 개벽이 이루어지게 하소서.

새로운 세상, 새로운 날이 이루어지게 하소서.

"이게 무엇이냐?"

"쉰네도 잘은 모르겠으나…… 여기에 적힌 글귀와 유사한 얘기를 조열에게서 들은 적이 있습니요."

오작노의 입에서 조열이라는 이름이 자연스럽게 흘러나왔다. 보통 친분이 아니고서는 나올 수 없는 소리였다.

"조열과는 구면인 게로구나."

"그렇습니요."

아차실에 강림한 선인이라……. 홍길동의 고향이 장성 아차실이 아닌가. 언뜻 보아 이 글은 제문의 일부 같았다.

"조열에게서 무슨 말을 들었는지 말해보거라."

"지난 3월 조열이 부안에 내려왔을 때 제게 홍길동에 대해 말한 적이 있었습니요. 여기에 적힌 아차실에 강림한 선인이라 함은 바로 홍길동을 가리키는 게 아닌가 싶습니다요."

"지난 3월이라면 언제를 말하는 게냐?"

"조열이 살해당하기 전날입니다요. 그날 관아 앞에서 조열을 만났는데 홍길동에 대해 한참을 말해주었습니다요. 홍길동은 소설에서 지어내고 만든 인물이 아니라 실제 존재한 인물이라고 했습니다요. 전라도, 충청도, 경상도 삼도를 귀신처럼 넘나들면서 돼먹지 못한 탐관오리를 혼내주고 관아와 지주들에게 빼앗은 곡식을 고을 백성들에게 나눠 주었다고 했습니다요."

그런 풍문은 익히 들어 잘 알고 있었다. 『홍길동전』이 다소 과장되고 허튼 묘사가 있으나 오작노의 말과 크게 다르지 않았다.

"홍길동은 문경을 떠나면서 어려운 처지에 놓인 백성들을 구하기 위해 다시 찾아올 것이라고 약조를 했다고 하였습니다요. 세월이 한참 지난 후에는 홍길동 후손들이 그 뜻을 이어받아 때가 되면 조선 팔도의 쇤네와 같은 궁박한 노비들을 데려가줄 것이라고 했습니다요."

"뭐라고? 조열이 정말 그런 소리를 했단 말이냐?"

연암은 웃음이 나오려는 걸 간신히 참았다. 가당치도 않은 소리였다. 홍길동이 실존 인물이며 삼도를 넘나드는 활약상은 그런 대로 들어줄 만했으나 그 뒤로 흘러나오는 말은 그 어디에서도 들어보지 못한 해괴한 잡설이었다.

"그렇습니다요. 저 멀리 바다 건너에 쇤네와 같은 노비가 편히 살 수 있는 곳이 있으니 개벽의 날이 올 때까지 참고 기다리라고 했습니다요."

"됐다!"

연암은 오작노의 말을 잘랐다. 허튼소리도 자꾸 들으면 귀가 닳고 이골이 나는 법이었다.

"홍길동 얘기 말고 다른 말은 없었느냐?"

"광해군 때의 한 양반이 홍길동의 자취를 찾아 쓴 책이 있다고 했는데, 그 책 속에는 신기하고 기이한 내용이 가득 들어 있다고 했습니다요."

연암은 두 주먹을 슬며시 쥐었다. 그것은 바로 연암이 애타게 찾고 있는 허균의 책이 아닌가.

"그 책에 대해 말해보거라."

"그게 전부입니다요. 조열이 쉰네에게 말한 홍길동 이야기도 그 책을 보고 한 소리 같았습니다요."

"네놈도 그 책을 본 적이 있느냐?"

"아닙니다요. 조열은 그 책이 귀중하고 위험한 책이라 누구에게도 보여주어서는 안 된다고 했습니다요. 한양에 올라가면 그 책을 전해줄 선비가 있으니 잘 간수해야 한다는 소리도 들었습니다요."

연암은 맥이 빠졌다. 허균의 서책이 금방이라도 드러날 것 같았으나 이내 꼬리를 감추었다.

"이걸 보여주기 위해 이 야심한 밤에 날 만나러 왔단 말이냐?"

연암은 제문을 적은 종이를 가리켰다.

"실은 조열의 봇짐 속에…… 서책 이외에도 값나가는 불상이 있었습니다요."

"불상이라니, 네놈도 봤다시피 봇짐 속에는 서책밖에 없지 않았느냐."

"아닙니다요. 제가 초검을 하였을 때 조열의 봇짐 속에는 틀림없이 팔뚝만 한 불상이 있었습니다요. 불상뿐만 아니라 두 개의 은촛대도 있었습니다요."

"허허, 당최 무슨 소릴 하는지 모르겠구나."

"그렇다면 봇짐 속에 있던 불상과 은촛대를 율생이라는 자가 네놈 몰래 취했다는 게냐?"

그때 옆에서 잠자코 있던 마종삼이 끼어들었다.

"그, 그렇습니다요. 율생이 현감 나리께 보고하지 않고 불상과 은촛대를 빼돌렸습니다요."

"이런 고얀 것! 망자의 유품을 갈취하다니."

연암은 조열의 봇짐을 보자고 했을 때 당혹스러워하던 율생의 얼굴이 떠올랐다.

"그 불상에 대해 아는 게 있느냐?"

"그건 쇤네도 잘 모릅니다요. 조열이 살해당하기 전날 만났을 때도 불상에 관한 말은 없었습니다요."

이상한 일이었다. 조열의 봇짐 속에 있던 불상은 대체 무엇이란 말인가.

"네놈이 여기에 온 것을 율생도 알고 있느냐?"

"모릅니다요. 쇤네가 나리를 만난 것은 비밀로 해주셔야 합니다요. 관아에서 이 사실을 알면 쇤네의 목숨을 부지하기 힘들 것입니다요."

"알았다. 한데 목숨이 위태로울 것을 알면서도 이런 소식을 내게 알려주는 이유가 무엇이냐?"

모든 일에는 사유가 있는 법, 오작노가 신변의 위협을 무릅쓰고 예까지 찾아온 이유는 따로 있어 보였다. 오작노는 선뜻 말을 하지 못하고 뜸을 들였다.

"어서 말해보거라."

"조열의 살해범을 밝혀내 억울하게 죽은 그의 혼백을 달래주었으면 하는 바람 때문입니다요."

"그러고 보니 조열과는 구면이라 했는데, 어떻게 알게 되었느냐?"

"조열은 쉰네에게 글을 깨치게 해준 은인입니다요. 삼 년 전 조열이 관아에 들렀다가 우연히 알게 되었는데, 그 후로 부안에 올 때마다 한글 소설책을 가져다주곤 했습니다요. 까막눈인 쉰네가 글을 알게 된 것도 조열 덕분이었습니다요."

"무슨 뜻인지 알겠다. 더 할 말이 있느냐?"

"아닙니다요."

"알았다. 그만 나가보거라."

오작노가 사라지자 여러 의혹이 한꺼번에 몰려들었다. 홍길동의 후손이나 아차실에 강림한 선인, 조열의 품 안에 들어 있던 문서, 봇짐 속의 불상…….

"오작노의 말이 허튼소리 같지는 않습니다."

마종삼이 연암 곁으로 다가섰다.

"조열이 난데없이 왜 불상을 가지고 있었던 것일까요?"

"그야 난들 어찌 알 수 있겠나."

또 하나의 의혹이 슬며시 고개를 들었다. 그것은 다름 아닌 조열을 살해한 범인의 태도였다. 봇짐 속에 값나가는 불상이 있었다면 모른 채 그냥 놔둘 리가 없었다. 그런데도 살해범은 조열의 봇짐 속에 있는 불상에는 손을 대지 않았다.

대체 조열과 살해범은 어떤 관계일까? 모든 살인 사건에는 원인과 동기가 있기 마련이다. 보복이든 치정이든 천명을 거스를 때는 그만한 사유가 있다. 연암은 조열의 행적을 차분히 더듬어가며 여러 가능성을 그의 주검 위에 올려놓았다. 그러나 추측만 무성해질 뿐 무엇 하나 확실히 짚이는 게 없었다.

10

"활빈은 무엇이옵니까?"

허균의 두 눈이 활빈이라는 글자에 착 달라붙었다.

"말 그대로 힘없고 가난한 백성을 구한다는 소리이니라. 조정은 밤 낮 가리지 않고 이놈 저놈 당파로 갈라져 싸움질이고 지방 수령이라는 것들은 물욕에 눈이 어두워 재물만 탐하고 있으니 어디 국사가 제대로 돌아갈 리가 있겠느냐. 한데 홍길동이 용맹하게 들고 일어나 백성을 구휼하려 나서니 도적 무리는 물론 홍길동의 원대한 뜻을 함께하려는 난민들이 노도(怒濤)와 같이 밀려들어 그 행렬이 십 리 산중에

인산인해를 이루었느니라."

이 문서에는 활빈당의 책무도 짧게 명시되어 있었다.

- 가난한 백성의 재물은 탐하지 않는다.
- 조선 팔도의 각읍 수령이 불의로 모은 재물을 탈취한다.
- 가난하고 의지할 데 없는 난민이 있으면 구제한다.

"이 문서는 누가 작성한 것이옵니까?"

"홍길동의 책사인 맹춘이니라. 홍길동이 자신의 모습과 흡사한 가짜 홍길동을 만들어 관아를 농락하고 당상관으로 위장하여 관아를 제 집처럼 드나든 것도 맹춘의 지략에서 나온 것이니라. 활빈당을 만드는 데도 맹춘의 역할이 지대했느니라."

허균은 고개를 갸우뚱거렸다. 홍길동에게 책사가 있었다는 것은 금시초문이었다.

"왜 그런 뱁새 눈깔로 쳐다보는 게야? 내 말이 믿어지지 않는 게냐?"

"아, 아닙니다."

대체 이 자그마한 체구의 노인네는 누구란 말인가. 어떻게 홍길동의 일거수일투족을 훤히 꿰차고 있으며, 듣도 보도 못한 홍길동 책사의 친필까지 지니고 있단 말인가. 봉추거사의 말이 티끌만큼의 거짓도 섞이지 않은 진실이라면 그는 홍길동과 보통 인연으로 맺어진 사이가 아닐 것이다. 혹시 홍길동을 추앙하는 도적 무리의 후손은 아닐까. 봉추거사는 문서를 고이 접어서 서랍 속에 집어넣었다.

"이제 홍길동이 어떤 인물인지 알겠느냐? 세간에서는 홍길동을 그저 신출귀몰한 도적이라 일컫고 있다만, 도적에도 격(格)이 있는 법이니라."

도적에도 격이 있다는 소리, 이는 손곡 선생이 홍길동을 거론할 때 자주 쓰던 말이 아닌가. 손곡 선생은 홍길동을 재물이나 탐내는 다른 도적 무리와 분간하기 위해 이 말을 곧잘 입에 올렸다. 그러고 보니 봉추거사의 말속에는 손곡 선생이 평소 홍길동에 대해 하던 말과 흡사한 점이 한둘이 아니었다. '백성을 구휼하고 세상을 바꾸려 하는 의적'이라는 말은 놀랍게도 토씨 하나 다르지 않았다.

"무엇보다 홍길동에게는 범상한 인물들은 감히 상상조차 할 수 없는 꿈이 있었느니라."

"그 꿈이 무엇입니까?"

허균이 빠르게 물었다.

"나라가 존재하는 까닭이 무엇이며, 군주의 책무가 무엇이냐. 백성들이 태평하게 살도록 안위를 돌보는 게 하늘이 군주의 육신을 통해 내린 명이 아니겠느냐. 하나 노비나 천민은 타고난 팔자가 천박하여 짐승만도 못한 삶을 살고 있으니 참으로 호곡(號哭)할 일이 아니고 무엇이냐. 하여 홍길동은 조선 팔도를 떠나 모두가 화녕하게 살 수 있는 곳을 찾으려 했으니, 이 어찌 범상한 그릇에게서 나올 수 있는 생각이란 말이냐."

"그렇다면 홍길동이 꿈꾼 것은……."

"네놈이 꿈꾸는 세상은 무엇이냐?"

봉추거사는 허균의 말을 자르고 매섭게 몰아붙였다. 허균은 그의 돌연한 태도에 화들짝 놀랐다.

"백성을 두려워하기는커녕 백성들의 피고름을 짜내는 군주가 있다면 네놈은 어찌할 테냐? 역모를 꾸며서라도 못된 군주를 없애겠느냐?"

"……."

"왜 말을 못 하는 게냐? 허허, 네놈이 속에 꿍치고 있는 꿈도 사납고 원대하여 함부로 드러내질 못하니 참으로 안타까운 일이로구나."

허균은 두 손을 가지런히 모으고 정신을 바짝 차렸다. 봉추거사의 말대로 허균에게도 원대한 꿈이 있었다. 궁궐 안에서 제 잇속만 채우려는 벼슬아치를 볼 때마다 속에서 불길이 치솟고 세상을 갈아엎고 싶은 적이 한두 번이 아니었다.

"원래 꿈이라는 게 봉황처럼 원대하게 품을수록 위험과 고난이 따르는 법이니라. 장부가 사사로운 이익에 얽매이지 않고 만인을 위해 큰 뜻을 품으면 백성이 따르고, 나중에는 하늘조차 탄복해 개벽의 날이 올 것이니라. 하나 지금은 때가 일러 논할 입장이 아니니 경거망동하지 말고 네놈의 앞가림부터 잘 챙겨야 할 것이니라."

"홍길동의 마지막 행적은 어찌 되었습니까?"

허균은 가장 궁금하게 여기던 것을 물었다.

"저잣거리에서 떠도는 풍문에 의하면 경상도 문경에서 참수되었다는 소리가 있던데, 혹시 들으신 적이 있는지요?"

뜻밖의 질문을 받은 까닭인지 봉추거사의 안면이 붉게 달아올랐다. 허균은 봉추거사의 눈 밑이 파르르 떨리는 것을 놓치지 않았다.

"하하하."

봉추거사는 장죽을 화로 옆에 내려놓고는 큰 소리로 웃었다.

"고얀 놈이로다. 어디서 그런 허튼소리를 듣고 와서 이리 건방을 떠는 게냐. 내 일찍이 귀가 얇아 여러 풍문에 현혹되었어도 그처럼 맹랑한 소리는 처음이다, 흠흠."

봉추거사는 잔기침을 연신 토해내며 슬그머니 꼬리를 내렸다. 방금 전 양미간에 날카로운 각을 세우고 명쾌하게 일갈할 때와는 전혀 다른 모습이었다. 시퍼렇게 날이 서 있던 그의 말투도 한결 누그러졌다.

"하늘이 네놈에게 비상한 글재주를 내린 것은 먼 훗날 요긴하게 쓰기 위함이니, 허튼 풍문에 휩쓸리지 말고 네놈이 품은 뜻을 잘 간수하여야 할 것이니라. 더 할 말 없으면 그만 물러가거라."

"아닙니다."

허균은 자세를 고쳐 앉았다.

"오늘 인시(寅時) 무렵에 산속에서 기이한 횃불을 보았습니다. 이 횃불이 홍길동의 혼령을 부르는 표식이라 하는데, 정녕 무엇을 뜻하는 것이옵니까?"

"무얼 뜻하냐니, 방금 네놈의 세 치 혀에서 나오지 않았느냐. 홍길동의 혼백이 길을 잃어 제 태를 묻은 곳을 찾지 못할까 봐 저리 횃불을 밝혀 길잡이가 되어주려는 게 아니더냐."

그때 밖에서 헛기침 소리가 들리더니 세 명의 장정이 움막 안으로 들어섰다.

"손님이 와 계셨군요."

머리에 하얀 띠를 두른 키 큰 장정이 허균을 힐끔 쳐다보았다.

"아닐세. 어서 오게나."

세 명의 장정은 하나같이 흰옷을 입고 있었는데, 성황당에서 제를 지낼 때 봉추거사와 함께 있던 이들 같았다.

"이제 그만 가보거라."

"……"

"어서 일어나지 않고 뭘 꾸물거리는 게냐."

허균은 고개를 조아리고 자리에서 일어났다. 하도 오래 무릎을 꿇고 있던 터라 양다리가 찌르르한 게 감각이 없었다.

"잠깐!"

봉추거사가 움막을 나서려는 허균의 발길을 붙들었다.

"내가 왜 생면부지인 네놈에게 이리 꼬치꼬치 말해주는지 알기나 하느냐?"

"……"

"네놈에게는 홍길동의 영기가 어려 있기 때문이니라. 홍길동의 혼령이 네놈의 육신에 달라붙어 이승에 머물고 있는 걸 보니 아직도 조선 팔도에서 해야 할 일이 남아 있는가 보구나, 하하하."

발길이 쉽사리 떨어지지 않았다. 허균은 뒷짐을 진 채 움막 주위를 서성거렸다. 아직도 봉추거사에게 물어볼 것이 산더미처럼 남아 있었다. 홍길동의 제사, 평 자 문양, 홍길동의 마지막 행적……. 봉추거사의 입에서 거미줄처럼 술술 풀려 나오는 소리는 하나같이 생경한 소리들이었다.

"나, 나리. 안 내려가실 겁니까요?"

보다 못한 길참이 안쓰러운 얼굴로 물었다. 허균은 들은 체도 하지 않고 횃불이 타오르던 산 쪽으로 고개를 돌렸다.

'네놈에게는 홍길동의 영기가 어려 있기 때문이야……'

보통의 기력(氣力)으로는 나올 수 없는 소리였다. 게다가 봉추거사는 허균이 품고 있는 원대한 꿈은 물론 타고난 글재주와 문사(文士) 기질도 훤히 꿰뚫어 보았다. 아아, 대체 봉추거사의 정체는 무엇이란 말인가. 청산유수처럼 뱉어낸 그의 말 중에, 무엇보다 허균의 귀를 사로잡은 것은 홍길동의 원대한 꿈과 이상이었다.

"나, 나리……"

"알았다. 가자."

허균은 떨어지지 않는 발길을 억지로 끌어내렸다.

11

뒤숭숭한 밤이었다. 오작노가 다녀간 후 온갖 잡념이 떠나지 않았다. 명당 기운을 받아 시 한 수 적고자 했던 구상은 썰물처럼 사라지고 그곳에 여러 잡다한 의문이 들어찼다. 오작노가 갑작스레 찾아온 것도 놀라운 일인데, 조열이 지니고 있던 문서나 봇짐 속의 불상은 또 무엇이란 말인가.

연암은 조반상을 물리고 서둘러 짐을 꾸렸다. 입맛이 없어 밥그릇의 반도 비우지 못했다. 여행 중에는 되도록 공복을 피하고 기회가 주어질 때마다 배 속을 단단히 채우는 것을 원칙으로 삼았다. 오도 가도 못하는 고립무원의 산길에서 주린 배를 움켜쥐고 한탄한 적이 한두 번이 아니었다. 마종삼은 밥그릇을 게 눈 감추듯 뚝딱 비우고는 주막 주인과 실없는 잡담을 주고받고 있었다.

"박후생이라는 자를 찾을 수 있겠나?"

마종삼이 연암 앞으로 쭈르르 다가왔다.

"부안 책쾌들이 머무는 곳을 알고 있습니다. 저를 따라오십시오."

연암은 마종삼을 따라 저잣거리로 들어섰다. 이른 아침임에도 불구하고 저잣거리는 많은 사람들로 북적거렸다. 싱그러운 산채로 가득 채운 좌판에서 만춘(晩春)의 향기가 물씬 풍겨났다. 산수를 벗 삼아 유람하며 대자연의 풍취를 얻고 땀 냄새가 가득한 저잣거리를 둘러보며 인간의 정취를 얻었다. 뭐니 뭐니 해도 그 고을의 진풍경으로는 저잣거리에 견줄 만한 데가 없었다.

'이건 또 무슨 소리인가?'

저잣거리 초입에 들어선 연암은 발길을 멈추었다. 어디선가 구성지고 감칠맛 나는 목소리가 발목을 붙들었다. 소리가 흘러나오는 곳은 어물전 좌판 앞이었다. 그곳에는 애나 어른 할 것 없이 수십 명에 이르는 사람들이 빙 둘러서 있었다. 조무래기 꼬마들은 맨 앞줄에 엉덩이를 깔고 앉아 저희들끼리 낄낄거렸다.

연암은 그들 곁으로 다가가 목을 길게 빼고 안을 들여다보았다. 고기 상자를 치운 좌판 한가운데 환갑은 훨씬 넘었을 법한 전기수(傳奇叟)가 한 손에 책을 들고 오만 가지 표정을 지으며 입담을 풀어내고 있었다. 전기수는 호구지책으로 이야기책을 읽어주는 입담꾼이었다. 마침 전기수가 풀어내는 이야기는 『홍길동전』이었다.

"그리하여 홍길동은 사흘 낮밤을 고심하고 또 고심한 끝에 집을 나갈 결심을 굳힌 거야. 이제 색시를 맞이할 나이도 됐는데, 이래저래 하는 일마다 비비 꼬이니 별 재간이 있겠어? 하긴 대장부가 탯줄 잡고 세상에 나와 공맹을 본받지 못할 바에야 뭘 하겠나. 이참에 병법이라도 익혀 나라에 큰 공을 세우고 그 이름을 천대 만대에 빛내리라는 야심찬 꿈을 가지고 있었던 게야. 홍길동은 자신의 기박한 신세를 한탄하면서 피를 토하는 심정으로 이렇게 부르짖었어. '나는 어찌하여 일신이 적막해 부형이 있는데도 아버지를 아버지라 부르지 못하고 형을 형이라 부르지 못하는가. 이 어찌 통탄할 일이 아니겠는가!'"

어딜 가나 전기수의 입담은 청중의 정신을 쏙 빼놓기 마련이었다. 소설 원본은 아예 거들떠보지도 않고 제 입맛대로 설을 푸는 전기수도 많았다.

"나리께서는 여기 잠깐 계십시오. 제가 곧 박후생을 데리고 오겠습니다."

마종삼은 그렇게 말하고는 저잣거리 안으로 들어갔다. 연암은 다시 전기수의 입담에 귀를 기울였다.

"홍길동은 집을 나가기 전에 어머니를 찾아갔지. 다들 생각해봐, 그래도 미우나 고우나 자신을 세상 구경시켜준 어머니가 아닌가. 하여 홍길동은 어머니 면전에 대고 이렇게 한탄했어. '소자의 팔자가 기박하여 천한 몸이 되었으니 품은 한이 깊사옵니다. 장부가 세상에 살면서 남의 천대를 받음이 불가한지라, 소자는 설움을 억제하지 못하고 모친 슬하를 떠나려 하옵니다. 엎드려 바라건대 모친께서는 소자를 염려하지 마시고 귀체를 잘 돌보십시오.' 홍길동은 그렇게 말하고 어머니의 손을 꼭 잡았어. 아아, 어미를 떠나는 자식의 심정이나 자식을 떠나보내는 어미의 심정이나 뭐가 다르겠어. 하늘이 내린 인연을 멀리하려니 두 모자의 가슴에는 피눈물이 쏟아졌어. 쭈르륵쭈르륵!"

전기수는 출가를 앞둔 홍길동과 그의 모친이 작별하는 광경을 특유의 몸짓과 목소리로 실감나게 재현했다.

"나리, 얼른 나오십시오."

그때 마종삼이 사람들을 비집고 들어서며 연암을 불렀다. 연암은 전기수의 입담을 뒤로하고 어물전 좌판을 벗어났다.

마종삼이 연암을 데리고 간 곳은 저잣거리 안의 작은 주막이었다. 주막 한쪽 구석에는 어깨가 떡 벌어진 장정이 앉아 있었다. 마종삼은 연암에게 자리를 권한 후 장정 옆에 앉았다.

"소인은 부안의 책쾌인 박후생이라고 합니다."

박후생이 자리에서 일어나 고개를 숙였다.

"자리에 앉게."

연암은 간략하게 한양에서 예까지 오게 된 사연을 말했다. 박후생은 이미 마종삼에게 들었다는 듯 연신 고개만 끄떡였다.

"조열과는 어떤 사인가?"

"오래전부터 잘 알고 지냈습니다. 제가 한양에 올라갈 때나 조열이 부안에 내려올 때면 서로 보필해주면서 친형제나 다름없이 지냈습니다."

"조열이 살해당한 곳은 가보았나?"

"물론입니다."

박후생은 조열 주변에서 일어난 일을 상세히 알고 있었다. 더 이상 이것저것 묻는 것은 입만 아플 뿐이었다. 연암은 거두절미하고 본론으로 들어갔다.

"조열이 지니고 있는 서책을 보았다고 했는데…… 그 책의 저자가 교산이라 했는가?"

"그렇습니다. 서책 겉장에 『교산기행』이라고 분명하게 적혀 있었습니다."

연암은 이 책이 보통 책이 아니라는 것을 단박에 눈치챘다. 어느 저자든 간에 책 제목에 호를 붙이는 것은 그만큼 애착이 깊다는 것을 의미했다.

"『교산기행』이 어떤 책인가?"

"교산이 홍길동의 행적을 수소문하여 보고 듣고 직접 겪은 일을 기록한 책입니다."

예상대로였다. 조열이 가지고 온 문서와 서고에서 발견된 문서만으로도 대충 짐작하고 있었다.

"그 책에 어떤 글이 적혀 있었나?"

"꼼꼼하게 보지 못해 자세한 내용은 모릅니다."

"그래도 기억나는 부분이 있을 게 아닌가?"

박후생은 잠시 생각에 잠기더니 말문을 열었다.

"이 책의 서두에는 장성 아차실에서 겪은 일이 실려 있었습니다. 그러니까 교산이 홍길동의 생가에 들르고 아차실 성황당에서 홍길동에게 제를 지내는 광경을 목격한 내용이 기록되어 있었습니다."

"홍길동에게 제사를 지내다니, 그게 무슨 소린가?"

"장성 아차실에서는 오래전부터 홍길동이 태어난 날에 맞춰 제를 지내오고 있었습니다. 소인의 기억으로는 그때가 9월 보름이 아닌가 여겨집니다."

그때 문득 오작노가 주고 간 문서가 떠올랐다.

"이것 좀 봐주게."

문서를 받아 든 박후생의 눈빛이 반짝 빛났다.

"이것은…… 아차실 성황당에서 읊었던 제문으로 『교산기행』에 적혀 있는 글과 일치합니다."

"틀림없는가?"

"그렇습니다. 한데 이 문서는 어디서 난 것입니까?"

"조열의 품 안에 이 문서가 있었다고 했네. 조열의 사체를 처음 검시한 오작노가 준 것일세."

박후생은 가는 숨을 몰아쉬었다. 그 역시 조열이 왜 이 문서를 품에 지니고 있었는지 매우 의아하게 여겼다. 연암은 화제를 돌렸다.

"조열이 부안에 머무를 때 함께 있었다는 소리를 들었네."

"조열은 살해당하기 전날 저희 집에 묵었습니다. 부안에 내려올 때마다 저희 집에 묵곤 했죠. 그날 조열은 처음으로 봇짐 속에 있는『교산기행』을 저에게 보여주었습니다."

"조열은『교산기행』을 어떻게 손에 넣은 건가?"

"문경에서 얻은 듯합니다."

연암은 빠르게 지난 기억을 더듬었다. 조열이 연암의 집에 찾아온 날, 그는 문경의 책쾌가 진귀한 서책을 가지고 있으니 조금만 기다려 달라고 했다.

"조열은 지난겨울부터 문경을 몇 차례 다녀간 적이 있습니다."

"『교산기행』 때문인가?"

"그런 것 같습니다. 한데 공교롭게도『교산기행』에는 문경이 자주 등장합니다. 장성 아차실뿐만 아니라 교산이 문경에서 겪은 일도 상세히 적혀 있었습니다."

"조열의 봇짐 속에 책 말고 다른 것은 없었나?"

"불상이 있었습니다."

오작노의 말과 정확히 일치했다. 연암은 그게 어떤 불상인지를 물었다.

"조열이 말을 하지 않아 자세히 알 수는 없으나, 어느 누군가의 청탁을 받아 그 불상을 전해주려고 한 것 같았습니다. 한데 어찌 조열의 봇짐을……."

"관아에 들러 조열의 봇짐을 확인했네. 듣자 하니 봇짐 속에 있는 불상은 율생이라는 자가 취했다고 하네."

"봇짐 속에 『교산기행』은 없었습니까?"

연암은 고개를 절레절레 흔들었다.

"아마 그놈이 조열을 살해하고 『교산기행』을 가져갔을 겁니다. 조열이 소인의 집에 묵었을 때는 틀림없이 『교산기행』이 있었습니다."

"그놈이라면, 누구를 말하는 건가?"

"문경의 책쾌, 차기중입니다."

"알아듣게 좀 말해보게."

"조열은 살해당하기 얼마 전부터 신변에 위협을 느끼고 있었습니다. 부안에 도착해서는 누군가 자신을 미행하는 것 같다는 소리도 했습니다."

"그게 문경의 책쾌란 말인가?"

"틀림없습니다. 차기중, 그놈이 조열을 살해한 범인입니다."

박후생은 확신에 찬 어조로 말했다.

"그럼 왜 이런 사실을 관아에 보고하지 않았나?"

"그럴 사정이 있습니다⋯⋯. 공연히 앞뒤 안 가리고 나섰다가는 책임을 면하기 어렵기 때문이었습니다. 나리께서도 잘 아시다시피 교산의 책은 금서가 아닙니까? 이를 소지하고 유통시키는 것만으로도 큰 화를 입을 것 같아서⋯⋯."

박후생은 조열의 사건을 잘 알고 있으면서도 선뜻 관아에 보고하지 못했다. 『명기집략』 사건 이후 책쾌들은 금서가 패가망신의 주범이라 하여 거리를 두었다.

"차기중이라는 자는 어떤 인물인가?"

"문경에서는 잘 알려진 책쾌입니다. 문경과 김천에서 유통되는 책의 절반은 그자가 관여하고 있다고 보면 됩니다."

"어디를 가야 그놈을 만날 수 있소?"

이번엔 마종삼이 물었다.

"문경 주흘산에 가면 교귀정(交龜亭)이라는 곳이 있습니다. 그 교귀정 옆에 자그만 주막이 있는데, 문경의 책쾌들이 자주 모이는 곳입니다."

"그놈이 사는 집은 모르오?"

"주흘산 아래 산다고 들었습니다. 문경에서는 잘 알려진 인물이니 그놈을 찾는 것은 어렵지 않을 겁니다. 그놈을 잡아 문책하면 조열을 살해한 범인은 물론『교산기행』의 행방도 밝혀낼 수 있을 것입니다."

박후생은 그렇게 침을 튀겨가며 말하고는 급한 볼일이 있다면서 슬그머니 주막을 빠져나갔다. 몸을 사리는 걸 보니 이번 사건이 미칠 파장을 지레 두려워해 손을 떼려는 것 같았다.

"친형제처럼 지냈다는 놈이……. 염병할 놈!"

마종삼은 박후생의 뒤꽁무니를 바라보며 인상을 찡그렸다. 박후생이 사라지고 나자 짧은 침묵이 흘렀다. 연암은 턱을 괸 채 두 눈을 지그시 감았고, 마종삼은 천장을 보며 한숨을 푹푹 쉬었다.

"나리……."

마종삼이 침묵을 깨고 연암을 가만히 쳐다보았다. 그의 눈은 앞으로 어떻게 할 거냐고, 차기중을 잡으러 문경에 갈 거냐고 묻고 있었다. 연암은 마땅한 답을 주지 못하고 망설였다. 사실 부안에 내려온 것만 해도 어려운 걸음이었다. 게다가 두서없이 내뱉은 박후생의 말을 어디까지 믿어야 할지 판단이 서지 않았다.

"소인은 조열을 살해한 범인이 있는 곳이라면 조선 팔도를 다 뒤져서라도 반드시 놈을 잡고야 말 것입니다."

마종삼의 안면 근육이 꿈틀거렸다.

"그리하여 그놈의 목을 부러뜨리고 망자의 원한을 갚아주겠습니다."

마종삼의 굳은 결의가 연암의 심지를 흔들었다. 어차피 한양을 떠날 때부터 끝을 봐야겠다고 마음속에 담아두고 있었다. 예까지 와서 손을 터는 것은 선비로서의 기개가 용납하지 않았다. 연암은 벌겋게 달아오른 마종삼의 얼굴에 대고 나직한 목소리로 말했다.

"이 몸도 자네와 뜻이 같네."

12

아차실은 고요하면서도 긴박했다. 허균은 발길 닿는 대로 휘젓고 다니다 보니 어느새 고을 분위기에도 익숙해졌다. 이틀 전부터는 아차실에 흉흉한 소문이 꼬리를 물고 이어졌다. 도적 무리들이 관아를 습격하기 위해 백학봉과 인근 야산으로 속속 집결한다는 소문이었다. 관아에서는 이런 허튼 소문을 입에 올리는 자를 엄히 처벌할 것이라고 으름장을 놓았으나 뿌리 없는 입방아는 쉽사리 가라앉지 않았다.

허균은 관군들이 오매불망 찾고 있는 인물이 봉추거사라는 것을 뒤늦게 알았다. 봉추거사의 목에는 오백 냥의 현상금이 걸려 있었는데, 그가 요상한 소문을 퍼뜨려 고을 사람들을 미혹에 빠뜨린다는 것이 그 이유였다. 그래서 장성 관군들은 봉추거사를 체포하기 위해 백학봉 주변을 샅샅이 뒤지고 다녔다. 그러나 고을 사람들은 봉추거사가 결코 체포되지 않을 것이라고, 홍길동처럼 온갖 신비한 도술을 부려 가며 관군들을 농락할 것이라고 굳게 믿고 있었다.

신시(申時)가 넘어 역원으로 돌아온 허균은 붓을 들었다. 그간 아차실에서 겪은 일들을 보탬도 빠뜨림도 없이 담담하게 써 내려갔다. 흉가로 변한 홍길동의 생가, 성황당 앞에서의 음사, 평 자 문양의 패찰, 산을 벌겋게 물들인 횃불……. 봉추거사를 만나 홍길동의 기품이나 원대한 꿈을 전해 들은 것은 이번 여행길의 백미였다.

봉추거사의 몸에서 뿜어 나오는 기운은 백학봉 봉우리를 덮을 만하다. 오랜 세월 고된 수행을 거치지 않고서는 감히 품을 수 없는 기운이니 반신선이라 불러도 손색이 없다. 청산유수처럼 술술 토해내는 말은 무례하고 경솔하기 그지없으나 세상 이치에 통달한 달변이 귀양살이를 끝낸 선비의 속내마저 꿰뚫고 있어 감히 대꾸할 엄두가 나지 않았다. 홍길동과 동시대의 인물도 아니고 분신(分身)은 더욱 아닐진대 홍길동의 일거수를 훤히 들여다보고 있으니 새삼 봉추거사의 정체에 의문이 들지 않을 수 없었다.

"안에 있소?"

붓끝이 신명 나게 춤을 추고 있는데 문밖에서 역원 주인의 목소리가 들려왔다. 문을 열자 역원 주인이 툇마루에 걸터앉으며 방 안을 힐끔 들여다보았다.

"언제 들어온 게요?"

"얼마 되지 않았소."

"참으로 태평하오. 역원 밖은 난리가 아닌데 방구석에 틀어박혀 붓이나 놀리고 있다니."

역원 주인은 다짜고짜 허균을 몰아붙였다.

"관군이 댁을 잡으려고 쌍심지를 켜고 돌아다니고 있단 말이외다. 방금 전에도 댁을 잡아가려고 역원 안을 샅샅이 뒤지고 갔소이다."

"허허, 나라의 녹을 받아먹는 관군들이 어디 할 일이 없어서 이 몸을 잡으려 한단 말이오? 어디 그 연유나 들어봅시다."

"댁이 홍길동에 대해 꼬치꼬치 묻고 다닌다는 게 관군들의 귀에 들어간 모양이오. 그러니 속히 이곳을 떠나시오!"

"아차실에 들어와 이 몸이 한 일이라고는 고작 떠도는 소문에 귀 기울인 것뿐인데, 어찌 이리 야박하게 군단 말이오."

"그건 댁의 사정이니 내 알 바 아니오. 하여튼 관군들이 조만간 또 들이닥칠 것이오. 공연히 마른하늘에 날벼락 맞지 않으려거든 속히 떠나는 게 좋을 게요."

역원 주인이 이마에 핏대를 세우고 말하는 걸 보니 허튼소리는 아니었다. 하긴 이틀 전부터 관군들은 장성으로 들어오는 길목을 지키고 서서 외지인의 검문을 강화했다. 그래서인지 역원 안의 길손들은 공연히 화를 입을지 몰라 바깥출입을 삼가고 바짝 몸을 낮추었다.

"떠나기 전에 하나만 물어봅시다. 봉추거사는 대체 어떤 인물이오?"

"봉춘지 개뿔인지 그따위 망측한 늙은이는 관심 없소이다. 관아에 고하기 전에 어서 여길 떠나시오!"

허균은 떠밀리다시피 역원을 빠져나왔다. 역원 주인이 하도 몰아붙이는 바람에 짐도 제대로 챙기지 못했다. 그래도 그 덕분에 관군들에게 개처럼 끌려가는 험한 꼴은 당하지 않았다.

"이제 문경으로 갈 것입니까요?"

길참이 물었다.

"갈 때 가더라도 꼭 들러야 할 곳이 있다."

"봉추거사에게 가는 겁니까요? 지금 관군들이 백학봉을 샅샅이 뒤진다고 하지 않았습니까요?"

허균이 백학봉으로 방향을 잡자 길참의 얼굴이 노랗게 변했다. 아차실을 떠나기 전에 봉추거사를 다시 한 번 만나고 싶었다. 원래 세속을 등진 도인을 만나는 게 하늘이 반쯤 허락을 내려야 이뤄질 수 있는 일이었다. 이번에 그를 만나면 속에 담아둔 의문 보따리를 죄다 풀어놔야겠다고 단단히 별렀다.

그러나 봉추거사가 거처하던 움막은 온데간데없었다. 바람막이 구실을 하던 거적때기는 맷돌처럼 생긴 쌍바위 위에서 볼썽사납게 뒤척이고 있었다. 장죽에 불을 지펴주던 화로도, 삼지창을 쥐고 있는 치우의 그림도 없었다. 그나마 움막 한가운데 낡은 책상만이 유일하게 남아 이곳이 봉추거사가 머물렀던 움막임을 말해주고 있었다.

백학봉을 오르면서 수차례 되뇌었던 의문 덩어리들도 한순간에 신기루처럼 사라졌다. 허균은 힘없이 쌍바위에 걸터앉았다. 봉추거사는 어디로 사라진 것일까. 움막을 깔끔하게 갈무리한 것으로 보아 다시는 돌아올 것 같지가 않았다. 어디선가 산들바람을 타고 봉추거사의 똑 부러진 목소리가 귓전을 쩌렁쩌렁 울렸다.

"네놈이 꿈꾸는 세상은 무엇이냐?"

허균은 자신도 모르게 벌떡 자리에서 일어났다. 그때 옆구리에 망태기를 꿰찬 노승이 움막 쪽으로 느릿느릿 올라오고 있었다. 허름한 승복을 걸친 노승의 망태기에는 약초가 가득 담겨 있었다.

"스님, 여쭤볼 게 있습니다."

허균은 노승에게 합장을 하고 움막에 기거하던 노인을 본 적이 있느냐고 물었다.

"바람이 불면 시를 짓고 바람이 멈추면 술을 담그고 바람이 사라지면 피리를 부는 반신선이 아니오. 허허, 아직 신선이 되지 못해 뜨내기 구름처럼 이리저리 옮겨 다니니 그 빈자리가 궁색하고 애통할 뿐이오."

"그 노인은 어디서 왔습니까?"

"으음, 들자 하니 저 먼 남쪽 끝의 섬에서 왔다고 하는데…… 그곳에는 왕도 없고 노비도 없다고 하오."

남쪽 끝 섬에 왕도 없고 노비도 없다니, 이건 또 무슨 해괴한 소린가. 아차실 사람들은 봉추거사가 문경에서 왔다고 하지 않았는가. 이 노승도 봉추거사 못지않게 아리송한 인물이었다.

"혹시 그 노인이 갈 만한 곳을 아십니까?"

노승은 약초 망태기를 내려놓고는 산비탈을 타고 내려오는 바람을 가리켰다.

"허허, 바람이 머무는 곳을 내 어찌 알겠소."

그때 움막 오른편 산길 쪽에서 나뭇가지가 가늘게 흔들리는 소리가 들려왔다. 허균은 소리 나는 쪽으로 고개를 돌렸다. 잠시 후 뾰족한 창을 든 관군이 모습을 드러냈다. 모두 다섯 명이었다.

"나리, 저기 관군이 올라오고 있습니다요."

그뿐이 아니었다. 백양사 쪽에서도 두 명의 관군이 움막을 향해 올라오고 있었다.

"알았다."

더 이상 한갓지게 노승과 대화를 나눌 겨를이 없었다. 여기서 잡혔다가는 꼼짝없이 형틀에 매여 치도곤을 당할 것이었다.

백학봉을 내려오니 해가 뉘엿뉘엿 기울고 있었다. 정신없이 산을 내려오느라 두 번이나 발을 헛디뎌 엉덩방아를 찧었다. 목이 마르고 허기가 밀려왔다. 허균은 장성에서 하루를 더 묵으려던 계획을 접고 내처 동쪽으로 발길을 잡았다. 장성을 빠져나가는 길목에는 관군 두 명이 기다란 창을 목덜미에 붙이고 꾸벅꾸벅 졸고 있었다.

어느 누가 세월을 흐르는 물 같다 했던가.

걷고 또 걷다 보니 물보다는 떠도는 바람이 제격이었다. 새벽바람은 숲 속에 엎드려 낮게 차오르고 아침바람은 계곡을 등진 채 산속을 누비고 다녔다. 발길 닿는 곳마다 산들바람이 가장 먼저 나그네를 맞이하고, 그늘 내린 쉼터에서는 솔바람으로 촉촉한 땀을 식혀주었다. 마음이 평상일 때는 솔바람이지만, 가슴속에 응어리가 들어찰 때는 된바람이 등골을 쓸어내렸다.

왜 이리 마음이 허허로운 것일까. 아차실에서 닷새 동안 여기저기 기웃거렸지만 무엇 하나 속 시원히 밝혀진 게 없었다. 되레 풀리지 않는 의혹만 더 늘어나 속만 까맣게 타들어갔다. 무엇보다 봉추거사를 만나지 못하고 아차실을 떠난 것이 내내 아쉬움으로 남았다.

"나리, 너무 마음에 두지 마십시오. 문경에 가면 잘 풀릴 수도 있지 않습니까요."

길참이 허균의 속내를 잘 알고 있다는 듯 위로의 말을 건넸다. 하나 문경에 도착한다고 해서 양어깨에 한 아름 짊어진 온갖 풍문과 의혹을 말끔히 풀 수 있을지는 여전히 의문이었다.

문경에 이르는 길에는 칼바람이 앞장서서 발걸음을 이끌었다. 경상도 경계에 접어들면서 산세나 지형은 장성에 이르는 길보다 곱절은 더 험하고 가팔라졌다. 골짜기 틈새로 불어오는 바람은 산마루턱을 넘어오는 바람 못지않게 차갑고 매서웠다. 김천에서 하루를 묵고 겨우 험한 산세를 벗어나자 이보다 더 가파른 문경의 산자락이 성큼 마중 나왔다. 아차실에서 야반도주하듯 떠난 지 꼭 열흘 만이었다.

허균은 조령고개에 우뚝 서서 멀찍이 시선을 던졌다. 홍길동의 마지막 자취가 어린 곳, 문경 읍성이 한눈에 들어왔다.

새재에서 길을 묻다

1

연암은 새소리를 벗 삼고 실개천과 오솔길을 길동무 삼아 걷고 또 걸었다. 충청도 공주를 지나서는 기세등등한 준령들이 이어졌다. 충청도와 경상도의 경계는 험한 준령이 가로 막고 있어 지름길이 따로 없었다. 뼈마디에는 찬바람이 스며들고, 지팡이는 다 낡아 새것으로 바꾸었다. 멀고도 험한 길을 걷느라 발바닥이 퉁퉁 부어올랐다. 겨우겨우 험한 고갯길을 넘어 허름한 주막에 도착했을 때는 또 날이 어두워지고 있었다.

뜻하지 않은 여행길이었다. 한양을 나선 걸음이 부안을 거쳐 문경에까지 오리라고 어찌 상상이나 했을까. 세상만사가 늘 그랬다. 열하에 갈 때도 예기치 않은 난관에 봉착했다. 삼천 리 길을 걸어 연경에

도착했건만, 청의 황제가 자리를 비우고 열하의 별궁에 들어간 뒤였다. 억장이 무너졌다. 일언반구도 없이 열하로 떠난 청의 황제가 그렇게 야속할 수가 없었다. 그래도 예서 멈출 수는 없는 일, 사절단은 생사를 넘나들며 하룻밤에 아홉 번 강을 건너고 때맞춰 열하에 도착했다. 하나뿐인 목숨을 담보로 한 열하행이었다.

"이제 다 온 것 같습니다."

마종삼의 이마에는 굵은 땀방울이 맺혀 있었다. 콧잔등을 타고 내려오는 땀방울이 이파리에 매달린 새벽이슬 같았다. 연암은 그와 같은 든든한 길벗에 용한 길잡이가 있으니 천군만마가 부럽지 않았다. 마종삼 덕분에 단 한 번도 길을 잃지 않고 새재 문턱에 이를 수 있었다.

"괜찮으십니까요?"

마종삼이 땀방울을 훔치며 연암을 힐끔 쳐다보았다. 글만 읽을 줄 아는 선비가 생고생이라는 표정이 그의 얼굴에 고스란히 묻어 나왔다.

"내 걱정은 말게나. 이보다 더 험한 산중도 자주 다녔다네."

제아무리 고되고 힘들어도 열하를 다녀올 때와는 비할 바가 아니었다. 연경에서 열하로 향하는 길은 고난 그 자체였다. 우선 시간이 촉박해서 잠을 잘 수 없었다. 말을 계속 달리게 하고 그 위에서 겨우 눈을 붙였다. 비가 많이 와서 불을 피울 수 없기 때문에 밥도 먹을 수 없었다. 그렇다고 길이 평탄한 것도 아니었다. 하룻밤 동안 강을 아홉 번 건너야 하는 험난한 지형이었다. 그렇게 잠도 자지 않고 나흘 내내, 밤이면 오로지 달빛과 별빛에 의지한 채 칠백 리를 달렸다.

"저곳이 말로만 듣던 벼슬길입니까요?"

마종삼은 주흘산 굽이진 길을 그윽한 눈길로 바라보았다. 길옆으로 잣나무, 박달나무, 층층나무, 굴참나무, 전나무, 소나무 등 다양한 수종이 울창하게 뻗어 있었다.

문경새재는 한양과 영남을 잇는 가장 번듯한 길이었다. 한양에서 동래까지 갈 때 넘는 고개로 추풍령과 문경새재, 죽령이 있었으나 문경새재가 열나흘 길로 가장 빨랐다. 문경새재는 과거를 치러 가는 선비들이 간절한 소원을 품고 걷는 청운의 길이었다.

"나리께서는 왜 벼슬을 하지 않습니까?"

마종삼이 지팡이를 숲 속에 내던지며 물었다.

"자네가 그걸 어찌 아는가?"

"소인뿐만 아니라 도성 내 책쾌들도 다 알고 있습니다요"

연암은 비시시 웃었다. 벼슬이 무슨 소용이 있는가. 책을 가까이하고 학문에 매진하는 이유는 벼슬을 얻고자 하는 게 아니었다. 벼슬은 부귀영화를 누리는 자리가 아니라 나라의 안위와 백성의 태평을 도모하는 자리였다.

한때 창대한 꿈을 가진 적이 있었다. 백탑 아래 모여든 벗들 앞에서 세상을 바꿔야겠다고 여러 차례 호언장담하고 포부를 밝혔다. 그러나 연암은 곧 꿈을 접었다. 노론 벽파가 정권을 잡자 감시(監試)와 양장(兩場)에 모두 합격한 연암은 과거에 뜻이 없음을 밝혔다. 성균관 시험을 치러 들어가서는 고목과 노송만 그리고 나왔다. 그것은 벼슬을 하지 않겠다는 스스로의 다짐이었다. 그러나 박제가와 이덕무가 임금의 부름을 받고 규장각 검서관이 되었을 때는 진심으로 그들을 축하해주었다.

영남 제1관문인 주흘관을 지나자 저 멀리 조곡관이 보였다. 조곡관은 임진란이 끝난 뒤 서애 류성룡이 문경새재를 전략적인 요충지로 인식하고 세운 관문이었다. 류성룡 역시 허균과 각별한 인연이 있는 인물이었다. 허균에게는 두 명의 스승이 있었는데, 그들이 바로 손곡과 류성룡이었다. 허균은 류성룡을 통해 문장을 배웠고, 손곡에게는 시를 배웠다. 류성룡은 허난설헌의 시집인 『난설헌집』의 서문을 써줄 정도로 허균과는 돈독한 관계를 유지했다. 허균이 유생들의 탄핵 상소로 여러 차례 관직을 박탈당했을 때 허균을 관직에 복귀시켜준 인물이 류성룡이었다.

"칠서(七庶)의 난이 발생한 곳도 문경새재가 아닙니까? 그러고 보니 이곳은 이래저래 교산과 인연이 닿는 곳인가 봅니다."

인연이라기보다는 악연이라는 말이 더 적절했다. 문경새재는 계축옥사(癸丑獄事)가 발단된 곳으로, 허균은 칠서사건 때문에 오래도록 고초를 겪었다.

계축옥사는 1613년(광해군 5년)에 대북파가 영창대군과 서인, 남인 등의 세력을 제거하기 위해 일으킨 사건으로, 계축옥사의 발단이 된 사건이 바로 문경새재에서 벌어진 '칠서의 난'이었다. 조정에 불만을 품은 유력한 집안의 일곱 서자들은 무력으로 궁궐을 장악해서 광해군을 제거하고 스스로 벼슬자리에 오르려고 했다. 이들은 문경새재에 근거지를 마련하고 거사를 준비했으나 사전에 발각되어 모두 처형되었다. 그런데 대북파의 우두머리인 이이첨(李爾瞻)이 정치적 공작을 벌여 이를 역모 사건으로 만들었다. 당시 허균은 칠서라 불리는 일곱 서자들과 긴밀한 관계를 맺고 있었기 때문에 칠서사건의 배후로 의심받았다. 그러나 칠서들이 옥사 중에도 끝까지 허균을 입에 올리지 않아 무사할 수 있었다. 문경새재에서 벌어진 '칠서의 난'은 허균이 1618년 대역적으로 몰려 거열형을 당할 때까지 두고두고 그를 괴롭힌 사건이었다.

"조열도 이 길을 따라 문경에 갔을까요? 소인은 조열이 문경에 다녀온 줄은 까맣게 모르고 있었습니다⋯⋯."

"⋯⋯."

"정녕 문경의 책쾌가 교산의 서책을 빼앗으려고 조열을 살해했을까요?"

문경에 도착해서일까. 김천에서부터 묵묵히 앞만 보고 걷던 마종삼의 말수가 부쩍 많아졌다.

"자네가 보기엔 어떤가?"

"행여 다른 사유가 있지 않겠습니까?"

"다른 사유라면 뭘 말하는 건가?"

"하여튼 소인의 짧은 식견으로는 이해가 가지 않습니다. 교산의 책이 진귀한 서책임은 분명하지만, 한낱 책쾌에 불과한 자에게도 그만한 값어치가 있겠습니까? 글깨나 읽고 세상 물정 아는 양반 사대부라면 몰라도⋯⋯."

연암도 그게 가장 큰 의문이었다. 문경의 책쾌는 왜 조열을 살해하면서까지 허균의 서책을 얻고자 했을까. 문경에 오는 동안 피곤한 몸을 바위나 수풀에 뉘면서도 그런 의문이 머릿속을 떠나지 않았다.

"누군가에게 사주를 받아 조열을 살해했을지도 모르지 않나?"

연암은 이번 사건에 배후가 있지 않을까 의심했다. 박후생의 말이 사실이라면, 일개 책쾌에 불과한 차기중이라는 자가 홀로 그런 엄청난 일을 꾸밀 수는 없는 일이었다.

"오호, 소인은 미처 거기까지는 생각하지 못했습니다. 나리의 말씀대로라면 충분히 있을 수 있는 일입니다."

"하여튼 차기중이라는 자를 잡아 문책하면 사건의 전모가 드러날 걸세."

"그자를 잡으면 어찌할 겁니까?"

"자네 말마따나 관아에 넘기기 전에 그놈의 목이든 다리든 간에 어디 한 군데라도 부러뜨려야 성이 차지 않겠나."

"그놈을 처리하는 건 제게 맡기십시오. 이래 봬도 소싯적에 힘 좀 썼습니다요."

마종삼은 두 주먹을 불끈 쥐어 보였다.

2

문경새재는 홍길동의 강기(剛氣)가 충만한 곳이었다. 문경 읍성을 에워싸고 있는 산속에는 홍길동 무리가 관군들과 대치한 흔적이 아직도 생생하게 남아 있었다. 그래서인지 문경 사람들은 아차실 사람들과는 달리 홍길동에 대해 말하는 것을 전혀 개의치 않았다. 지난 백 년의 세월을 거슬러 올라가 마치 홍길동 무리라도 된 듯 유쾌하게 떠들고 그 시절의 무용담을 질펀하게 늘어놓았다.

"홍 장군이 부리는 도술만 해도 스무 가지가 넘었다네. 하잘것없는 불쏘시개에 입김을 불어넣어 홍 장군을 쏙 빼다 박은 인물은 물론 여우나 곰도 만드니 이런 천하의 걸물이 또 어디에 있겠나."

"어디 그뿐인 줄 아나. 축지법을 써서 백 리도 더 떨어진 산봉우리를 제 집 앞마당처럼 드나들며 관군들을 혼쭐내지 않았나. 뜬구름을 불러다가 방석처럼 깔고 앉아 산천을 누비고 다녔으니 어찌 홍 장군을 인간이라 할 수 있는가."

문경 사람들은 홍길동을 부를 때는 반드시 '장군'이라는 존칭을 붙였다. 그러나 이들이 들려주는 홍길동의 활약상은 듣기 민망할 정도로 허무맹랑했다.

문경에 도착한 후 허균이 이틀 동안 만난 생면부지의 인물만 해도 족히 서른 명은 되었다. 이들에게 돌아오는 대답은 한결같았는데, 홍길동이 천수를 누린 후 신선이 되어 하늘로 올라갔다거나 문경의 수호신이 되었을 것이라는 허튼소리뿐이었다. 어느 누구도 홍길동의 마지막 행적을 묻는 말에 귀를 쫑긋 세우는 이는 없었다. 홍길동의 활약상을 입에 올릴 때는 물 만난 고기처럼 잘 떠들다가도 홍길동의 마지막 행적 소리가 나오면 까막눈이 되고 귀머거리가 되었다. 어떤 이는 홍길동의 마지막 행적이 뭐 그리 대단하냐고 되레 핏대를 올리며 따져 묻기도 했다. 매번 호되게 당한 터라 나중에는 이들 앞에서 참수형

소리는 아예 입 밖에 꺼내지도 못했다.

홍길동이 참수되었다는 것은 뜬소문에 지나지 않는 것일까? 그래도 조정의 명을 받아 병마절도사가 사간원에 올린 공문인데, 허튼 보고는 있을 수 없는 일이었다. 홍길동이 문경에서 참수형에 처해졌다면, 틀림없이 이를 두 눈 시퍼렇게 뜨고 본 사람이 있을 것이고, 그의 참혹한 최후가 시정잡배들의 입담을 통해 후대에 전해졌을 게 아닌가. 한두 명쯤은 홍길동의 마지막 행적을 속 시원히 밝혀줄 것이라고 믿었는데, 그런 인물은 좀처럼 나타나지 않았다.

"나리, 그만 포기하는 게 좋겠습니다요."

길참도 고을 사람들을 상대하느라 지쳐 있었다. 몇몇 실없는 이들은 허균을 조정에서 내려보낸 암행어사로 오해하기도 했다. 홍길동의 혼백이라도 잡아 원풀이를 하러 온 게 아닌지 실뱀 같은 눈으로 쳐다보기도 했다. 어떤 고약한 이들은 잡귀라도 물리치려는 듯 허균의 얼굴에 소금 세례를 퍼부으며 고래고래 악다구니를 썼다.

"열흘이나 넘게 걸려 예까지 왔는데, 이대로 돌아가자는 게냐? 정 그렇다면 네놈은 여기 남아 있거라. 나 혼자라도 돌아볼 테니."

"아, 아닙니다요."

첫술에 배부를 수는 없는 일이었다. 어차피 골육조차 분명하지 않는 걸물을 쫓는 것이 사나흘에 해결될 일이 아니라는 것을 잘 알고 있었다. 짧게는 달포, 길게는 두 달을 생각하고 부안을 떠났다.

문경에 온 지 사흘째 되는 날, 허균은 주흘산 아래 주막에서 뜻밖의 인물을 만났다.

"홍 장군의 마지막 행적이라……. 허허, 나 또한 그게 궁금하던 참이었소."

보부상 차림의 사내는 구레나룻을 턱밑까지 길게 기르고 있었다.

"홍 장군의 활약은 삼척동자도 잘 알고 있으나 마지막 행적에 대해서는 도통 아는 자가 없으니 참으로 갑갑한 일이오. 내 듣기로는 홍 장군이 문경에서 사라진 해가 경신년이라고 하오만."

구레나룻은 홍길동이 종적을 감춘 해를 정확히 기억하고 있었다.

"어디 짐작 가는 데라도 있소?"

"글쎄올시다. 하도 오래된 일이라 기억이 가물거리기는 하는데, 경신년 10월엔가 홍 장군 무리가 한날한시에 사라졌다는 풍문이 있소이다."

"홍길동 무리가 한날한시에 사라지다니, 그게 무슨 소리요?"

"객쩍은 소리니 마음에 두지 마시오. 하도 떠도는 소문이 무성하여 어느 것이 풍문이고 어느 것이 정설인지 구별하기가 쉽지 않소."

"혹시 홍길동이 참수된 것은 아니오?"

"그건 아닐 것이오. 한때 관군들이 그런 요상한 소문을 고을 안에 퍼뜨린 적이 있다고 하는데, 믿을 만한 게 되지 못하오."

"이상한 일이로군. 고을 백성도 아니고 어찌 관군들이 그런 맹랑한 소문을 퍼뜨린단 말이오?"

"그야 홍 장군이 하도 골칫거리니 그런 허튼 소문이라도 퍼뜨려 흉흉한 민심을 잡으려고 한 게 아니겠소. 어찌 됐든 홍 장군이 쥐도 새도 모르게 사라진 것만은 분명하오. 경신년 10월 이후로 홍 장군을 본 사람이 없으니 말이오."

구레나룻은 문경에 도착한 후 만난 사람들 가운데 처음으로 홍길동의 마지막 행적에 관심을 갖는 인물이었다.

"이곳에 홍길동의 후손이 살고 있지는 않소?"

"홍 장군의 후손? 하하하."

구레나룻은 큰 소리로 웃었다.

"이보시오, 관아에서 홍 장군을 체포하려고 얼마나 길길이 날뛰었는지 아시오? 암만 세월이 유수처럼 흐르고 세상이 변했다고 한들 그 후손인들 가만히 내버려두겠소?"

"……."

"설령 홍 장군의 후손이 어딘가에 발 뻗고 산다고 해도 감히 이름 석 자를 내세우며 살아갈 수 있겠소? 우리 같은 하찮은 백성에게는 홍 장군이 호걸영웅이어도 세도가나 관아에서는 자근자근 씹어 먹어도 시원치 않을 도적 괴수에 지나지 않소."

구레나룻의 말에도 일리가 있었다. 당시 홍길동이 관아를 습격하고 방화한 일은 삼족을 멸하고도 남을 대역죄였다. 허균은 구레나룻에게 홍길동의 은신처가 어디인지 넌지시 물었다.

"홍 장군의 은신처? 거기는 왜 가려는 것이오?"

"달리 이유는 없소이다. 예까지 어렵게 왔는데 호걸영웅의 자취라도 한번 훑어보고 가야 하지 않겠소."

갑자기 허균을 바라보는 구레나룻의 눈매가 매섭게 변했다. 구레나룻은 술잔을 물리고 자리에서 일어났다.

"그곳은 아무나 갈 수 있는 곳이 아닌데……. 이리 따라오시오."

주흘산 중턱에 이르자 머리통만 한 돌덩이를 층층이 쌓아 올린 성벽이 나타났다. 홍길동 무리가 관군의 습격에 대비해 쌓은 산성이었다. 한쪽 성벽은 형체도 없이 무너져 내렸지만, 가파른 오르막 길 옆으로는 장정 키 높이의 성벽이 아직도 남아 있었다. 성을 쌓아 올린 형태가 공주 무성산의 홍길동산성과 흡사했다.

반쯤 무너진 성벽을 필두로 홍길동 무리의 흔적이 곳곳에서 눈에 들어왔다. 수풀 더미에 묻힌 녹슨 칼도 보였고, 기슭 안쪽으로는 감시 초소로 사용했을 법한 움막도 정승처럼 버티고 있었다.

"어디서 오는 길손이오?"

구레나룻의 얼굴이 벌겋게 달아올랐다. 술을 마시다 말고 산에 오르려니 평소보다 곱절은 더 고될 것이었다. 그러나 구레나룻은 군소리 없이 기꺼이 길잡이가 되어주었다.

"장성에서 오는 길이오."

"장성이라면…… 홍 장군의 고향이 아니오? 그곳이 아차실이라고 했던가……."

"맞소. 얼마 전 그곳에 들렀다가 문경으로 온 것이오."

구레나룻은 발걸음을 멈추고 길게 숨을 골랐다.

"바로 저곳이오!"

길을 분간할 수 없을 정도로 우거진 숲은 도적들이 은거지로 삼기에는 안성맞춤이었다. 관군들이 수풀을 헤치고 이 험한 산속까지 들어오는 것도 수월해 보이지 않았다. 설령 첩자를 앞세워 이곳에 발길을 들여놓는다고 해도 산속 지형에 밝은 홍길동 무리들을 찾아내는 것은 불가능해 보였다.

"예서 조금 더 들어가면 커다란 동굴이 나올 거요. 그곳이 홍 장군 무리들이 머문 곳이오."

구레나룻의 눈매가 사납게 흔들렸다. 주막에서 막사발을 내려놓고 흔쾌히 나섰을 때와는 달리 그의 눈빛에는 경계심이 꾸역꾸역 몰려들었다.

"하여튼 몸조심하시오. 홍 장군 무리가 사라졌다고 하나 깊은 산속에 틀어박혀 있을지 어찌 알겠소."

구레나룻은 그렇게 말하고는 급한 볼일이라도 있는 듯 산 아래로 빠르게 내려갔다.

"저자가 좀 이상해 보이지 않습니까요?"

길참이 구레나룻의 뒷모습을 마뜩잖게 바라보았다.

"뭐가 말이냐?"

"어쩐지 구린 냄새가 나는데요. 구태여 이곳까지 친절하게 길잡이가 되어준 것도 눈에 거슬리고……."

허균 역시 구레나룻이 속에 뭔가를 꿍치고 있는 것 같아 적잖이 신경이 쓰였다.

"어서 올라가보자."

초목이 우거진 숲 안쪽에서 서늘한 냉기가 흘러나왔다. 동굴 입구에는 사람이 드나든 지 꽤 오래된 듯 뿌리째 뽑힌 나무들이 삐쭉삐쭉 튀어나와 있었다.

허균은 동굴 속으로 조심스럽게 머리를 들이밀었다. 으스스한 느낌이 들면서도 그리 기분 나쁘지는 않았다.

동굴 안은 세도가의 집 마당처럼 꽤 넓은 편이었다. 장정 십여 명이 꽉 들어차도 남을 공간이었다. 동굴 안에서 불을 피웠는지 벽은 검게 그을려 있고 바닥에는 짚 더미가 수북이 쌓여 있었다. 짚 더미 사이로 칼자국이 있는 사슴 가죽도 눈에 밟혔다.

동굴 한가운데는 고목 밑동을 잘라 온 듯 커다란 나무판이 떡하니 자리 잡고 있었다. 순간 나무판에 빙 둘러앉아 관군들을 어떻게 농락할지 머리를 맞대고 있는 홍길동 무리들의 모습이 어렴풋이 떠올랐다.

"나리, 이리 와보십시오!"

동굴 안쪽으로 깊숙이 들어간 길참이 소리쳤다. 동굴 바닥에는 자그마한 나무 상자가 모서리만 빠끔 드러낸 채 깊게 파묻혀 있었다. 길참이 바닥을 파헤치고 나무 상자를 꺼내니 상자 안에는 수십 개의 칼자루가 빼곡 들어차 있었다.

"여기에도 평 자 문양이 있습니다요!"

"오오!"

이 칼자루에도 둥근 원 안에 평 자가 또렷이 새겨져 있었다. 장성 아차실에서 본 문양과 똑같았다.

"네 이놈들!"

그때였다. 동굴 안에 굵은 목소리가 쩌렁쩌렁 울렸다. 허균은 어깨를 움찔거리며 소리 나는 쪽으로 고개를 돌렸다. 동굴 입구에 대여섯 명의 관군이 창을 움켜쥐고 허연 이를 드러내고 있었다.

"바로 저놈들입니다요."

관군 옆에는 허균을 동굴로 안내한 구레나룻이 입맛을 쩝쩝 다시고 있었다.

짚 더미가 수북이 깔려 있는 옥방 바닥에 핏자국이 어지럽게 널려 있었다. 옥방 안에는 죄수들의 불안한 눈초리가 이리저리 굴러다니고, 그들의 입에서는 탄식 섞인 가쁜 숨소리가 쉼 없이 흘러나왔다.

아무리 생각해도 고약한 일이었다. 구레나룻이 관군에게 고자질을 할 줄은 꿈에도 몰랐다. 처음에는 우격다짐으로 두 팔을 포박하는 관군들의 태도를 납득하기 어려웠다. 기껏해야 백여 년 전에 날고 기었던 도적 우두머리의 은거지를 둘러봤을 뿐인데 관군들은 마치 허균을 역적 대하듯 험하게 다루었다. 허균은 옥방에 갇히고 나서야 문경에서 어떤 일이 벌어지고 있는지 뒤늦게 알아차렸다. 지금도 문경에는 홍길동을 숭앙하는 무리가 남아 있기 때문에 관아에서는 이들을 체포하려고 혈안이 되어 있는 것이었다. 달포 전부터는 두둑한 현상금까지 내걸고 고을 사람들을 독려하고 있었다. 문경에 도착해 사흘 동안 읍성 안을 분주히 돌아다니면서도 그런 기미는 전혀 눈치채지 못했다. 고을 사람들은 홍길동의 신출귀몰한 무용담만 늘어놨지, 관아의 서슬 퍼런 분위기를 전해주는 이는 단 한 명도 없었다.

"나리…… 이제 어찌 되는 것이옵니까?"

"……."

"어서 나리의 신분을 밝히는 것이……."

관직을 파탈당하고 이제 겨우 귀양살이를 끝내고 온 야인인데, 수령 앞에서 과거지사를 읊조린다고 해서 먹혀들까. 하나 공맹의 제도가 뿌리 내린 곳에서는 전관(前官)이라 해도 결코 소홀히 대하지 않았다. 허균은 십수 년간 고을 수령을 지낸 터라 관아의 특성과 구조는 물론 수령들의 처신까지 잘 알고 있었다. 그래도 한때는 형조참의라는 벼슬까지 달았는데, 위엄을 낮추고 차분히 자초지종을 털어놓으면 험한 꼴은 당하지 않을 것이었다.

"길참아, 무슨 일이 있어도 현감 앞에서는 절대 입도 벙긋해서는 안 된다. 무조건 모른다고 잡아떼라."

"염려 마십시오. 제 입이 쇳덩이보다 더 무겁다는 것은 나리께서도 잘 아시지 않습니까요."

길참은 염려 말라는 듯 눈을 껌뻑거렸다. 그때 옥문 앞으로 발자국 소리가 저벅저벅 들려왔다. 곧이어 곰처럼 체구가 큰 형방이 거무튀튀한 얼굴을 옥방 창틀에 들이댔다.

"네놈의 정체가 무엇이냐? 아차실에 들러 예까지 온 걸 보니 보통 놈이 아닌 게로구나."

허균의 얼굴에 낭패감이 스쳐 지나갔다. 구레나룻은 허균이 아차실에 갔던 것까지 밀고한 것이었다.

"괘씸한 놈 같으니. 그러고도 네놈들의 몸이 성할 줄 알았느냐. 어서 이놈들을 끌어내라!"

옥방 문이 열리고 옥졸 두 명이 허균의 허리춤을 잡았다. 허균은 홍살문과 질청, 그리고 솟을삼문을 지나 수령의 집무처인 동헌 앞으로 끌려갔다. 동헌 앞에 이르자 십자형의 형틀이 아프게 눈을 찔렀다. 동헌 대청 위에는 동채를 쥔 구군복 차림의 문경 현감이 두 눈을 부릅뜨고 있었다.

"고개를 들라!"

위엄이 가득 담긴 목소리가 동헌 앞뜰을 울렸다.

"……."

고개를 든 순간 허균의 두 눈이 휘둥그레졌다. 그러기는 대청마루에 앉아 있는 문경 현감도 마찬가지였다.

3

"저기 교귀정이 보입니다."

문경새재의 교귀정은 주흘관과 조곡관의 중간 지점에 자리 잡고 있었다. 교귀정 왼쪽으로는 조령산이, 오른쪽으로는 주흘산 전경이 병풍처럼 멋들어지게 펼쳐져 있었다.

교귀정은 새로 부임하는 경상 감사가 전임 감사로부터 업무와 관인(官印)을 인수인계받던 교인처였다. 신임 감사의 인수인계는 도(道) 경계 지점에서 실시하였는데, 이 지점을 교귀(交龜)라고 불렀다. 교귀정 아래에는 바위로 둘러싸인 작은 폭포가 흐르고 있었다. 하늘과 땅의 모든 신인 팔왕과 선녀들이 어울려 놀았다는 팔왕폭포였다. 폭포 바위벽에는 '용추(龍秋)'라는 커다란 글자가 새겨져 있었다.

"바로 저 주막인가 봅니다. 박후생의 말이 틀림없습니다."

교귀정 옆으로 작은 주막 한 채가 오도카니 서 있었다. 한양으로 올라가는 선비나 보부상들의 중간 쉼터였다.

주막 안은 훤한 대낮인데도 빈자리를 찾아보기 어려울 정도로 북적거렸다. 금주령이 풀리면서 거의 사라지다시피 했던 술집들이 우후죽순처럼 생겨났다. 목마른 길손에게는 반가운 일이나 집도 절도 없는 백성에게는 그림의 떡이었다.

주막 입구 옆에서는 투전판이 벌어지고 있었다. 투전꾼들의 무릎 밑에 쌓인 엽전이 만만치 않았다. 팔자수염을 한 판꾼이 상투 뿌리를 벅벅 긁으며 패를 나누더니 엽전 한 움큼을 집어 판 가운데로 던졌다. 판꾼은 투전 불림을 늘리려고 콧노래를 흥얼거렸다. 연암은 투전판을 지나 보부상들에게 음식을 나르는 주인 옆으로 다가섰다.

"말 좀 물어보겠소. 이 주막이 문경의 책쾌들이 자주 드나드는 곳이오?"

"그렇소만."

주인이 퉁명스럽게 내뱉었다.

"이 안에 그 책쾌들이 있소?"

주인은 손에 들고 있던 부침개 접시를 내려놓고 주막 안을 휘휘 둘러보았다.

"아직 오지 않은 모양이오. 아마 해가 기울어질 때가 돼서야 올 게요."

"그들 중에 차기중이라는 인물도 있소?"

주인은 고개만 까딱이고는 투전판 쪽으로 다가갔다. 투전판 옆의 상차림이 수라상 못지않았다.

"제대로 찾아왔습니다."

연암은 안도의 한숨을 몰아쉬었다. 조선 팔도에서 사람을 찾는 게 쉽지 않은 일인데, 애먼 길로 빠지지 않고 곧바로 찾아왔다. 투전판에 서는 끗발 좋은 패가 나왔는지 탄성이 흘러나왔다. 연암은 요기도 할 겸 해서 부침개를 주문하고 툇마루 아래 거적을 깔고 앉았다.

"듣던 대로 도적 무리들이 날뛰기에는 아주 제격인 곳이네요."

마종삼은 주막 싸리문 너머 새재 꼭대기 쪽을 쳐다보았다. 조령이 라고도 부르는 새재는 조령산과 주흘산 사이에 있는 협곡으로 영남에 서 가장 높고 험한 고개였다. 그 이름대로 새재는 도적들이 은신하기 에는 천혜의 조건을 갖추고 있었다.

"교귀정까지 오다 보니 커다란 동굴이 자주 눈에 띄더군요. 아마 도적 무리들이 동굴 속에 진을 치고 앉아 길손의 주머니를 털었을 겁 니다."

"하하하, 제대로 짚었소."

그때 연암 옆에서 홀로 술잔을 비우고 있던, 벙거지 모자를 쓴 사내 가 끼어들었다.

"문경새재는 조선 팔도의 온갖 도적 떼들이 모여든 곳이오. 갈 곳 없는 노비나 비렁뱅이들이 제 발로 산속에 기어 들어가 도적으로 둔 갑하여 지나가는 길손의 목에 마구잡이로 칼을 들이대는 곳이란 말 이오. 삼대가 산중에 거처해 도적질로 먹고산다 하니 더 말해 무엇하겠소."

벙거지는 연암을 위아래로 쓰윽 훑어보았다. 그는 홀로 술을 마시기가 꽤나 심심했던 모양이었다.

"문경이 초행이오?"

"그렇소."

"앞으로 해가 기울거든 죽은 시체처럼 납작 누워 있어야 할 게요. 공연히 점쟁이 운세 믿고 나대다가는 쪽박 차기 딱 알맞으니 말이오."

"오래전 이곳에 홍길동 무리의 은거지가 있었다는 소리를 들었소만."

"홍길동? 하하하. 어디서 주워 들은 풍월은 있나 보군. 그렇소. 저기 주흘산이 홍길동 무리가 관군을 농락하며 활개 치던 곳이오. 지금이야 도적 무리가 줄긴 했지만, 한창 북적거릴 때는 그 숫자가 삼천을 넘었다오."

홍길동이 도적 무리와 합류하여 처음 기반을 닦은 곳이 충청도 공주의 무성산이었다. 이들은 무성산에 산성을 쌓고 수시로 고을을 드나들었다. 이 무렵 홍길동의 세력은 날로 번창하여 그의 명성은 충청도와 전라도, 경상도까지 널리 퍼져 있었다. 당시 홍길동이라는 이름은 탐관오리들에게는 공포의 대상이었지만, 갈 곳 잃은 천민과 노비들에게는 희망의 대상이었다. 양반 집을 탈출한 노비나 경작할 땅을 잃은 농민, 그리고 저잣거리의 부랑아들이 홍길동의 녹림호객(綠林豪客)을 자처하며 무성산으로 들어왔다. 그 후 홍길동은 전라도 영월을 거쳐 문경의 주흘산과 황학산에 은거지를 마련하고 세력을 넓혀갔다.

"이젠 『홍길동전』이라는 소설이 팔도에 퍼져 그 이름을 모르는 이가 없으니 도적치고 그보다 더 길한 사주팔자가 어디에 있겠소, 하하하."

벙거지는 술을 들이켜고는 아래턱을 소매로 쓰윽 훔쳤다.

"한때 이 주흘산 중턱에는 홍길동의 무덤이 자리하고 있어 탐관오리들은 얼씬도 하지 못했소."

"홍길동의 무덤?"

귀가 번쩍 뜨이는 소리였다.

"홍길동의 혼백이 저승사자를 자처하며 주흘산을 떠도는데 포청천이 아닌 다음에야 어찌 감히 발을 들여놓겠소."

그때 주막 입구에서 시끌벅적한 소리가 들려왔다. 곧이어 봇짐을 진 무리가 주막 안으로 들어섰다.

"나리, 책쾌들입니다요."

모두 네 명이었다. 두 명은 키가 컸고, 나머지 두 명은 체구가 작았다. 연암은 젓가락을 내려놓고 술상을 치우고 있는 주막 주인에게 다가갔다.

"차기중이 누구요?"

연암이 투전판을 기웃거리는 책쾌들을 쳐다보았다.

"맨 오른쪽에 있는 자요."

주인은 네 명 중에 키가 가장 큰 책쾌를 가리켰다.

"이보게 교산, 이런 기막힌 인연이 또 어디에 있겠나?"

문경 현감인 염기출이 술잔을 권했다.

"그러게 말일세, 하하하."

허균은 술잔을 들며 파안일소하였다. 동헌 뜰로 개처럼 질질 끌려올 때만 해도 궁색한 변명거리를 찾느라 노심초사했다. 그런데 고개를 들어 보니 동헌 대청마루에 염기출이 떡하니 앉아 있는 게 아닌가.

"차린 게 없어 초라하나 많이 들게."

술자리를 편 곳은 동헌이 마주 보이는 산기슭, 돗자리 두 닢 위였다. 술상 위의 안줏거리는 부침개 몇 조각과 오이, 그리고 갓김치가 전부였다. 고을 수령이라면 기녀, 명창 옆구리에 꿰차고 풍월을 읊어도 뭐라 할 이 없고, 곳간에서 곡식 빼내도 눈 흘길 이 없었다. 오랜 벗과 마주하면 어린 기생 하나쯤은 불러낼 만도 하건만 염기출은 도통 그런 주색과는 담을 쌓은 벽창호였다. 장안의 호위대장이나 좌찬성, 우찬성이나 와야 상다리에 조금이나마 힘이 들어갈까. 강산이 두 차례나 변했다고 하나 저 올곧고 강직한 성품은 그대로였다. 허균은 그런 꼿꼿한 염기출의 성품을 좋아했다. 삼 년 남짓 동문수학하면서 그가 누구에게도 아부하거나 굽실거리는 것을 본 적이 없었다. 그는 각진 턱만큼 세상을 두루뭉술하게 살지 못했다. 세상이 어수선하면 강직과 청렴은 큰 무기가 되지 못하고 되레 권력을 탐하는 벼슬아치에게 이리

저리 휘둘리기 마련이었다. 관직에 들어선 것이 십 년은 훨씬 넘었을 터인데, 아직도 지방 외딴곳의 고을 수령을 차지하고 있는 것만 봐도 그의 처세가 얼마나 박약한지 짐작이 가고도 남았다.

"한데 무슨 바람이 불어 문경까지 온 것인가?"

"나그네가 머무는 곳에 무슨 사연이 따로 있겠나. 그저 바람 따라 구름 따라 흘러가다 멈추는 곳이 나그네의 처소가 아닌가."

오랜만에 반가운 벗을 만났기 때문일까. 술상에 올라온 빈약한 안줏거리도, 머루로 빚었다는 술도 목 줄기를 따라 술술 넘어갔다.

"전라도 함열에 귀양 갔었다는 소리를 들었네만."

"당상관도 안 되는 벼슬아치가 귀양 간 것을 어찌 이 외진 곳에서도 알고 있단 말인가."

"자네야 궁궐 안에서도 워낙 명성이 자자한 인물이 아니었나."

"그런가? 하하하."

하긴 염기출의 말에도 일리가 있었다. 관직의 고하를 막론하고 궁궐 안에서 허균을 모르는 이는 없었다. 허균이 새로이 관직을 얻어 발붙이는 곳마다 지방 유생들의 상소가 끊임없이 이어져 조정에서도 이를 큰 골칫거리로 여겼다. 궁궐 안에서 권력이라는 달콤한 열매를 씹어대는 벼슬아치들에게 허균은 늘 눈엣가시 같은 존재였다.

"고을살이는 어떤가?"

허균이 물었다.

"그야 어딜 가나 마찬가지 아닌가. 백운거사(白雲居士) 이규보(李奎報)는 지방 관직에 넌덜머리가 난다고 하지 않았나."

허균은 고개를 끄떡이며 나지막이 이규보의 시를 외웠다.

> 수령살이 낙이라 이르지 마소
> 수령살이 오히려 근심뿐이라
> 공판정은 소란하기가 저자 같고
> 소송장은 산같이 쌓여 있거니
> 가난한 마을에 가서 모진 세 지우고
> 감옥에 넘치는 죄수들을 가엾이 보노라니
> 언제 한번 웃어보지도 못하는데
> 어찌 마음 놓고 노닐 수 있으랴

허균이 이규보의 시를 읊조리자 염기출이 큰 소리로 웃었다.

"나이가 들어서도 자네의 그 명석한 머리는 변함이 없군. 토씨 하나 틀리지 않고 시 한 편을 뚝딱 해치우니 말일세. 조선의 신동이라 하면 매월당(梅月堂) 이후로 자네가 처음일 걸세."

"모두 지난 일이네. 이젠 지방 관직에서도 물러나 이리 비렁뱅이처럼 떠돌고 있지 않나."

"무릇 참된 군주라 함은 첫째가 백성의 안위를 돌보는 일이요, 둘째가 빼어난 인재를 가려내는 일인데, 아직도 자네와 같은 비범한 인재를 썩히고 있으니 참으로 안타까운 일이 아닐 수 없네. 요즘도 서얼 친구들과는 잘 어울리나?"

"물론이지. 내가 가까이하는 서얼 중에는 총명한 인물이 한둘이 아닐세. 하나 그들의 신분이 천박하다 하여 등용하지 않으니 이는 나라에도 큰 손실이 아닐 수 없네. 인재를 등용하는 데 있어서 대체 무얼 가릴 게 있단 말인가. 되레 음서(蔭敍)라 하여 어디 내세울 데도 없는 인물을 아비 후광으로 등용하니 이런 낡아빠진 법도가 어디에 있단 말인가."

"그 기개는 여전하군, 하하. 하나도 변하지 않았어."

"저길 보게나."

허균이 동헌 앞마당에 나온 삽살개를 가리켰다. 삽살개가 맞난 냄새라도 맡았는지 돗자리 앞으로 코를 벌름거리며 다가와 꼬리를 흔들었다.

"서얼이라는 게 어찌 보면 저 삽살개만도 못하지 않나. 저 개야 어미 배 속에서 태어나 제 명을 다할 때까지 삽살개로 사는데, 서자는 그만도 못하지 않은가. 씨를 내린 아비가 버젓이 살아 있는데도 아비라 부르지 못하니 이 얼마나 통탄할 일인가."

"무슨 말인지 잘 알겠네. 한데 문경에는 얼마나 머물 건가?"

"시일이 좀 걸릴 것 같네만."

"거처할 곳은 잡았나?"

"……."

"아직 마땅한 거처를 찾지 못한 게로군. 일단 객사에 묵도록 하게."

허균은 염기출의 호의에 다소 어리둥절했다. 관아 안에 있는 객사는 수령의 집무청인 동헌보다 격이 높은 건물이었다. 관아 시설 중에서 규모가 제일 크고 화려하며, 전망이 가장 수려한 곳에 자리 잡고 있었다.

"고맙네. 그럼 며칠 신세 좀 지겠네."

"신세라니, 그게 어디 자네와 나 사이에 할 소린가. 마음 푹 놓고 쉬다 가게나."

허균은 술잔을 단숨에 비웠다. 오랜만에 마시는 술이라서 그런지 취기가 금방 올라왔다.

객사는 동헌과는 엎어지면 코 닿는 거리에 있었다. 객사 건물은 주흘산을 등진 채 남쪽을 바라보고 있었는데, 문경 읍성 내에서 명당으로 손꼽는 곳이었다. 허균은 주흘산이 훤히 보이는 객사 한쪽 방에 여장을 풀었다.

"이걸 두고 천운이라고 하나 봅니다요, 히히힛."

길참의 얼굴에 화색이 돌았다. 호된 문초를 받기는커녕 때아닌 호강을 누리게 됐으니 그럴 만도 했다.

"우스운 놈이로구나. 천운까지 들먹일 게 뭐 있느냐."

"그런데 관아 객사에 머물러도 되는 것입니까요?"

"멀리서 온 벗에게 호의를 베푸는데, 이를 사양하면 도리가 아니지 않느냐."

"지당한 말씀입니다요. 현감께서는 뭐라고 합니까요? 홍길동에 대해 아무 말이 없었습니까요?"

염기출과 술잔을 기울이는 동안 홍길동에 관한 이야기는 단 한 마디도 나오지 않았다. 주흘산에 왜 갔는지, 홍길동의 자취를 왜 찾으러 다니는지 한 번쯤 운을 뗄 만도 한데 염기출은 술자리를 파할 때까지 끝내 입을 열지 않았다.

　동이 트기에는 이른 시각, 허균은 간밤에 관노가 가져온 새 옷으로 갈아입고 객사를 나섰다. 몸이 비단 날개를 단 듯 개운하고 가뿐했다. 잠자리가 편해서인지 한 번도 깨지 않고 숙면을 이루었다. 길참은 객사 옆에 딸린 쪽방에서 세상모르게 코를 골고 있었다. 동헌 앞에서는 키 작은 포졸이 길게 하품을 하며 잠을 쫓고 있었다. 외삼문 앞에 있는 작은 연못에서는 금붕어가 한갓지게 노닐고 있었다.

　동헌 앞뜰을 서성거리던 허균은 우뚝 걸음을 멈추었다. 동헌 뒤편 자그마한 별채인 책방과 서고가 눈에 들어왔다. 책방의 부속 건물인 서고는 관아의 잡다한 서책 이외에 오래된 문서나 공문을 보관하는 곳이었다. 서고를 보니 문득 이식이 가져온 공문이 떠올랐다. 경상우도 병마절도사가 홍길동을 참수형에 처하고 공문을 작성한 곳도 바로 문경 관아가 아닌가. 홍길동 같은 걸출한 인물이라면 그와 관련된 문서도 관아 서고에 남아 있을 터였다. 허균은 공주 목사 재임 때도 홍길동의 행적을 찾으려고 관아 서고를 이 잡듯이 뒤진 적이 있었다. 사흘 낮밤을 뒤져 손에 넣은 것은 고작 홍길동의 체포령이나 관아의 피해 상황을 기록한 문서뿐이었다. 그러나 문경은 공주와는 달랐다. 조정에서 파견한 병마절도사가 오래도록 머문 곳일 뿐만 아니라 홍길동의 마지막 행적이 선연히 남아 있는 곳이었다.

　허균은 동헌 앞을 지키고 있는 포졸의 눈을 피해 서고 쪽으로 다가셨다. 서고 문고리를 잡자 문이 스르르 열리고 널찍한 공간이 나왔다. 그새 날이 밝아오는지 서고 안에는 어스름한 빛줄기가 스며 들어왔다.

서고에는 적절한 통풍을 위하여 창의 크기를 각기 다르게 하고 각 칸마다 둥근 창을 내었다. 서책을 보관하는 데는 무엇보다 습기가 중요하기 때문이었다. 창살 앞으로 길게 늘어진 서가에는 포갑에 싸인 서책이 빼곡히 들어차 있었다. 서책 옆의 문서들은 관아에 접수된 민원에 해당되는 것으로, 대부분 재판 기록과 상소문이었다.

허균은 관아에서 특별히 관리하고 있는 문서 보관함 쪽으로 걸음을 옮겼다. 이곳에는 조정에서 내려온 문서가 따로 보관되어 있었는데, 역대 왕들의 재임 기간에 맞춰 순서대로 정리되어 있었다.

서고에 들어선 지 얼마 지나지 않아 홍길동의 행적을 적은 문서가 모습을 드러냈다. 예상대로 사간원과 의금부에서 하달된 공문이었다. 이 공문에 적힌 날짜는 경신년 3월, 그러니까 홍길동이 참수형을 당하기 칠 개월 전이었다.

충청도 도적 괴수인 홍길동은 날래고 사납기가 견줄 데가 없다. 여러 고을을 왕래하면서 민심을 흉흉하게 하고 대범하게도 관아를 방화하고 침탈하니, 하루속히 이 노적 무리를 궤멸하고 소탕하여야 할 것이다. 하여 여러 고을에 은밀히 첩자를 두어 상세히 정탐하게 하고 도신(道臣)과 수신(帥臣)으로 하여금 방략을 세우고 널리 기찰하도록 하라. 또한 충주와 상주, 김천에서 군사를 징

벌하여 홍길동을 체포하는 데 전력을 기울이도록 하라.

이 공문이 하달된 경신년 3월은 경상우도 병마절도사인 장노균이 문경 관아에 지휘부를 마련하고 홍길동을 체포하는 데 전력을 기울이던 시기였다. 상주와 김천 등의 관아에 총동원령을 내린 것은 경신년 5월부터였다. 이들 문서 가운데 허균의 두 눈을 사로잡은 것은 다음 두 가지 문서였다.

경신년 10월 7일, 괴수 홍길동의 책사인 맹춘을 주흘산 고모산성에서 체포하여 원옥에 수감하였다. 사흘 걸려 맹춘을 문초하였으나 홍길동의 행방을 밝히지 못해 새로운 계책을 도모하였다. 조만간 홍길동 무리가 맹춘을 구출하기 위해 원옥에 출현할 것이니 이에 만전을 기하도록 관군들에게 엄명을 내렸다.

'홍길동의 책사, 맹춘⋯⋯.'
낯익은 이름이 스르르 목덜미를 감아 올랐다. 맹춘은 홍길동의 오른팔로 가짜 홍길동을 만들어 관군을 농락하고 활빈당을 조직하는 데 기여한 인물이었다. 맹춘이 주흘산 고모산성에서 관군에게 체포된 것은 홍길동이 참수되기 꼭 보름 전이었다. 또 다른 문서에는 아주 기이하고 생경한 내용이 적혀 있었다.

홍길동 참수 공문을 사간원에 속히 송달하고 홍길동 잔존 무리

를 색출하여 차후 이런 변괴가 없도록 하라. 형방은 홍길동의 사
체를 수습하고 교귀정 인근에 무덤을 만들어 매장토록 하라.

공문을 쥔 허균의 손이 부들부들 떨렸다. 홍길동의 무덤을 따로 만
들다니, 이게 대체 무슨 소리란 말인가. 이 문서를 작성한 날짜는 경신
년 10월 22일, 사간원에서 발견된 홍길동 참수 공문의 날짜와 정확히
일치했다.

5

연암은 입술이 바짝 타들어갔다. 좀처럼 틈이 나지 않았다. 차기중
과 나머지 세 명의 책쾌는 사이 좋은 오누이처럼 착 달라붙어 있었다.
그들은 주막 안에서 요기를 한 후에는 투전판 주위를 떠나지 않았다.
차기중은 아예 투전판 앞에 자리를 깔고 앉아 부지런히 엽전을 판 속
에 밀어 넣었다.

"이대로 지켜만 보고 있을 겁니까?"

마종삼이 더 이상 못 참겠다는 듯 채근거렸다.

"좀 더 두고 보세."

지금은 나설 때가 아니었다. 생각 같아서는 자초지종을 들을 것도
없이 당장 놈의 멱살을 붙들고 문초하고 싶은 마음이 간절했다. 그러
나 공연히 객지에서 호기를 부리며 나섰다가는 낭패를 보기 십상이었

다. 이윽고 투전판 앞에 있던 책쾌들이 하나둘 자리를 털며 일어났다. 차기중은 돈을 잃었는지 낯빛이 어두웠다.

마종삼은 투전판을 가로질러 날래게 그들의 뒤를 따라붙었다. 연암은 두어 발치 간격을 두고 주막을 나섰다. 주막 지붕 위로 따사로운 햇살이 폭포처럼 쏟아졌다.

책쾌들은 서로 뭐라 주절거리면서 느릿한 걸음으로 산길을 내려갔다. 마종삼은 풀밭에 있는 팔뚝 두께만 한 나뭇가지를 집어 들더니 한바탕 푸닥거리를 염두에 둔 듯 손바닥에 침을 발랐다. 나뭇가지를 단단히 쥔 그의 손등에 퍼런 핏줄이 지네처럼 꿈틀거렸다. 연암은 그들의 뒤를 몇 걸음 따라 내려가다가 마종삼의 소매를 잡았다.

"그만 돌아가세."

"네? 저놈을 그냥 놔두실 것입니까요?"

"오늘은 때가 아닌 것 같네. 자네와 내가 항우장사가 아닌 다음에야 저들 넷을 당해낼 도리가 없지 않은가. 차기중 그놈의 얼굴도 익혔고, 이 주막에도 자주 온다고 하니 다음 기회를 엿보는 게 좋겠네."

연암은 발길을 돌려 다시 주막으로 들어갔다. 그러고는 곧장 툇마루 아래서 홀로 잔을 기울이고 있는 벙거지 사내에게 다가갔다.

"좀 전에 했던 말을 다시 해보시오."

"뭘 말이오?"

벙거지는 술이 과했는지 얼굴이 벌겋게 달아올라 있었다.

"이 근방에 홍길동의 무덤이 있다고 하지 않았소."

기이한 일이었다. 대역죄인에 해당하는 도적의 무덤이 이 근방에 있다니, 두 귀로 똑똑히 듣고도 믿어지지가 않았다. 홍길동이 처형되었다면 그의 사체를 갈가리 찢어 읍성 내에 효시하거나 들짐승의 밥이 되도록 야산에 뿌리는 게 정상이었다. 한데 어찌 골육을 고이 묻고 혼백이 쉬어 갈 수 있도록 무덤까지 만들었을까. 두 귀로 들은 이상 도저히 그냥 지나칠 수 없는 소리였다.

"살도 뼈도 붙이지 않고 내가 한 말 그대로요. 교귀정 근방에 홍길동의 무덤이 있었다는 풍문은 오래전부터 전해져왔소."

"허허, 도무지 이해가 가질 않소. 어찌 도적 괴수의 무덤이 있을 수 있단 말이오. 홍길동 무리들이 관군 몰래 무덤을 만들기라도 했단 말이오?"

"내가 아는 건 그뿐이오. 더 자세한 내막을 알고 싶으면 최 봉사(奉事)를 찾아가보시오. 아마 문경에서 그 노인네보다 더 많이 알고 있는 인물은 없을 것이오."

"최 봉사의 집이 어디요?"

최 봉사의 집은 고택의 향취가 물씬 풍겨났다. 검푸른 기와는 담장 아래 늘어선 화초들과 어울려 고아한 분위기를 자아냈다. 마당에 깔려 있는 멍석 위에는 메줏덩이가 가지런히 놓여 있었다.

"저는 반남 박씨 박사유의 아들 박지원(朴趾源)이라고 합니다."

연암은 최 봉사에게 깍듯하게 예를 갖추었다. 최 봉사는 훤칠한 키에 이마가 넓고 콧날이 날카로운 것이 기품 있어 보이는 인물이었다.

"오호, 그럼 댁이 백탑 아래서 젊은 선비들과 친분을 나누고 「양반전」을 지은 연암이란 말이오?"

"저를 아십니까?"

연암의 두 눈이 휘둥그레졌다.

"아무리 이런 산골에 처박혀 있다고 해서 세상까지 등진 줄 아시오? 두 눈과 두 귀가 버젓이 있거늘 바람 따라 들려오는 풍문을 어찌 모를 수 있겠소? 댁이 지은 소설은 하나도 빠짐없이 읽어봤소이다."

간혹 큰 도읍의 사대부 집에서 자신의 이름 석 자를 알아보는 이는 있어도 이런 산골에서는 처음이었다. 지금이야 다소 열기가 식었지만, 「양반전」을 내놓을 당시만 해도 연암의 위세는 웬만한 벼슬아치 못지 않았다. 운종가의 장사치들은 연암을 만나면 허리를 굽혀 경의를 표하고 물건을 구입할 때는 덤으로 한두 개를 얹어주기도 했다. 특히 책과 관련된 일을 하는 사람들은 시도 때도 없이 연암에게 달려들어 소재를 풀어놓고 글쓰기를 청했다.

"「양반전」은 참으로 독특하고 기발한 소설이오. 사대부의 위선을 익살과 풍자를 교묘하게 엮어가는 솜씨가 그저 놀랍고 신기할 따름이오, 허허."

「양반전」은 연암이 가장 애착을 가지는 소설이었다. 『방경각외전』의 자서(自序)에도 밝혔듯이 선비라 함은 세리(勢利)를 도모하지 않고 비록 궁곤하여도 사(士)를 잃지 말아야 한다고 적었다.

"한데 이런 산골짜기에는 어쩐 일이오?"

"유람 길에 우연히 홍길동의 무덤에 대해 귀동냥으로 전해 들었습니다. 어르신께서 이 방면에 조예가 깊다 하여 차마 그냥 지나칠 수 없었습니다."

"그 마음 충분히 헤아리고도 남을 것 같소. 그런 황당무계한 소리를 듣고도 한 귀로 흘려버리면 학문을 논하는 선비라 할 수 없을 것이오."

최 봉사는 가벼운 미소를 지었다.

"예로부터 이곳은 홍길동의 풍문이 자자한 곳이오. 대개 호사가들이나 방정맞은 입방아들이 지어낸 이야기지만, 더러는 꽤 믿을 만한 소리도 있소이다. 홍길동의 무덤도 그중에 하나일 거요. 알고 보면 이 무덤에는 기가 막힌 곡절이 숨어 있다오."

"기가 막힌 곡절이라뇨?"

"잠깐 기다려보시오."

최 봉사는 안채로 들어가더니 오래된 서책과 두루마리 서찰을 가지고 나왔다. 누렇게 바랜 고서의 겉표지에는 달필의 해서체로『조령야담(鳥嶺野談)』이라는 제목이 붙어 있었고, 그 아래로 최중휘라는 이름이 적혀 있었다.

"최중휘가 누굽니까?"

"처음 들어보는 이름일 것이오. 광해군 때 문경에서 글깨나 쓰던 선비로, 평생 벼슬을 한 적은 없고 초야에 묻혀 후학을 양성하는 일에만 전념한 인물이오."

최 봉사는 손가락에 침을 발라가며『조령야담』을 넘겼다. 그러고는 가늘고 긴 손가락으로 한 문장을 가리켰다.

충청도 무성산에서 활개를 치던 도적들이 조령을 넘어 주흘산에
도 나타나 산성을 쌓고 기암절벽 아래의 동굴을 은신처로 삼았
다. 이들은 무리를 지어 다니며 벼슬아치의 집을 분탕하고 노략
질하며, 안 가는 곳 없이 설치고 다니니 마침내 문경의 관군과 대
적하기에 이르렀다. 관아는 도적 무리들을 체포하고 포획하는 자
에게 후한 상금을 내리겠다고 했으나 워낙 날래고 포악하여 그
뜻을 이루지 못했다.

최 봉사가 가리킨 것은 문경새재에 홍길동 무리의 출몰을 기록한
글이었다. 이 글에는 홍길동 무리가 공주를 벗어나 조령산에 안착하
기까지의 과정이 상세하게 적혀 있었다.
"홍길동의 무덤에 관한 글은 여기에 있소."

6

새재 길 양쪽으로 무릎 높이의 잡초 덤불이 길게 이어졌다. 바람이
불 때마다 키 작은 풀이 온몸을 뒤척이며 우우우 비명을 질러댔다.
"정녕 관아에서 홍길동의 무덤을 만든 것입니까요?"
길참은 자라처럼 길게 목을 빼고 주위를 둘러보았다.

"뭔가 피치 못할 곡절이 있을 게다. 그렇지 않고서야 군이 대도적의 골육을 추슬러 무덤을 만들 필요가 있겠느냐."

아무리 되짚어봐도 납득이 가지 않았다. 이 문서에도 이식이 가져온 공문처럼 여러 군데 의혹이 깔려 있었다. 하필이면 묏자리를 교귀정 인근으로 정한 것도 눈에 거슬렸다. 홍길동의 무덤이 있는 것이 사실이라면 이식이 가져온 공문의 진위 여부를 가릴 필요도 없었다. 홍길동의 사체를 수습했을 정도이니 그의 육신은 참수된 것이 아니라 능지처참되었을지도 모를 일이었다. 사납고 난폭한 이들이 홍길동의 혼백마저도 하늘 길로 오르지 못하게 사분오열시켰을 것이다. 그러나 두 눈으로 확인하지 않는 이상 이런 의혹은 도저히 풀릴 것 같지가 않았다.

"나리, 여기 무덤이 있습니다요!"

잡초 덤불이 끝나는 평지 위에 작은 흙무덤 하나가 살포시 드러났다. 흙더미를 쌓아 올려 만든 봉분이었다. 봉분 한가운데는 주먹만 한 구멍이 뚫려 있고, 그 옆으로도 조그만 구멍이 숭숭 뚫려 있었다. 누군가 일부러 무덤을 훼손한 흔적이 분명했다. 봉분 아래로는 암벽 사이로 계곡물이 졸졸 흐르고 있었다.

"길참아, 고을로 내려가 삽을 가지고 오너라."

"네? 삽은 어디에 쓰시려고요?"

"무덤 안에 유골이 있는지 확인해야겠다."

"나, 나리……."

"무얼 머뭇거리고 있는 게냐, 어서 썩 내려가지 못하겠느냐!"

허균의 목소리가 카랑카랑 울렸다. 길참은 잠시 넋을 잃은 채 멍하니 서 있다가 쭈뼛쭈뼛 산 아래로 내려갔다.

두 사람은 무덤 주변에 진을 치고 앉아 어둠이 오기를 기다렸다. 허균은 한 손에 삽을 꼭 쥐고 홍길동의 무덤을 응시했다. 깊은 산속이라 인적은 거의 없는 편이나 이따금씩 보부상 차림의 길손들이 고개를 넘었다. 이윽고 거대한 땅거미가 휘젓고 지나가더니 주흘산은 순식간에 칠흑 같은 어둠에 파묻혔다.

"이리 주십시오."

길참은 허균이 쥐고 있는 삽을 뺏어 들고 무덤 앞으로 다가갔다. 한 삽 한 삽 떼도 입히지 않은 무덤을 파헤치자 누런 속살이 드러났다. 허균은 뒷짐을 지고 서서 말라비틀어진 무덤이 야금야금 무너져가는 것을 망연히 바라보았다.

"거기 누구요?"

그때 등 뒤에서 등불 하나가 이리저리 흔들리며 무덤 앞으로 다가왔다. 이윽고 등불이 무덤 앞에 멈추자 소싯적에 힘깨나 썼을 법한 우락부락한 얼굴이 등불 아래 희미하게 드러났다.

"예, 예서 지금 무얼 하는 게요?"

사내는 반쯤 파헤친 무덤을 보고는 기가 막힌 듯 입을 쫙 벌렸다. 허균은 입을 꾹 다물었다. 입이 열 개라도 할 말이 없었다. 무덤을 파헤치는 것은 극악무도한 패륜 행위와 다름없었다. 무덤의 임자가 도적의 우두머리든 비렁뱅이든 결코 용납될 수 없는 일이었다.

"금수가 아니고서야 어찌 이런 해괴한 짓을 저지를 수 있단 말이오.

하늘이 저리 두 눈 시퍼렇게 뜨고 내려다보고 있는데 두렵지도 않소?"

"송구한 일이외다."

"보아하니 여기 사람이 아닌 것 같은데, 어디서 온 길손이오?"

허균은 문경 현감과 동문수학한 사이라고, 어제부터 관아 객사에 머물고 있다고 신분을 밝혔다.

"그럼 주흘산 홍 장군 은거지에 갔다가 관아에 잡혀 온 인물이란 말이오?"

"그렇소."

사내가 허균을 매섭게 노려보았다. 갓의 높이와 챙의 넓이로 보아 지방의 말단 관리쯤 되어 보였다. 허균과 나이가 엇비슷해 보이는 사내의 이름은 최방원으로, 문경에서 오 대 이상이 살아온 토박이였다.

"염치 불구하고 물어볼 게 있소이다. 이 무덤의 임자가 정녕 홍길동이오?"

"그리 잘 알면서 어찌 홍 장군의 무덤을 파헤치려 했단 말이오. 홍 장군의 혼백이 날벼락을 내리기 전에 어서 썩 내려가시오. 관아에서 이 사실을 알면 제아무리 고을 현감과 막역한 사이라고 해도 온전하지 못할 것이외다."

"알았소. 다시는 이런 일이 없을 것이니 부디 관아에는 없던 일로 해주시오."

허균은 몸가짐을 바로 하고 정중하게 부탁했다. 무엇보다 분에 넘치는 객사까지 내주며 편의를 마련해준 염기출을 볼 면목이 없었다. 아직 그에게는 문경에 머물고 있는 까닭도, 홍길동의 마지막 행적을 밝히려고 동분서주하고 있다는 것도 알리지 않았다. 홍길동의 무덤을 파헤친 사실이 관아에 알려진다면 자신은 물론 염기출도 커다란 곤경에 빠질 것이었다. 그러나 예까지 기어 올라와 패륜의 치부까지 드러낸 이상 이대로 돌아갈 수는 없었다.

"물러나기 전에 하나만 일러주시오. 홍길동의 무덤이 어찌 이곳에 있는 것이오? 내 듣기로는 지난 경신년에 홍길동을 참수한 후 관아에서 이 무덤을 만든 것으로 알고 있소만."

"하하하."

최방원은 갑자기 입이 찢어지도록 크게 웃었다.

"이 무덤은 가짜 홍길동의 무덤이오."

"가짜 홍길동?"

"진짜 홍 장군의 무덤이 아니라 가짜 홍길동의 무덤이란 말이외다, 하하하."

허균의 얼굴이 험하게 일그러졌다. 괘씸한 인간이었다. 가짜 홍길동의 무덤이라면서 어찌 진짜처럼 정색을 하며 꾸짖었단 말인가. 하나 지금으로서는 그걸 따질 형편이 아니었다.

"가짜 홍길동의 무덤을 만들 때는 그만한 사유가 있을 게 아니오."

"그 정도만 알고 있는 게 좋을 게요. 이 무덤을 알고 있는 사람도 몇 되지 않소이다. 하도 오래전의 일이라 관아에서는 이런 무덤이 있는지조차 모를 것이오."

"허허, 가슴이 까맣게 타들어가는데 어찌 이대로 발길을 돌릴 수 있단 말이오. 보아하니 속 깊은 내막을 잘 알고 있는 듯한데 말 좀 해주시오."

"됐소이다. 내가 전해줄 말은 여기까지요. 그러니 공연히 헛심 쓰지 말고 썩 내려가시오. 홍 장군에 대해 알려고 하다가 큰 화를 입은 자들을 여럿 보았소. 더군다나 고을 현감과 막역한 사이라 하니 차라리 모르는 게 더 나을 게요."

그렇다고 이대로 물러날 수는 없었다. 최방원의 두 다리를 붙잡고 통사정을 해서라도 기막힌 곡절을 밝혀내고 싶었다. 허균은 정색을 하고 홍길동의 무덤을 찾아온 사유를 차분하게 털어놓았다.

"사실 난 이 무덤이 가짜 홍길동의 무덤이든 진짜의 무덤이든 별 관심이 없소. 이 몸이 정작 알고자 하는 것은 홍길동의 마지막 행적이오."

허균이 허리를 낮추고 홍길동의 행적에 몇 가지 의문점을 짚어내자 최방원의 태도가 금방 달라졌다. 눈 밑 주름을 가득 채우던 경계심이 사라지고 날카롭게 번뜩이던 눈초리도 한풀 꺾였다. 그 역시 홍길동의 마지막 행적에 강한 의구심을 지니고 있는 게 분명했다.

"대체 무슨 연유로 홍 장군에게 그리 집착하는 게요?"

"자나 깨나 홍길동의 혼백이 내 육신에 붙어 좀처럼 떨어지려고 하지 않소. 책을 읽을 때나 글을 쓸 때도 안개처럼 홀연히 나타나 내 주위를 빙빙 맴돌고 있소. 이는 아직 하늘길이 열리지 않은 혼백이어서 살풀이든 진혼이든 해달라는 간절한 주문이 아니겠소? 하여 한양에서 장성 아차실을 들러 예까지 찾아온 것이오."

"……"

"이 몸이 알고자 하는 것은 명백하고 간단하오. 홍길동의 마지막 행적을 알아야 그의 혼백을 위해 뭐든 할 수 있지 않겠소?"

허균은 품 안에서 이식이 가져온 공문을 꺼냈다.

"이걸 보시오. 이 공문에는 홍길동이 지난 경신년 10월에 문경에서 참수형에 처해졌다고 적혀 있소."

공문을 세세하게 훑는 최방원의 굵은 눈썹이 꿈틀거렸다. 최방원은 길게 한숨을 내쉬더니 조심스럽게 입을 열었다.

"이는 거짓 공문이 분명하오. 홍 장군은 참수당한 게 아니라 홀연히 종적을 감추었소. 장노균이 문경에서 참수형에 처한 인물은 가짜 홍길동이란 말이외다."

"한데 가짜 홍길동을 참수하고 어찌 이런 허튼 공문을 보냈단 말이오?"

최방원은 지그시 눈을 감고 당시의 상황을 말해주었다.

"그만한 사유가 있었을 것이오. 그러고 보니 백 년이 훨씬 넘은 일이로군……."

경신년 7월, 장노균이 이끄는 관군과 홍길동 군도(群盜)는 서로 호각지세를 이루면서 치열한 교전을 벌이고 있었다. 장노균은 문경 관아에 지휘부를 세우고 충주와 김천, 상주 등에서 군사를 지원받아 홍길동 무리를 압박해갔다. 이 무렵 조정에서는 홍길동의 목에 천 냥의 현상금과 두 계급 특진을 내걸고 관군들을 독려했다. 홍길동의 은신처를 제보하는 자에게도 이에 상응하는 대우를 해주겠다고 고을 사람들을 부추겼다. 홍길동 역시 김천의 황학산, 문경의 주흘산을 오가며 관군의 습격에 대비했다. 그러나 홍길동은 워낙 날래고 신출귀몰해서 그를 산 채로 포획하는 것은 쉬운 일이 아니었다. 관군이 쳐놓은 포위망을 유유히 빠져나가고, 되레 깊은 산속으로 관군을 유인하여 그들에게 치명타를 입혔다. 서로 한 치의 양보도 없이 대치 상태를 이루고 있을 때 맹춘이 주흘산 고모산성 근처에서 매복하고 있던 관군에게 사로잡혔다.

"맹춘은 어떤 인물이오?"

맹춘에 대해서는 봉추거사에게 들은 것이 전부였다. 관아 문서에 그의 이름이 여러 차례 나오는 것으로 봐서 주요한 인물임이 틀림없었다.

"홍 장군의 최측근 인물로, 머리가 아주 비상한 자였소. 홍 장군의 세력이 관군에게 밀리지 않고 거세게 저항했던 것도 맹춘의 뛰어난 지략 덕분이었소."

맹춘은 홍길동과 같은 서자 출신으로, 문재와 무예를 겸비한 인물이었다. 홍길동이 공주에서 빠르게 세력을 넓혀가고 있을 때 맹춘은 스스로 무성산 소굴에 들어가 홍길동과 처음 인연을 맺었다. 당시 맹춘은 그의 고향인 충청도 홍주 관아에서 하급 관리의 일을 맡고 있었는데, 홍길동의 명성을 듣고 제 발로 홍길동을 찾아갔던 것이다. 맹춘은 다른 도적들과는 달리 뛰어난 지략을 발휘해 홍길동의 두터운 신임을 얻었다.

"맹춘의 활약은 제갈량 못지않았소. 홍 장군과 유사한 인물을 여럿 만들어 관군들을 농락한 것도 맹춘의 지략이었소. 이때부터 홍 장군이 변신술을 부리는 인물로 세인의 입에 오르내렸던 것이오. 또한 탐관오리에게서 탈취한 재물을 고을 사람들에게 고루 분배해 홍 장군의 면모를 일신하게 만들었소. 이처럼 가난한 백성에게도 은혜를 베푸니 고을 사람들도 알게 모르게 홍 장군에게 협력했던 것이오. 게다가 맹춘은 여러모로 홍 장군과 뜻이 맞았소."

맹춘이 체포된 것은 홍길동에게는 악재였지만, 장노균에게는 더할 나위 없는 호재였다. 장노균은 맹춘과 홍길동의 막역한 관계를 잘 알고 있던 터라 이를 홍길동을 체포할 호기로 삼았다. 맹춘은 홍길동을 관아로 유인할 수 있는 훌륭한 미끼였던 것이다. 장노균은 홍길동이 곧 맹춘을 구출하기 위해 감옥을 습격하리라 판단하고 감옥 주변에 관군들을 잠복시켰다. 맹춘이 포획된 지 사흘 후 장노균의 예상대로 맹춘을 구출하기 위해 홍길동 무리가 감옥에 출현했고, 관군들과 생사를 넘나드는 교전이 벌어졌다. 장노균은 이들과의 교전 중에 홍길동을 산 채로 포획하는 개가를 올렸다.

"호, 홍길동이 체포되었단 말이오?"

"후후, 홍 장군이 어떤 인물인데 그따위 관군 나부랭이에게 붙잡히겠소? 그때 장노균이 체포한 이가 바로 가짜 홍길동이었던 것이오."

뒤늦게 감옥 앞에서 포획한 자가 가짜 홍길동임을 알게 된 장노균은 그를 참수형에 처했다.

"홍 장군 무리는 관아 감옥을 습격한 이후 서서히 문경에서 자취를 감추었소. 경신년 10월부터 수개월에 걸쳐 주흘산을 빠져나간 것이오. 장노균은 홍 장군의 무리가 문경에서 사라진 것을 알고 가짜 홍길동을 진짜 홍길동으로 둔갑시켜 조정에 그런 거짓 공문을 보낸 것이오."

장노균은 거짓 공문을 보내는 데 그치지 않고 교귀정 인근에 가짜 홍길동의 무덤을 만들었다. 첫째는 조정에서 내려온 감찰자에게 근거를 남기기 위해서였고, 둘째는 도적 무리에게는 홍길동의 말로가 얼마나 참혹한지 본보기로 삼으려 했던 것이다.

허균은 속으로 피식 웃었다. 조정의 눈을 속이려고 가짜 홍길동의 무덤을 만들다니, 자칫하다가는 제 무덤을 파는 꼴이 될지도 모를 일이 아닌가. 어느 누구의 머리에서 나온 생각인지 모르나 참으로 한심하고 어리석은 짓이었다.

"어찌 됐든 눈엣가시 같은 홍 장군이 제 발로 사라졌으니 더 이상 무슨 화근이 있을 수 있겠소. 조정에서도 이를 직접 확인하려는 감찰자가 내려오지 않아 별 탈 없이 넘어갔소."

"그렇다면 홍길동 무리는 대체 어디로 종적을 감추었단 말이오?"

"내가 가장 궁금하게 여기는 것도 바로 그 점이오. 아무리 문경 읍성을 돌아다니며 수소문해도 경신년 10월 이후로 홍 장군을 본 사람은 단 한 사람도 없었소. 이젠 워낙 오랜 세월이 지나 어느 누구도 홍 장군의 마지막 행적에 그다지 관심을 가지고 있지 않소."

최방원은 두 눈을 가늘게 뜨더니 마치 백여 년 전 홍길동 무리와 동고동락했던 사람처럼 작은 소리로 되뇌었다.

"홍 장군은 보통 비범한 인물이 아니오. 시대를 잘못 만나 도적이 된 것이지 적자로 출생했다면 큰 재상감이 되었을 것이오."

대체 이 작자의 정체는 무엇이란 말인가. 나이도 자신과 엇비슷해 보이는데 마치 홍길동과 동시대를 산 사람처럼 경신년에 벌어진 일을 속속들이 알고 있었다. 그는 백학봉 움막에서 만난 봉추거사 못지않게 홍길동의 족적을 훤히 꿰차고 있었다.

"이제 볼일 다 봤으면 어서 가시오."

"마지막으로 하나만 더 물어보겠소. 혹시 둥근 원 안에 있는 평 자 문양에 대해 알고 있소?"

허균은 등불을 들고 돌아서려는 그의 발목을 붙들었다.

"평 자 문양? 그건 또 어디서 본 게요?"

"홍길동 은거지에 가보니 칼자루의 둥근 원 안에 평 자가 새겨져 있었소. 장성 아차실에 머물렀을 때도 이와 유사한 문양을 본 적이 있소."

최방원은 갑자기 말문을 닫더니 허균을 빤히 쳐다보았다. 등불에 비친 그의 눈썹이 험하게 꿈틀거렸다. 등불을 쥔 손이나 팔뚝은 허균의 것보다 곱절은 커 보였다. 최방원은 두어 번 헛기침을 내뱉고는 속삭이듯이 작은 소리로 말했다.

"희양산 봉암사(鳳巖寺) 아래로 가보시오. 그곳 암벽에 평 자 문양이 새겨진 것을 본 적이 있소."

"희양산 봉암사?"

"그곳도 주흘산이나 황학산과 마찬가지로 홍 장군의 자취가 남아 있는 곳이오."

7

홍길동의 무덤은 작고 볼썽사나웠다. 무덤 옆으로 팔작지붕에 이익공(二翼工) 양식의 교귀정이 있었는데, 정자 앞으로는 계곡물이 쉼 없이 흘렀다. 계곡 너머에는 양 갈래로 수려하게 펼쳐진 주흘산과 조령산 능선이 하늘과 길게 맞닿아 새재의 험한 산세를 굽어보고 있었다. 오랜 세월 돌보는 손길이 없었는지 마른땅에 잡초만 수북이 덮여 있어 골육의 자취조차 가늠할 수 없었다.

괴이한 일이다. 대역죄인에 해당하는 도적 괴수에게 무슨 연유로 무덤을 마련했는가. 더군다나 이는 혼백은커녕 골육의 흔적조차 찾아볼 수 없는 가묘(假墓)가 아닌가.

가짜 홍길동의 묘를 만든 내막을 알고 보니 참으로 기막힌 일이 아닐 수 없다. 관아에서는 홍길동의 가묘라도 만들어서 흉흉한 민심을 달래보려고 했다니 이 얼마나 궁색한 수작이란 말인가. 민심이 천심인지 모르는 시정잡배가 아니고서는 할 수 없는 일이다. 게다가 조정에서 파견된 감찰자의 눈을 속여 홍길동의 자취를 숨기려고 했다 하니 지나가는 개나 소도 웃을 일이다.

『조령야담』에는 가짜 홍길동의 무덤과 이 무덤을 만들게 된 내막이 적혀 있었다. 연암은 처음에는 다소 놀라다가 그들의 짓거리가 하도 기막혀 코웃음이 절로 나왔다. 이 글에 적힌 대로 지나가는 개나 소도 웃을 일이었다.

"당시만 해도 고을의 민심이 매우 흉흉했소. 고을 사람들이 홍길동을 장군이라 칭하고 신령처럼 떠받드니 관아에서 얼마나 고심했겠소. 마침 홍길동이 사라지자 가짜 무덤이라도 만들어 민심을 바로잡으려 했던 것이오. 이걸 보면 홍길동이 문경에서 얼마나 활개를 쳤는지 알 것이오."

이번에 최 봉사가 보여준 것은 두루마리 서찰이었다.

> 홍길동이 여러 도(道)를 왕래하여 그 무리들이 번성한데 벌써 십 년이 지났으나 아직 잡지 못하고 있다. 충청도와 전라도를 거쳐 이제 경상도 문경 주흘산으로 들어서 그 세력을 더욱 키워나가니 심히 염려하지 않을 수 없다. 도적 세력이 성하여 나라 안이 적국(敵國)과 같으니 지금 힘을 합하여 엄히 다스리지 않으면 이는 몇 개 도의 백성을 도적의 손에 넘겨주는 것과 다름이 없다. 후환이 이루 말할 수 없을 것이니 특별히 조치하여 기필코 홍길동을 잡으라. 각 고을 수령에게는 후한 상과 높은 벼슬을 아끼지 않겠다는 뜻을 알려 안팎이 한마음이 되어 반드시 홍길동을 체포하도록 하라.

이 서찰은 포도청에서 문경 현감에게 직접 하달된 것으로, 작성 시기는 1497년(연산군 3년)이었다.

"이 오래된 서찰은 어디서 난 것입니까?"

"문경 관아에 있던 서찰이오. 임진란이 나고 문경 관아는 왜적들이 불을 질러 모두 소실되었소. 그 와중에 관아에 남아 있던 문서를 가지고 있는 것이오."

최 봉사는 두루마리 서찰을 『조령야담』 위에 가지런히 올려놓았다. 그때 문득 투전판에 끼어 있던 차기중의 얼굴이 떠올랐다.

"혹시 문경의 책쾌 중에 차기중이라는 자를 아십니까?"

연암은 그렇게 묻고는 최 봉사의 눈치를 살폈다.

"차기중이라…… 음, 대충은 알고 있소만."

"그자의 집이 어디입니까?"

"예서 그리 멀지 않소이다. 그자는 왜 찾소?"

"아, 아닙니다."

연암은 재빨리 말꼬리를 내렸다. 더 이상 차기중의 소재를 묻는 것은 하책 같은 일이었다. 조만간 차기중을 다시 만날 터인데, 굳이 최 봉사에게까지 알려 후일을 염려할 필요는 없었다. 연암은 두루마리 서찰을 바닥에 내려놓고 『조령야담』을 집어 들었다.

"이 서책을 빌려 볼 수 있겠습니까? 보는 대로 돌려드리겠습니다."

소일거리가 별로 없던 탓에 책이라도 옆구리에 끼고 싶었다. 조선 팔도 어디를 가나 그 지방에 구전처럼 전해져 내려오는 야담집이 있기 마련인데, 이런 전설이나 설화는 소설을 쓰는 데 질 좋은 자양분이 되었다.

"그렇게 하시오. 한데 지금 묵고 있는 곳이 어디요?"

"아직 거처를 잡지 못했습니다."

"그럼 날 따라오시오. 오래전부터 비워둔 방이 있소이다. 온갖 잡다한 냄새가 풍기는 주막보다는 나을 게요."

어둠이 내리고 있었다. 초가 굴뚝에는 장작불 지피는 소리와 함께 거뭇거뭇한 연기가 피어올랐다. 고을 조무래기들의 고함 소리가 잦아들고 개 짖는 소리는 더 크게 들려왔다.

"저곳이 차기중의 집이라오."

최 봉사는 잠시 걸음을 멈추고 허름한 초가를 가리켰다. 땅거미가 진 주흘산 기슭에 허름한 초가 한 채가 어렴풋이 드러났다. 그 옆으로 돌담장 기와집 여러 채가 사이 좁게 옹기종기 모여 있었다.

"책쾌들의 벌이도 예전만 못한 것 같소이다. 아녀자들이나 읽는 한글 소설만 팔아 어디 입에 풀칠이나 하겠소, 흠흠."

이윽고 최 봉사가 걸음을 멈춘 곳은 커다란 느티나무 옆의 초가였다. 초가 툇마루에서 한 노인이 처마 기둥에 등을 기대고 앉아 담배를 태우고 있었다.

"예서 잠시 기다리시오."

최 봉사는 노인에게 다가가 뭐라 말하더니 초가 밖에 서 있는 연암을 눈짓으로 가리켰다. 노인이 헛기침을 토해내며 연암에게 다가왔다.

"한양에서 오셨다고 했소?"

"그렇습니다."

"방이 누추한데 어떨지 모르겠소. 이리 오시오."

노인은 마당 뒤편에 있는 별채 방문을 활짝 열었다. 아담하고 깨끗한 방이었다. 방 안을 둘러본 마종삼의 얼굴이 환하게 밝아졌다.

분에 넘치는 호의였다. 연암은 초가 노인과 최 봉사에게 진심으로 감사의 뜻을 전했다. 여행길에 가장 반가운 것이 숙소를 거저 잡는 일이었다. 고을 인심에 따라 방 한 칸 내주는 데도 남루한 행색을 문제 삼아 생색을 내고 돈 몇 푼에 흥정을 벌였다. 인심 고약한 고을에서는 잠자리는커녕 물 한 모금 떠 주는 데도 인색했다.

"날이 밝으면 그놈의 집부터 쳐들어가 다리몽둥이를 분질러야겠습니다."

마종삼이 별채 안에 봇짐을 쑤셔 넣으며 말했다.

"허허, 그자의 식솔도 있을 터인데 어찌 그리 서두르는가. 너무 나서지는 말게. 고을 사람들의 눈과 귀가 있으니 앞으로 신중하게 처신해야 할 걸세."

조열 살해범의 집을 찾았다고 해서 한시름 놓을 일이 아니었다. 차기중과 단독으로 대면하는 것은 물론 그를 문초하는 것 또한 만만치 않은 일이었다. 행여 차기중이 정색을 하고 시치미를 딱 잡아떼면 어떤 근거로 그를 추궁해야 할지도 쉽지 않은 일이었다.

연암은 가물거리는 등잔불 아래서 『조령야담』을 펼쳤다. 한자로 된 필사본인 이 고서는 고려 때부터 전해진 문경의 전설이나 기괴한 일을 기록한 야담집이었다. 저자의 필력은 뛰어난 편이나 그 안에 담긴 내용은 다소 조잡했다. 이 책에는 홍길동의 자취가 생생하게 담겨 있었는데, 대부분 허황된 잡설에 불과하나 눈살을 찌푸릴 정도는 아니었다. 그중에 연암의 눈길을 확 잡아 끄는 글이 있었다.

임진란이 끝나고 고을 민심이 날로 피폐하고 흉흉하여 가는 곳마다 허튼 소문이 끊이지 않았다. 도적 무리는 깊은 산속을 은신처로 삼아 낮밤 가리지 않고 길길이 날뛰고 관아에서는 이들을 소탕하려고 불철주야 깊은 산속을 누비고 다녔다.

경신년이 되자 도적 무리들의 기세가 한풀 꺾이더니 급기야는 조령산과 주흘산에서 흔적도 없이 사라졌다. 어떤 이는 도적 무리들이 조선 팔도를 떠났다고 하고, 또 어떤 이는 묘향산에 들어갔다고 하니 무엇이 진실인지 알 길이 없었다. 경신년에 주흘산을 떠나지 못한 한 도적이 이르기를, 도적 무리들이 새로운 왕국을 세우려 저 먼 남쪽 섬으로 갔다고 하니 이를 믿으려고 하는 이가 몇 되지 않았다.

도적들만이 사라진 게 아니었다. 경신년 이후 문경 읍성에서는 해마다 궁박한 백성들이 종적 없이 사라져 이들의 행적을 두고 온갖 소문이 산천을 타고 멀리 상주와 김천까지 전해졌다.

혜국사의 한 노승이 이르기를, 조령에 은거하던 도적 무리의 후손이 나타나 백성들을 저 멀리 남쪽 섬으로 데려갔다고 하니 그곳이 어디인지 모두 의아하게 여겼다.

기괴한 암벽 사이로 세찬 칼바람이 몰아쳤다. 희양산 중턱에는 공주 무성산처럼 산성을 쌓다가 만 돌덩이가 너저분히 깔려 있었다.

희양산은 문경새재에서 속리산 쪽으로 이어지는 백두대간 줄기에 자리 잡고 있었다. 오른쪽으로는 주흘산이, 아래로는 황학산이 위치하고 있으며 기단부터 정상까지 거대한 화강암 암괴로 둘러싸여 있었다. 홍길동은 충주와 문경, 그리고 괴산 쪽에 여러 은신처를 두었는데, 희양산도 그중 하나였다. 특히 이 산은 암괴 사이로 천혜의 동굴이 많아 조선의 도적들 사이에서는 최고의 은신처로 꼽히는 곳이었다.

희양산 암벽에 우뚝 선 허균은 가는 한숨을 토해냈다. 그나마 홍길동이 참수되지 않은 것은 다행이었다. 이식이 가져온 공문의 진위는 가려졌으나, 그것으로 홍길동의 마지막 행적이 명쾌하게 풀린 것은 아니었다.

대체 홍길동은 어디로 사라진 것일까? 그리고 문경에서 갑자기 종적을 감춘 사유는 무엇일까? 어렵사리 하나의 의혹을 풀고 나니 또 다른 의혹이 앞길을 가로막았다.

"저기 절이 보입니다요."

실참이 숲 속 길을 빠져나와 길 한가운데 우뚝 서 있는 봉암사 일주문을 가리켰다. 봉암사는 신라의 고승 지증대사(智證大師)가 문경새재를 둘러본 후 '승려들의 도량으로 삼지 않으면 도적 떼의 소굴이 될 곳'이라고 하여 세운 사찰이었다. 봉암사 가람은 임진년 왜군의 방화로 대부분 소실되었고, 온전히 남은 가람은 몇 되지 않았다. 낮고 질펀한 땅 위에는 가람이 있던 자리에 주춧돌만이 군데군데 이정표처럼 남아 있었다.

허균은 최방원이 말한 대로 봉암사 밑을 세심하게 살폈다.

"나리, 이곳에 평 자 문양이 새겨져 있습니다요!"

암벽을 따라 내려가던 길참이 크게 소리쳤다. 봉암사를 떠받치고 있는 암벽 중간에, 날카로운 정으로 후벼 판 평 자 문양이 드러났다. 평 자 문양은 암벽에만 새겨진 것이 아니었다. 암벽 아래 샛길을 따라 내려가자 나무껍질을 벗겨낸 소나무 등짝에도 같은 문양이 또렷이 자리 잡고 있었다. 평 자 문양은 일정한 간격을 두고 암벽과 소나무에 연이어 새겨져 있었다.

허균은 평 자 문양이 새겨진 곳을 따라 숲 속 길로 접어들었다. 그때 봉암사 아래 산기슭 쪽에서 한 사내가 숲 속 길로 들어서는 것이 보였다. 희양산에 들어선 후 처음 보는 사람이었다.

"꼽추 같은데요."

등이 활처럼 굽은 꼽추는 뒤를 힐끔힐끔 돌아보았다. 몇 발짝 걷다가도 금세 발길을 멈추고는 누가 따라오는지 유심히 살폈다. 허균은 나무에 몸을 숨기고 꼽추의 동태를 가만히 지켜보았다. 이윽고 꼽추의 발길이 멈춘 곳은 해골처럼 생긴 커다란 바위 앞이었다. 그 바위에도 어김없이 평 자 문양이 새겨져 있었는데, 암벽과 소나무에 새겨진 문양보다 훨씬 크고 선명했다. 꼽추는 다시 한 번 세심하게 주위를 둘러보더니 해골바위 뒤쪽으로 들어갔다. 잠시 후 해골바위 앞으로 모습을 드러낸 꼽추는 흙이 묻은 두 손을 툭툭 털고는 빠르게 산길 아래로 내려갔다.

대체 꼽추는 저기서 무얼 한 것일까. 인적이 끊긴 깊은 산속에 들어와서도 주위를 경계하는 꼽추의 동태가 예사롭지 않았다. 허균은 꼽추가 들어갔던 해골바위 쪽으로 천천히 다가갔다. 암괴로 둘러싸인 벼랑 아래로 맑은 시냇물이 흐르고 하얀 조약돌이 옹기종기 모여 있었다. 해골바위 뒤쪽으로 다가서자 장정 키만 한 수풀이 비스듬히 한쪽으로 기울어져 있는 것이 눈에 잡혔다. 수풀 쪽으로 다가가 잔가지를 걷어내자 사람 몸 하나 들어갈 만한 작은 굴이 드러났다. 굴 한쪽 구석에는 이곳을 파헤친 지 얼마 되지 않은 듯 흙더미가 여기저기 널려 있었다.

"오오!"

굴 안을 훑고 있던 허균의 입에서 가는 비명 소리가 튀어나왔다. 이곳에도 손바닥 크기의 평 자 문양 패찰이 있는 게 아닌가. 아차실 성황당 제단 뒤에서 발견한 나무 패찰과 모양새나 크기가 똑같았다.

"어디를 다녀오는 건가?"

객사 안으로 들어서려던 허균은 발걸음을 멈추었다. 그의 등 뒤에는 염기출이 연못 앞에 우두커니 서 있었다.

"바람 좀 쏘이고 왔네."

희양산의 칼바람이 아직도 옷깃에 머물러 있었다. 암벽을 헤집고 다니느라 관노가 준 새 옷이 성한 데가 없었다. 도포 안주머니에는 해골 바위 굴속에서 발견한 평 자 문양의 패찰이 얌전히 누워 있었다. 허균은 객사로 들어오기 전에 길참에게 꼽추의 집이 어디인지 알아보라고 지시했다. 이번이야말로 이 패찰의 정체를 밝힐 수 있는 좋은 기회였다.

"지내기에 불편한 데는 없는가?"

염기출의 시선이 허균의 도포를 쓰윽 훑어 내렸다. 도포 소매에는 동굴에서 묻은 흙 자국이 엷게 배어 있었다. 관아 문턱을 넘기 전에 몇 번이나 털어내도 잘 지워지지 않았다.

"자네 덕분에 팔자에도 없는 호강을 하고 있네."

허균은 멋쩍은 듯이 웃었다. 허균이 묵고 있는 방은 객사 안에서도 가장 크고 깨끗했다. 처음 관아를 지을 때부터 이 객사 건물을 중심으로 모든 구조물이 배치되었기 때문에 객사 주변의 경관도 아주 뛰어났다.

"새재를 넘을 때 조곡관을 거쳐 들어오지 않았나?"

허균은 고개를 끄떡였다. 조곡관은 새재에서 읍성으로 들어오는 유일한 관문으로, 임진란이 끝나고 서애 류성룡의 진언을 받아들여 설치한 관문이었다.

"이곳 새재는 서애 선생도 자주 머물렀던 곳이라네."

"음, 그러고 보니 서애 선생이 지은 시 중에 문경새재에 관한 시가 있었군."

허균은 기억을 더듬으며 시 한 수를 읊조렸다.

　　살랑살랑 솔바람 불어오고

졸졸졸 냇물 소리 들려오네

나그네 회포는 끝이 없는데

산 위에 뜬 달은 밝기도 하여라

덧없는 세월에 맡긴 몸인데

늘그막 병치레 끊이질 않네

고향에 왔다가 서울로 가는 길

높은 벼슬 헛된 이름 부끄럽구나

"서애 선생의 「새재에서 묵다[宿鳥嶺村店]」라는 시일세."

"허허, 역시 자네답군."

염기출의 시선이 주흘산 쪽으로 향했다.

"예로부터 새재는 도적 떼가 들끓는 것으로 유명한 곳이었네. 저리 고개가 험하고 길을 분간할 수 없으니 도적들이 무리 지어 다니기에 얼마나 좋았겠나."

"……."

"지금이라고 다르진 않네. 한낱 도적 떼에 불과한 잡것들이 장군이니 의적이니 떠들어대면서 고을 안을 흉흉하게 만드니 고을 수령으로서 막중한 책무를 느끼고 있네."

염기출의 눈에 붉은 실핏줄이 몰려들었다.

"백성이 기괴한 미혹에 빠져들면 일손이 잡히지 않고 허튼 요행만을 좇게 되어 고을이 피폐해지는 것은 불을 보듯 빤한 이치일세. 애나 어른이나 한물간 도적 괴수를 장군이라 일컬으며 숭앙하고 있으니 참으로 안타까운 노릇이 아닐 수 없네."

염기출은 그렇게 툭 내던지듯 말하고는 동헌 쪽으로 터벅터벅 걸어
갔다. 의적, 장군, 도적 괴수……. 이는 곧 홍길동을 지칭하는 게 아닌
가!

"나리, 나리."

그때 길참이 객사 안으로 부리나케 들어섰다.

"꼽추의 집을 찾았습니다요!"

9

오랜만에 깊은 잠을 잤다.

여행길에는 늘 새벽녘에 한두 차례 잠이 깨곤 했다. 잠자리가 낯설
고 작은 소리도 놓치지 않는 예민한 귀를 가졌기 때문이었다. 객지를
돌아다닐 때도 심병(心病)은 때와 장소를 가리지 않고 찾아왔다. 부지
불식간에 심병이 도져 남몰래 가슴을 부여잡은 적이 한두 번이 아니
었다.

연암은 소싯적부터 원인을 알 수 없는 심병을 앓았다. 쇠몽둥이로
짓누르는 듯 가슴이 답답해 한숨도 자지 못하는 날들이 이어졌다. 잠
을 자려고 눈을 감으면 갑자기 관자놀이가 아려오고 정수리가 바늘로
찌르는 것처럼 콕콕 쑤셨다. 어디 하소연할 곳도 없었다. 그런 심병을
달래준 유일한 인물이 누이였다. 가슴이 쿵쾅쿵쾅 뛰고 호흡이 가빠

올 때면 누이의 손길이 구세주처럼 나타나 연암의 가슴을 어루만져주었다. 누이의 손은 약손이었다. 이 세상에 그처럼 부드럽고 나긋한 손은 없었다.

연암이 소설을 쓰기 시작한 것도 그런 심병을 달래기 위한 고육책이었다. 누이가 시집을 간 후로 연암은 더 고통스러운 날들을 보냈다. 심병이 도질 때마다 꿈결 같은 누이의 약손이 그리웠다. 그 무렵 심병을 다스려줄 또 하나의 약손이 등장했는데, 그게 바로 소설이었다. 무료하고 긴 밤을 보내는 게 적적해서 글을 쓰기 시작한 것이 지금에 이르렀다. 지나고 보니 그런 적적한 밤이 깊이 사색을 하고 글을 쓰는 데 큰 도움을 주었다.

연암은 별채 문을 열었다. 숙면을 취한 덕인지 온몸이 개운했다. 마종삼은 잠을 잘 자지 못했는지 얼굴이 푸석푸석해 보였다.

"차기중 그놈이 먼 여행길을 떠났으면 어찌합니까?"

"그야 하늘의 뜻이 아니겠나."

마종삼은 차기중의 거취가 신경 쓰이는지 간밤에 내내 뒤척거렸다. 교귀정 주막 앞에서 차기중을 그냥 보낼 때는 드러내놓고 이를 부드득 부드득 갈았다. 그의 마음을 모르는 바가 아니었다. 하나 지켜보는 눈이 여럿 있는데 앞뒤 안 가리고 차기중을 족칠 수는 없는 노릇이었다.

차기중의 초가 앞은 고요했다. 연암은 조금도 지체하지 않고 초가 뒤편의 주흘산 기슭으로 올라갔다. 일단 차기중의 동태를 염탐하기 위해서였다. 약간의 빈틈이라도 생기면 차기중을 옭아매고 단단히 문초할 작정이었다. 마종삼은 수풀을 헤집고 산속으로 들어가더니 소나무 뒤에 자리를 잡았다.

"이쯤이 좋겠습니다."

차기중을 염탐하기에 적합한 장소였다. 소나무가 적당히 몸을 가려줄 뿐만 아니라 고개만 내밀어도 차기중의 집이 한눈에 들어왔다. 연암은 소나무 뒤의 편편한 바위에 엉덩이를 걸쳤다. 마종삼은 몽둥이로 쓸 만한 나무를 고르려고 숲 속으로 들어갔다.

해가 중천을 향해 기어오르고 있었다. 산에서 내려온 산들바람이 수풀을 헤치고 등줄기를 서늘하게 쓸어내렸다. 나뭇가지에 달라붙은 날짐승은 뭐가 그리도 신나는지 노랫가락을 멈추지 않았다. 소나무 뒤로는 붉은 진달래꽃이 듬성듬성 피어 있었다.

"그놈이 나옵니다!"

어제와는 달리 봇짐을 지지 않고 간편한 차림새였다. 초가를 나온 차기중은 연암이 묵고 있는 집 쪽으로 발걸음을 옮겼다. 연암은 산기슭에서 내려와 적당한 거리를 두고 차기중의 뒤를 밟았다.

"지금 덮칠까요?"

몽둥이를 쥐고 있는 마종삼의 손마디가 가늘게 떨렸다. 명령이 떨어지면 곧장 차기중에게 달려가 뒤통수를 내려칠 기세였다.

"제발 좀 서두르지 말게나."

이곳은 마땅한 곳이 아니었다. 인적이 뜸하기는 하나 산나물을 캐러 나온 고을 사람들이 자주 눈에 띄었다. 차기중은 개울가의 돌다리를 건넌 후 주흘산 아래 초가가 즐비하게 늘어선 곳으로 들어섰다.

"언제까지 저놈의 꽁무니만 졸졸 따라다닐 겁니까?"

연암은 들은 체도 하지 않고 묵묵히 차기중의 뒤를 따라갔다. 자그만 밭두렁을 건넌 후부터 차기중의 걸음이 빨라졌다. 연암의 발걸음도 그를 따라붙느라 덩달아 빨라졌다. 이윽고 차기중이 서서히 속도를 줄이더니 한 초가 앞에 멈추었다. 차기중은 초가 담벼락에 몸을 기댄 채 싸리문을 통해 그 안을 힐끔 들여다보았다. 초가 안의 기척을 살핀 후에는 몇 발짝 뒤로 물러나 초가 주위를 기웃거렸다. 이따금씩 그 앞을 지나치는 사람이 있으면 애써 고개를 돌리고 딴청을 피웠다. 아무래도 초가에서 누군가 나오기를 기다리고 있는 것 같았다.

잠시 후 차기중은 초가에서 멀찍이 뒤로 물러나 길가 옆에 있는 수풀 쪽으로 들어갔다. 그러고는 덤불 속에 몸을 반쯤 숨기고 초가 쪽을 노려보았다. 얼핏 보아하니 장기전으로 들어갈 태세였다.

"우리도 저놈을 염탐할 곳을 찾아보세."

연암은 차기중이 터를 잡은 맞은편의 야산으로 올라가 자리를 잡았다. 차기중은 덤불 속에 웅크리고 앉아 꼼짝도 하지 않았다. 마치 산송장처럼 그대로 굳어버린 것 같았다.

대체 누구를 기다리는 것일까. 꽤 오랜 시간이 흘렀는데도 차기중이 염탐하는 초가 안에서는 움직임이 없었다. 사람이 살고 있는 집은 분명한데 좀처럼 기척을 느낄 수가 없었다.

"예서 잠시만 기다리십시오. 저 초가에 누가 사는지 알아보고 오겠습니다."

마종삼은 마냥 기다리고 있기가 지루한지 야산 아래로 내려갔다. 연암은 두 다리를 길게 뻗었다. 주흘산 마루턱에 한갓지게 걸터앉았던 붉은 해도 스르르 자취를 감추었다. 저무는 해는 어둠과 달과 별을 부르는 전령사였다. 백성들의 눈이 되어 만물을 환히 밝혀주니 수천의 별빛이 부럽지 않았다. 한나절 중천에 걸려 있을 때는 값진 걸 모르나 산 너머로 홀연히 사라지니 그보다 귀한 게 없었다.

땅거미가 질 무렵 마종삼이 야산 위로 올라왔다.

"저 초가에 사는 자는 박만득이라는 책쾌입니다."

"책쾌?"

"그렇습니다. 차기중과는 오래전부터 알고 지내는 사이이며, 지난해 마누라가 죽고 지금은 홀아비 신세랍니다."

연암은 허리를 새우등처럼 구부렸다. 날이 어두워지자 능선을 타고 내려오는 바람의 기세가 만만치 않았다. 지루하고 갑갑했다. 차기중은 여전히 덤불 속에서 박만득의 초가를 노려보고 있었다. 차기중이 꼼짝 않고 있으니 그를 바라보기만 할 뿐 달리 할 일도 없었다. 한곳만 줄곧 바라보느라 목덜미가 뻑적지근했다.

어둠이 내려앉았다. 검은 물감을 뒤집어쓴 하늘은 붙박이별을 몇 개 쏘아올리고 질펀히 늘어졌다. 이제는 덤불 속에 있는 차기중도 희미한 형체만 보일 뿐이었다. 박만득의 초가 앞에는 상처 입은 늑대 한 마리가 어슬렁거리면 딱 어울릴 정도로 적막감이 감돌았다.

"이보게, 그만 돌아가세."

연암이 나무에 등을 기대고 송장처럼 축 늘어진 마종삼을 깨웠다.

"나, 나리."

"지금은 때가 좋지 않으니 날이 밝으면 묘안을 찾아보세. 오늘만 날이 아니지 않은가."

연암은 야산을 내려오면서 엄지손가락으로 관자놀이를 힘껏 눌렀다. 어둠이 몰려오면서부터 박달나무로 얻어맞은 것처럼 내내 머리가 지끈거렸다.

10

"읍성 안에 꼽추는 그놈 한 명뿐입니다요."

길참은 금방이라도 주저앉을 것 같은 초가를 가리켰다.

"쇤네가 먼저 들어가 손 좀 보겠습니다요."

허균은 입술을 지그시 깨물었다. 해골바위에서 평 자 문양의 패찰을 본 순간, 아차실에서 시작된 의혹이 한꺼번에 쏟아지는 것 같았다. 오늘은 기어이 이 패찰의 정체를 밝혀내고 말리라.

꼽추는 헛간 한가운데 무릎을 꿇고 앉아 있었다. 허균이 들어서자 꼽추는 자라처럼 목을 쑥 내밀었다.

"내 눈을 똑똑히 보거라."

"대, 대체 왜 이러십니까요?"

꼽추의 불길한 눈초리가 시납게 흔들렸다.

"조금이라도 네놈의 입에서 허튼소리가 나오면 엄벌을 내릴 것이니라. 어제 어디에서 무엇을 했는지 바른대로 고해라!"

허균의 목소리에는 위엄이 담겨 있었다. 기녀를 옆에 끼고 한 잔 술

에 좌흥을 돋우면서도 별의별 읍소를 다 처리한 판관이었다. 동헌 법
정 앞에서 시시비비를 가려 감옥에 처넣은 죄수만 해도 문경 관군의
숫자 못지않을 것이었다.

"사시(巳時)쯤에 집을 나서서 줄곧 저잣거리에 있었습니다요."

"미시(未時) 무렵에는 어디에 있었느냐?"

"……."

"다시 묻겠다. 미시 무렵에는 어디에서 무얼 했느냐?"

"희, 희양산에 있었습니다요……."

"희양산에는 무슨 일로 갔느냐?"

"나, 나물을 캐러……."

"이놈!"

허균은 품속에서 평 자 문양의 패찰을 꺼냈다.

"이 패찰을 은닉하려고 간 것이 아니더냐?"

꼽추의 두 눈이 황소 눈알처럼 커졌다.

"털끝만큼도 숨김없이 고하면 오늘 네놈을 만난 것은 없었던 일로
해둘 것이다. 알겠느냐?"

꼽추는 한동안 평 자 문양의 패찰을 똑바로 바라보더니 이내 체념
한 듯 고개를 푹 숙였다.

"아, 알았습니다요. 분부대로 따르겠사오니 제발 그 패찰만은……."

"이 패찰이 무엇을 뜻하는 게냐?"

"……."

"홍길동과도 연관이 있는 게냐?"

"그, 그렇습니다요. 이 패찰은 홍 장군에게 갈 수 있는 표식이옵니다요."

"표식?"

"홍 장군이 종적을 감춘 후 읍성 내에는 오래전부터 상서로운 소문이 떠돌고 있었습니다요. 언젠가는 홍 장군의 후손이 나타나 쇤네처럼 궁박하고 힘없는 백성들을 천년만년 태평한 곳으로 데려갈 거라고 했습니다요."

"허허, 이놈이 아직도 정신을 차리지 못하고 그 세 치 혀로 날 조롱하고 있구나. 대체 그곳이 어디란 말이냐?"

"어딘지는 쇤네도 잘 모릅니다요. 쇤네가 아는 것은 이 패찰을 지니고 있으면 언젠가는 홍 장군의 은덕을 받을 수 있다는 것뿐입니다요."

"그럼 이 패찰은 어디에서 난 게냐?"

"……."

"어서 말하지 못할꼬?"

"이 패찰은 아무나 구할 수 있는 것이 아니옵니다요. 9월 보름이 지나면 누군가 집 앞마당에 이 패찰을 놓고 간다고 하였습니다요. 쇤네또한 9월 보름이 지나서 이 패찰이 집 앞마당에 놓여 있는 것을 알게되었습니다요. 고을 사람들은 이 패찰을 두고 간 인물이 홍 장군의 후손이라고 하였습니다요."

허균은 꼽추의 입에서 흘러나온 '9월 보름'이라는 소리를 주목했다. 이는 곧 홍길동이 태어난 날이고, 아차실에서 홍길동에게 제를 올린 날이었다.

"기막힌 일이로다. 대체 홍길동의 후손이 너희를 어디로 데려간다는 게냐?"

"그곳은 자자손손 무사태평한 무릉도원 같은 곳이라고 했습니다요. 그곳은 왕도 없고 노비도 없고 신분 차별 없이 편히 살 수 있는 세상이라고 했습니다요. 그래서 쉰네처럼 천박한 자들은 오래전부터 홍 장군이 불러주기만을 간절히 고대하고 있었습니다요. 지난 신해년에도 9월 보름이 지난 후 십여 명에 이르는 사람들이 감쪽같이 사라졌는데, 고을 사람들은 이들이 홍 장군이 세운 나라로 간 것이라고 굳게 믿고 있습니다요."

허균은 꼽추의 눈을 가만히 들여다보았다. 저 연약하고 맑은 눈빛을 보니 위기를 모면하기 위해 지어낸 거짓 소리는 아닌 것 같았다.

"한데 그처럼 상서로운 것을 왜 동굴에 숨기려고 했느냐?"

"관아에서는 홍 장군의 소문을 괴이하게 여겨 이 패찰의 행방을 찾으려고 혈안이 되어 있습니다요. 하여 이 패찰을 지니고 있는 게 관군에게 발각되면 문초를 당할지 몰라 쉰네만 아는 곳에 숨긴 것입니다요."

"네놈도 홍 장군의 후손이라는 자들을 본 적이 있느냐?"

"아직 보지 못했습니다요."

"그래도 두 귀가 있으니 들은 풍문이 있을 게 아니냐. 아는 대로 말해보거라."

"홍 장군의 후손은 한 번도 고을에 모습을 드러낸 적이 없었습니다요. 쉰네가 들은 풍문이라고는 그들이 9월 보름이 지나 저 먼 남쪽 섬에서 온다는 것뿐입니다요."

허균은 평 자 문양의 패찰을 꼽추 앞에 내던졌다.

"넣어두거라."

"네?"

"어서 패찰을 넣어두라고 하시지 않느냐."

옆에 있던 길참이 큰 소리로 윽박질렀다. 꼽추는 신주단지 모시듯 평 자 문양의 패찰을 가슴에 꼭 품었다. 허균은 꼽추를 남겨두고 헛간을 나왔다.

"길참아, 너는 저 꼽추의 동태를 잘 살피거라. 누구를 만나는지 어디로 가는지 빠짐없이 확인해야 한다."

"알았습니다요."

대략이나마 패찰의 용처를 알아냈으나, 아직 그것으로는 만족할 수 없었다. 평 자 문양의 패찰이 누구로부터, 어떻게 꼽추에게 전달되었는지 밝혀야 할 차례였다.

11

시뻘건 해가 주흘산 꼭대기에 빠끔 고개를 내밀었다.

연암은 절구통처럼 무거운 몸을 일으켰다. 저녁 내내 찬바람을 맞은 탓인지 초가 별채에 돌아온 후에도 온몸이 욱신거렸다. 어둠 속에서도 차기중의 눈빛은 작두날처럼 번뜩이고 있었다. 무려 반나절 동안 바위처럼 꼼짝 않고 한곳을 지키고 있다니, 감히 범접할 수 없는 집 착이었다. 밤을 새워서라도 놈의 동태를 살피려고 했지만 몸이 따라 주지 않았다.

"나리, 나리, 큰일 났습니다."

그때 금방이라도 숨이 넘어갈 듯한 마종삼의 목소리가 초가를 흔들었다. 연암은 별채 문을 열었다.

"차기중이 염탐하던 초가에서 벼, 변사체가 발견되었다고 합니다요."

"변사체라니? 허허, 어찌 된 영문인지 차분히 말을 해보게."

"아침에 눈을 뜨자마자 차기중이 염탐하던 집에 갔더니 집 앞에 구경꾼들이 몰려 있지 않겠습니까. 구경꾼들의 말에 따르면 글쎄 초가 안에 목을 맨 채 숨겨 있는 변사체가 있다고 하지 뭡니까."

"변사체의 신원은 밝혀졌는가?"

"잘은 모르겠으나 박만득인 것 같습니다. 지금 관아에서 검시 중입니다."

연암은 옷을 주섬주섬 챙겨 입었다.

박만득의 초가 뒤편으로 주흘산의 가파른 봉우리들이 병풍처럼 둘러싸고 있었다. 사체가 발견된 초가 앞은 발 디딜 틈도 없이 사람들로 꽉 들어차 있었다. 연암은 사람들을 비집고 싸리문 안으로 들어섰다. 초가 툇마루에는 시신 한 구가 길게 누워 있었다.

"저 시신이 박만득이라고 합니다."

마종삼이 귓속말로 소곤거렸다. 사체의 목에는 밧줄이 묶여 있었고, 혀는 입 밖으로 한 치나 튀어나와 있었다. 검시를 관장하는 율관이 사체의 안색을 꼼꼼히 살폈다. 사체의 안색만으로도 사인을 판별할 수 있기 때문이다. 구타에 의한 치사일 경우에는 적색, 독살은 푸른색, 병사는 황색을 띠기 마련이다. 상투가 풀어헤쳐진 박만득의 얼굴은 검붉은 빛을 띠고 있었다.

율관은 조신하고 익숙한 솜씨로 박만득의 목을 맨 올가미 줄을 풀었다. 그러고는 올가미 줄의 길이를 재고 줄의 매듭 모양을 거듭 살폈다. 목을 매달고 죽은 경우에는 사인을 밝히기가 애매했다. 가령 홑줄을 십자 모양으로 묶었는지, 아니면 고정된 매듭을 만들어 목을 매었는지 올가미 모양을 잘 살피는 게 중요했다. 자살 위장 교살은 아닌지 판별하기 위해서였다. 구군복 차림의 문경 현감은 사체 옆에 비스듬히 서서 율관의 행동을 유심히 바라보고 있었다.

"액사(縊死)로 판단되옵니다."

검시를 마친 율관이 현감 앞으로 다가왔다.

"자액(自縊)이란 말이냐?"

"그러하옵니다."

"스스로 목숨을 끊었다면 그만한 사유가 있을 것이다. 자살 사유가 무엇인지 소상히 밝히거라."

형방은 사체를 맨 처음 발견한 이웃집 노인을 마당 앞으로 끌어냈다.

"박만득은 지난여름 처의 갑작스러운 병사로 세상을 비관해왔습니다. 며칠 전부터 그 도가 지나쳐 저잣거리를 하릴없이 배회하고 자고 일어나면 벌건 대낮부터 술병을 끼고 살았습니다. 게다가 주벽이 심해 이웃이 잠을 이루지 못한 일이 한두 번이 아니오옵니다."

"으음, 아무리 세상이 뜻대로 되지 않는다 한들 어찌 하늘이 내린 목숨을 이리 가볍게 여긴단 말이냐."

현감이 혀를 끌끌 차며 율관에게 달리 검시할 게 있는지를 물었다.

"사체에는 사망에 이르게 한 구타 흔적이나 상흔은 없사옵니다."

그때 마종삼이 슬그머니 연암의 옆구리를 찔렀다.

"나리, 저기 차기중 놈이 있습니다."

마종삼이 눈짓으로 싸리문을 등지고 있는 사내를 가리켰다. 차기중은 구경꾼들과 두어 발짝 떨어져 있다가 다시 사람들 틈을 비집고 들어섰다. 차기중의 얼굴은 다소 상기되어 있었다.

"잠깐, 이 몸이 재검을 해도 되겠소?"

연암이 사람들 틈에서 빠져나와 사체가 눕혀진 툇마루 앞으로 다가섰다.

"감히 어딜 나서려는 게요?"

"놔두거라!"

형방이 연암을 제지하려고 하자 현감이 재검을 허락한다는 듯 손에 쥐고 있는 등채(藤鞭)를 들어 올렸다.

연암은 현감에게 정중히 양해를 얻은 후 사체를 면밀하게 살폈다. 이런 치사 사건을 해결하는 데는 중국 원나라 왕여가 저술한『무원록(無寃錄)』이 지침서로 활용되었다. 연암은 박만득의 목을 두르고 있는 끈을 살피고, 목 주위를 세심하게 관찰했다. 사체의 바지를 벗긴 후에는 항문을 조사했는데, 항문 밖으로 똥이 많이 나와 있었다. 박만득은 입을 벌리고 눈을 똑바로 뜨고 있었으며, 목 졸린 숨통 아래에는 검은 자국이 뚜렷하게 나타나 있었다. 게다가 사체의 손톱은 거칠게 저항을 한 듯 모두 일그러져 있었다.

자살 위장 교살이 분명했다. 이는 누군가 박만득의 목을 졸라 살해한 후 자결한 것으로 위장하기 위해 목을 매단 것이었다. 보통 자액을 한 경우의 시체는 두 눈을 감고 있으며 입은 벌어져 이빨이 드러나고 혀를 깨물고 있기 마련이었다. 살빛은 누르고 얼굴은 수척하며 두 손은 주먹을 쥐고 항문에는 똥이 묻지 않았다. 그러나 이 사체는 자액의 흔적보다는 목 졸려 살해된 후 밧줄에 매달린 흔적이 역력했다. 사체의 손톱이 깨져 있는 것은 목을 졸릴 때 저항을 하다가 생긴 상흔이며, 숨통 부위가 검은 것은 기가 막혀 사망한 흔적이었다.

연암은 사체를 살피는 도중에도 틈틈이 구경꾼 틈에 섞여 있는 차기중을 노려보았다. 차기중은 무언가 켕기는지 연암의 눈길을 차마 마주 보지 못하고 짐짓 딴청을 부렸다. 연암이 사체의 손톱을 세밀하게 살필 때는 슬그머니 그 자리를 벗어났다.

"어떤가? 달리 재검을 해야 할 점이라도 있는가?"

현감이 연암에게 다가와 물었다.

"아닙니다. 자액이 틀림없습니다."

연암의 검시가 끝나자 현감은 아전들과 함께 박만득의 초가를 벗어났다. 초가 앞에 모여든 구경꾼들도 하나둘씩 발길을 돌렸다. 잠시 후 박만득의 집 앞에는 연암과 마종삼, 그리고 시체를 수습하는 오작노만이 남아 있었다.

박만득의 사인은 자액으로 결론지어졌다. 수많은 구경꾼들이 목을 내밀고 지켜보았으나 박만득의 사인에 이의를 제기하거나 토를 다는 이는 없었다.

"박만득이는 스스로 목숨을 끊은 게 아니죠?"

마종삼이 고개를 갸웃거리며 물었다.

"위장 교사가 분명하네."

"그럴 줄 알았습니다. 범인은 차기중 놈이 틀림없습니다."

연암 역시 차기중을 마음에 두고 있었으나 아직 곡직(曲直)을 알 수 없으니 섣불리 나설 때가 아니었다. 박만득의 집을 염탐했다는 사유만으로 그를 범인으로 지목하는 데는 무리가 있었다. 살인 사건에는 반드시 원인과 동기가 따르는 법, 지금으로서는 누구든지 납득할 수 있는 사유를 찾는 게 중요했다.

"이, 이제 어찌해야 합니까?"

마종삼의 목소리가 무겁게 가라앉았다.

"하루만 더 두고 보세."

전혀 예상치 못한 일이었다. 조열의 살해범으로 차기중을 지목하고 있었는데, 뜻밖의 살인 사건이 또 벌어졌다. 게다가 이번에 살해된 자도 조열과 같은 책쾌였다. 연암은 캄캄한 동굴 속에 갇힌 것처럼 정신이 혼미했다.

그들이 꿈꾸는 나라

1

꼽추가 토해낸 말은 황당하기가 이를 데 없었다.

무사태평, 무릉도원, 왕도 노비도 없는 곳이라니······. 한 번쯤 술이 거나하게 취해 꿈속에서나 그리던 곳이 꼽추의 세 치 혀를 통해 생생히 흘러나왔다. 공맹 사상을 떠받들고 있는 조선왕조의 기틀을 뒤엎지 않고서는 가당치도 않은 소리였다.

"나 좀 봅시다."

관아 홍살문 안으로 늘어서려는데 낯익은 얼굴이 허균 앞에 불쑥 나타났다. 최방원이었다.

"긴히 할 말이 있소이다. 여기는 보는 눈이 여럿 있으니 내 집으로 가는 게 좋겠소. 나를 따라오시오!"

최방원은 이제 겨우 안면을 튼 사이임에도 불구하고 제멋대로 발길을 잡았다. 그는 주위의 시선이 신경 쓰이는지 허균에게는 눈길 한 번 주지 않고 멀찍이 간격을 두고 걸어갔다.

"꼽추 집에 갔었소?"

고택의 판문을 밀고 들어가자마자 최방원이 목소리를 낮게 깔았다.

"그걸 어찌 아시오?"

"이곳은 작은 고을이오. 한 집 건너 벌어진 일도 소리 소문 없이 문 밖으로 새어 나가는 곳이란 말이오. 댁이 꼽추 집의 헛간에 들어가는 걸 본 사람이 있소. 꼽추 집에는 무슨 일로 간 게요?"

허균은 즉답을 주지 않았다. 앞뒤 사정도 알지 못한 채 무턱대고 보따리를 풀 수는 없는 일이었다.

"혹시 평 자 문양의 패찰 때문에 간 게 아니오?"

허균은 급소를 맞은 것처럼 움찔거렸다.

"맞는가 보군. 꼽추가 뭐라 말했소?"

"별말 없었소이다."

"평 자 문양의 패찰은 홍 장군의 마지막 행적과도 무관하지 않소. 임진란 이후 그 패찰을 지니고 있으면 홍 장군의 나라로 갈 수 있다는 풍문이 있었소. 아니, 이는 풍문이 아니라 실제로도 해마다 십여 명에 이르는 사람이 고을에서 쥐도 새도 모르게 사라졌소."

허균의 얼굴이 험하게 일그러졌다. 처음 평 자 문양이 무엇을 뜻하는지 물었을 때 즉답을 회피하고 딴청을 피우던 최방원의 얼굴이 떠올랐다. 그때 기껏 한다는 소리가 희양산 암벽에서 평 자 문양을 봤다는 것이 아니었는가.

"그 말은 나도 꼽추에게서 대충 들었소이다. 한데 지난번에 만났을 때는 어찌 그 패찰에 대해서는 입도 벙긋하지 않았소?"

"……."

"날 믿지 못했던 게로군."

"미안하오. 고을 현감과 막역한 사이라 해서 함부로 말할 수 없었소. 하나 이젠 속내를 털어놔도 될 것 같아 댁을 찾아온 것이오. 늦게나마 의심했던 것을 용서하기 바라오."

최방원의 말 속에는 진심이 담겨 있었다. 하긴 생전 듣도 보도 못한 외지인에게 속내를 털어놓기란 쉬운 일이 아니었다.

"보여줄 게 있으니 이리 따라오시오."

최방원은 누가 볼세라 판문을 꼭 걸어 잠그고는 사랑채를 지나 뒷문으로 빠져나갔다. 뒷문 밖 울타리 쪽에는 스무여 개의 장독이 가지런히 놓여 있었다. 그중에서 가장 큰 장독을 옆으로 치우자 거적때기를 덮어씌운 작은 굴이 나타났다.

"일전에 미처 보여드리지 못한 게 있소이다."

장정 가슴 높이의 굴 안에는 여러 권의 서책이 쌓여 있었다. 최방원은 서책 사이에 끼워둔 두루마리 종이를 빼내 허균 앞에 내밀었다.

"먼저 이걸 보시오. 이것은 홍 장군의 친필이오."

요임금은 겨울에는 사슴 가죽옷을, 여름에는 삼베옷을 입었다. 집은 띠풀과 통나무로 지었으며, 식사는 거친 푸성귀국으로 만족했다. 그런 청렴한 생활로 백성을 통치하였으니 어찌 그를 따르지 않을 수 있겠는가.

하나 조선의 군주는 여염집 아낙을 겁탈하고 자신의 사냥에 방해된다는 이유로 민가를 철거하는 등 패륜을 일삼고 있다. 오로지 먹고 노는 데만 정신이 팔려 전국에서 흥청(興淸)을 불러 모아 풍악을 울리고 기녀들의 치마폭에 싸여 있으니 이 어찌 백성을 책임지고 있는 군주라 할 수 있겠는가. 그는 군주가 아니라 치우 같은 괴물이다.

이 글은 요임금의 청렴과 연산군의 폭정을 절묘하게 비교하고 있었다. 일개 도적의 우두머리가 무릇 군주의 근본과 기강을 문제 삼아 가차 없이 꾸짖고 있었다. 학식 깊은 사대부에게서나 나올 법한 명쾌한 문장이 어떻게 도적 우두머리에게서 나올 수 있단 말인가.

"여기 모아둔 서책은 홍 장군이 종적을 감춘 지 얼마 되지 않아 주흘산 은신처에서 발견한 것이오."

최방원이 가리킨 서책은 대략 십여 권으로, 가장 먼저 눈에 들어온 것은 동진의 갈홍이 지은 『신선전(神仙傳)』이었다. 이 책은 신선의 행적과 장생불사를 다룬 신선 설화집이었다. 도교 설화의 원조인 『열선전(列仙傳)』도 있었는데, 이 책은 선인들의 행적에 관한 이야기를 모두 모아 엮은 책이었다. 중국 진대의 도연명의 지은 『도화원기(桃花源記)』, 한유의 개인 문집인 『한창려집(韓昌黎集)』도 한 자리를 차지하고 있었다. 주나라 때부터 송나라 때까지의 시를 엮은 『고문진보(古文眞

寶)』도 눈에 들어왔다. 허균은 『한창려집』에 있는 「제도원도시(題挑原圖詩)」를 보는 순간 이 고서들의 공통점을 찾아냈다. 이는 당대의 대학자와 시인들이 이상향을 묘사한 책자가 아닌가! 서책은 낡고 조잡했으나 그 안에는 별천지 무릉도원에 관한 내용을 가득 품고 있었다.

"이 서책에서도 드러나듯이 홍 장군은 이상향을 염두에 두었던 게 아니오?"

"오오, 정말 놀라운 일이오."

홍길동은 이런 진귀한 서책을 어디에서 구했단 말인가. 허균이 사신으로 명나라 연경에 갔을 때도 이런 서책은 귀동냥으로만 들었을 뿐 구경조차 하지 못했다. 사흘 낮밤 발품을 팔아가며 연경의 책방을 돌아다녔어도 이같이 진귀한 서책은 구할 수 없었다.

허균은 장독 옆에 쭈그리고 앉아 굴 안에 있는 서책들을 들춰 보았다. 눈길이 닿는 곳마다 이상향을 추구하는 대문장가들의 은은한 필담이 가슴에 푸근히 와 닿았다. 그곳은 무릇 세속에서 벗어난 신선이 노닐 만한 상상의 세계였으며, 근심, 걱정이 없고 교시(敎示)도 없고 자연의 정취만이 살아 있는 별천지였다. 서책에 담겨 있는 한 시구가 아릿하게 눈을 적셔왔다.

日出而作 日入而息
해가 뜨면 일하고 해가 지면 쉬네
耕田而食 鑿井而飲
밭을 갈아 먹고 우물을 파서 마시니

含哺鼓腹 鼓腹擊壤

등 따시고 배부르니

帝力何有于我哉

임금의 힘이 나에게 무슨 소용인가

　요순임금 때의 평화로운 세상을 읊조린 시였다. 한유의 「제도원도
시」 역시 이상향의 모습을 시로 읊은 것이었다. 이 작품은 『한창려집』
3권, 『고문진보』 6권에도 실려 있었다. 특히 『고문진보』는 조선의 학자
사이에서 필독서로 꼽히는 책이었다.

　'이곳에서 도연명을 다시 만나게 될 줄이야…….'

　문득 부안 정사암에 도착해서 쓴 「사우재기(四友齋記)」가 떠올랐다.
허균은 도연명, 이태백, 소동파 중에서 특히 도연명을 좋아했다. 그는
한가롭고 고요하며 작은 일에 대범하여 항상 마음이 편안했고, 세상
일 따위는 마음에 두지 않았다. 그래서 도연명은 가난을 편히 여기고
천명을 즐기다가 죽었다. 그의 맑은 풍모와 빼어난 절개는 아득히 높
아 속세에 찌든 범인으로서는 도저히 따라잡을 길이 없었다.

　"홍 장군은 오래전부터 이상국을 꿈꿨던 게 분명하오. 하여 그를 따
르는 무리들과 조선을 떠나려고 차곡차곡 준비하고 있었소. 관아에서
탈취한 무기나 군량미를 은거지에 비축한 것도 이런 거사를 위한 치
밀한 계책이었던 것이오."

　"그럼 홍길동이 조선을 떠났다는 게요? 대체 어디로 갔단 말이오?"

　"그걸 내 어찌 알 수가 있겠소. 하나 짚이는 곳이 한 군데 있긴 하오."

최방원이 허균 곁으로 바짝 다가섰다.

"지금 관아 객사에 머무르고 있으니 내 한 가지 알려드릴 게 있소이다."

"말해보시오."

허균은 손에 쥐고 있던 『고문진보』를 내려놓았다.

"내아 뒤편에 있는 토굴에 가보시오. 그 안에 홍 장군의 행적을 기록한 문서가 있다는 소리를 들었소. 홍 장군이 종적을 감출 당시 관아에서는 홍 장군의 은거지를 수색해 닥치는 대로 수거해 갔소. 아직도 그 문서가 남아 있는지 모르나 폐기 처분하지 않았다면 토굴 어딘가에 있을 것이오."

"……"

"그것이 홍 장군의 마지막 행적을 밝힐 수 있는 유일한 단서요……"

2

더 이상 지체할 이유가 없었다. 차기중이 범인이라는 심증은 확고했다. 이제 그를 염탐할 게 아니라 매섭게 문초하여 자백을 받아내야 할 차례였다. 아울러 조열을 살해한 사유는 물론 『교산기행』의 행방도 밝혀야 할 것이었다.

연암은 고만고만한 무덤이 누워 있는 차기중의 집 뒷산에 자리를 잡았다. 이곳은 사방에 울창한 나무들이 들어차고 야트막한 능선에 파묻혀 있어 차기중을 문초하기에 적합한 장소였다. 제아무리 고통을 견디다 못해 돼지 먹따는 소리를 질러대도 외부에 노출될 염려가 없었다.

빽빽하게 늘어선 잣나무 사이로 차기중이 뒤뚱거리며 산을 오르고 있었다. 차기중 뒤에서 마종삼이 그가 도주하지 못하게 허리춤을 단단히 부여잡고 있었다.

"꿇어라, 이놈!"

마종삼은 차기중의 정강이를 후려차고 두 손으로 목덜미를 짓눌렀다. 이곳에 이르기 전에 한 차례 손을 봤는지 차기중의 입술에서 붉은 피가 뚝뚝 떨어지고 있었다.

"이제부터 네놈의 명줄은 세 치 혀에 달려 있음을 명심해라. 순순히 이질직고하면 목숨은 살려둘 터이지만, 조금이라도 농간을 부리거나 허튼 수작을 보이면 이 자리에서 험한 초상을 치르게 될 것이니라. 알겠느냐?"

연암의 목소리가 쩌렁쩌렁 울렸다. 운종가 장사치들에게 둘러싸여 골계 따위를 늘어놓으며 시시덕거리던 목소리가 아니었다. 빚쟁이에게 며칠만 봐달라고 통사정하던 소리는 더욱 아니었다. 연암의 목소리에는 조로한 외모에서 풍기는 강개한 기운이 고스란히 스며 있었다.

"대체 무슨 연유로 이리 험하게 다루는지 모르겠습니다요."

붉은 피로 물들어 있는 차기중의 아랫입술이 부르르 떨렸다. 연암은 뒷짐을 지고 차기중 앞으로 다가갔다.

"박만득을 왜 죽였느냐?"

"……."

차기중의 어깨가 움찔거렸다. 마종삼이 어서 대답하라는 듯 몽둥이로 차기중의 옆구리를 쿡 찔렀다.

"나, 나리, 뭔가 오해가 있나 봅니다요."

"네놈이 박만득의 목을 졸라 살해한 후 목을 매달아 자결한 것처럼 위장하지 않았느냐?"

"그게 무슨 말씀이십니까요? 소인이 박만득을 죽이다니요?"

차기중은 손을 내저으며 펄쩍 뛰었다. 연암의 입가에 서늘한 미소가 흘렀다. 각양각색의 인간을 만나고 그들의 장단을 가공해 소설을 쓰면서 나름 선악의 잣대를 만들었다. 그런 인간 군상을 통해 속내를 꿰뚫어 보는 혜안은 거저 얻어진 게 아니었다. 이런 놈은 눈빛만 봐도 속에 무슨 꿍꿍이가 들어차 있는지 훤히 꿰뚫을 수 있었다. 연암은 재빠르게 차기중의 손목을 낚아챘다. 예상대로 차기중의 손등에는 험하게 긁힌 상처가 남아 있었다.

"이 상처는 어디에서 생긴 것이냐?"

"……."

"네놈이 박만득의 목을 조를 때 그가 거세게 저항을 해서 생긴 상처가 아니더냐?"

"나, 나리……."

"내 말 잘 들어라. 방금 전에도 말했듯이 사실대로 고하면 네놈의 목숨을 살려두는 것은 물론 예서 문초한 사실도 없었던 것으로 할 것이니라. 현감에게도 네놈을 문초한 일을 고하지 않을 터이니 내 약조를 믿고 사실대로 털어놓거라."

연암의 목소리가 방금 전과는 달리 깃털처럼 부드러웠다. 죄인을 문초하는 데는 마냥 윽박지르는 것보다 문초의 수위를 조절해가며 순순히 자백에 이르게 하는 것이 최상의 방책이었다. 그러나 차기중은 잠깐 동요하는 기색을 보일 뿐 굳게 입을 다물었다. 이곳에 올라오기 전에 이미 단단히 각오한 듯 그의 얼굴에는 비장한 기운이 감돌았다.

"엊그제 늦은 밤까지 박만득의 집을 왜 기웃거렸느냐?"

차기중의 입이 쩍 벌어졌다.

"나리께서는 대체 누, 누구십니까요?"

"네놈을 문초하기 위해 부안에서 온 저승사자이니라! 어디 네놈의 손으로 살해한 인간이 박만득 하나뿐이겠느냐?"

부안이라는 소리에 차기중의 얼굴이 백짓장처럼 하얗게 변했다. 연암은 무릎을 꿇고 있는 차기중 앞에 낮게 몸을 숙였다.

"한양의 책쾌인 조열을 알고 있느냐?"

"……"

"왜 말을 하지 못하느냐?"

"그, 그자가 누, 누구입니까요?"

"허허, 이놈 봐라. 지난 3월에 전라도 부안에 가지 않았느냐?"

"……"

"부안에서 네놈의 상판대기를 본 책쾌가 한둘이 아니다."

"……"

"개암사로 가는 산길에서 조열의 등덜미를 단검으로 찔러 살해한 범인이 바로 네놈이 아니고 누구란 말이냐!"

"나, 나리……."

"하늘이 알고 땅이 아는데 천지간에 무엇을 숨기려 한단 말이냐? 아무리 패륜 범죄라 해도 모든 걸 홀홀 털어놓으면 육신은 고되어도 마음만은 편할 것이니라."

차기중의 광대뼈 밑으로 퍼런 실핏줄이 꿈틀거렸다.

"조열의 봇짐 속에 있는 『교산기행』을 어찌하였느냐?"

차기중은 거칠게 숨을 몰아쉬고는 나지막한 소리로 웅얼거렸다.

"조열이나 박만득은 스스로 제 무덤을 판 것입니다요. 그자들이 『교산기행』을 탐하지 않았으면 이런 일은 없었습니다요. 서책의 임자를 빤히 알고도 제 욕심에 눈이 멀어 화를 자초한 것입니다요."

"그럼 『교산기행』을 손에 넣으려고 그들을 살해했단 말이냐?"

차기중은 고개를 끄떡였다.

"허허, 어찌 한 권의 서책 때문에 천명을 거스르는 범행을 저지를 수 있단 말이냐. 알아듣게 말해보거라."

"처음 『교산기행』을 손에 넣은 것은 박만득이었습니다요. 박만득은 지난 3월 책쾌로 위장해 야밤을 틈타 이 서책을 훔쳐 달아났습니다요. 한데 이놈이 그것이 얼마나 귀중한 책인 줄도 모르고 거간꾼을 자처하며 한양 책쾌인 조열에게 이 서책을 넘겨주었습니다요. 소인은 부안까지 달려가 조열에게 『교산기행』이 훔친 서책이니 원래의 주인에게 넘겨줄 것을 권하였으나……."

"이놈! 아무리 짚어봐도 네놈이 조열이나 박만득을 살해한 사유가 조악하고 박약하구나. 구원(舊怨)도 명분도 없거늘 어찌 그들의 목숨을 해쳤단 말이냐? 정녕 그 서책 한 권 때문에 천도를 거슬렀단 말이냐?"

"『교산기행』은 세상에 나와서는 안 될 책이라고 하였습니다요. 지금 이 서책이 세상에 나오면 사납고 포악한 자들이 불에 태우거나 빛을 볼 수 없게 할 것이니 지위고하를 막론하고 절대 유통시켜서는 안 된다고 하였습니다요. 뿐만 아니라 이 서책이 빛을 보기에는 아직 때가 이르니 후대를 위해서라도 잘 보관해야 한다고 했습니다요."

"누가 그런 소리를 하더냐?"

"……."

"네놈 멋대로 조열이나 박만득을 살해하지는 않았을 터이고, 누구의 사주를 받은 게냐?"

"나, 나리……."

"어서 말해라. 네놈에게 사주한 자가 누구란 말이냐!"

"사람이 금수와 다른 게 무엇이옵니까요? 신의를 지키는 것이 아니옵니까요?"

"이놈이 감히 어디다 대고 신의를 입에 올리는 게냐?"

"제가 신의와 약조를 지키지 않는다면 금수와 다를 게 뭐가 있겠습니까요? 이 몸 하나 편히 살자고 이런 사실을 고하느니 차라리 혀를 깨물고 죽겠습니다요."

차기중은 정말 혀를 깨물고 죽겠다는 듯 입술을 앙다물었다.

"박만득은 『교산기행』을 어디에서 얻은 게냐?"

연암은 다소 목소리를 낮춰 문초의 수위를 조절했다.

"그건 소인도 잘 모릅니다요."

"방금 네놈의 세 치 혀가 『교산기행』을 박만득이 훔쳤다고 하지 않았느냐? 그렇다면 훔친 곳이 있어야 하고 원래의 서책 임자가 있어야 하지 않겠느냐?"

"……."

"네놈도 『교산기행』을 봤느냐?"

"대충 훑어만 봤습니다요……."

"지금 『교산기행』은 어디에 있느냐?"

"……."

"흠흠, 네놈에게 사주한 놈이 『교산기행』을 가지고 있겠구나."

"나, 나리……."

이제야 비로소 감이 잡혔다. 차기중에게 사주한 자와 『교산기행』의 원래 주인은 동일 인물임이 분명했다. 연암은 화제를 돌렸다.

"마지막으로 하나만 더 묻겠다. 조열의 봇짐 속에 불상이 있었는데, 네놈도 알고 있었느냐?"

"그, 그렇습니다요. 그 불상은…… 박만득이가 절간에 들어가 훔친 것입니다요."

"한데 그 불상을 왜 조열이 가지고 있었느냐?"

"소인도 자세히는 모르나 조열이 박만득의 청탁을 받고 심부름을 한 것 같습니다요."

"알았다. 이제 그만 내려가거라."

차기중은 뜻밖이라는 듯 고개를 번쩍 치켜들었다.

"마음 변하기 전에 어서 썩 내려가거라!"

그제야 차기중은 자리에서 일어나 쭈뼛쭈뼛 산 아래로 내려갔다.

"나리, 어찌 저놈을 그냥 놓아주시는 겁니까?"

마종삼이 차기중이 내려가는 모습을 보며 입술을 삐쭉 내밀었다.

"놔두게. 저놈은 그저 시키는 대로 한 하수인에 불과하네."

"그래도 저리 보내면……."

"이것으로 끝날 일이 아닐세. 앞으로 저놈을 요긴하게 써먹을 때가 올 것이니 그때까지 기다리는 게 좋을 걸세."

오늘은 이 정도로 문초를 끝내지만, 가까운 시일 내에 차기중이 제 발로 찾아와 모든 것을 털어놓을 때가 올 것이다. 차기중의 뒤를 캐면 뜻밖의 인물이 나올 것이고, 후일을 위해서 그에게 적당히 빠져나갈 틈을 주는 것도 한 방편이었다.

"자넨 저놈의 동태를 잘 살피도록 하게. 조만간 저놈이 자신에게 사주한 자에게 갈 테니 말일세."

연암은 빠르게 두세 수 앞을 내다봤다. 차기중을 미끼로 이용해 의외의 월척을 낚으면 모든 의혹이 순리대로 풀릴 것이었다.

3

"얼마나 더 가야 하느냐?"

허균은 양미간을 모으고 사방을 휘휘 두리번거렸다. 미간에 접힌 두 개의 주름 사이로 땀방울이 주르르 흘러내렸다.

"다 왔습니다요. 바로 저곳이 꼽추 놈이 드나들던 혜국사(惠國寺)란 사찰입니다요."

길참은 손을 들어 야트막한 능선 위에 반듯하게 세워 올린 가람을 가리켰다. 산길 옆의 자그마한 폭포가 쉼 없이 물길을 내뿜고 있었다.

"한나절 내내 꼽추 놈의 뒤꽁무니를 쫓아보니 두 차례나 이 사찰에 들렀습니다요."

불과 이틀 만에 꼽추의 수상쩍은 행적이 길참의 눈에 걸려들었다. 그날 꼽추를 문초할 때 그의 말을 순순히 받아들인 것은 아니었다. 평자 문양의 패찰이 난데없이 마당에 툭 떨어지다니, 코흘리개 조무래기들이 들어도 배꼽 잡고 웃을 일이었다. 꼽추가 지어낸 어수룩한 거짓말이 되레 빌미를 제공한 셈이었다.

'이건 또 무슨 조화란 말인가.'

허균은 엉거주춤 선 채 두 눈만 껌뻑거렸다. 갑자기 온몸이 딱딱하게 굳어지고 난생처음 겪는 공포가 엄습해 왔다. 어디선가 자신을 노려보고 있는 매서운 시선이 느껴졌다. 수풀 속인 것 같기도 하고, 저 멀리 사찰 쪽인 것 같기도 했다.

허균은 선뜻 경내로 들어가지 못하고 한동안 일주문 앞에서 머뭇거렸다. 정체를 알 수 없는 기괴한 기운이 등줄기를 타고 꾸물꾸물 몰려들었다. 승려들은 어디에 있는지 그림자조차 보이지 않았고, 목탁 소리는커녕 경을 읊는 소리도 들려오지 않았다.

내키지 않는 발걸음을 옮기자니 마음이 사납게 흔들렸다. 뒤늦게 법당 쪽에서 목탁 소리가 잔잔하게 흘러나왔다. 허균은 길참과 함께 수풀 속에서 나와 경내로 조심스럽게 발걸음을 들여놓았다.

"으윽!"

그때였다. 수풀 속에서 부스럭거리는 소리가 들리더니 길참이 짧은 비명과 함께 풀썩 고꾸라졌다.

"길참아!"

곧이어 둔탁한 물체가 허균의 목덜미를 호되게 후려쳤다.

칠흑 같은 어둠이 눈 끝을 조여왔다. 눈을 뜬 것인지 감은 것인지조차 구분이 가지 않았다. 두 눈을 시퍼렇게 뜨고 있는데도 마치 장님이 된 느낌이었다. 길참이 맥없이 쓰러지는 것을 본 순간 두 눈에 번쩍 불똥이 튀고 정신을 잃고 말았다. 너무 갑작스레 벌어진 일이라 달리 손쓸 겨를이 없었다. 아직도 목덜미가 뻑적지근했다.

발밑에서는 으스스한 냉기가 기어 올라왔다. 암흑천지에서 간간이 들려오는 것은 길참의 가는 숨소리뿐이었다.

"나리……."

길참이 이제 정신이 드는지 나직이 허균을 불렀다.

"이, 이젠 어떻게 되는 거죠?"

"너무 걱정하지 마라. 하늘이 무너져도 솟아날 구멍이 있다고 하지 않더냐."

말은 그렇게 했지만 마땅한 묘책이 있을 리가 없었다. 눈앞이 하도 캄캄해서 한 줄기 빛이라도 내려주었으면 하는 바람뿐이었다. 그때 계단을 타고 내려오는 발자국 소리가 들려왔다. 곧이어 발자국 소리가 멈추더니 지하실 안이 환하게 밝아졌다. 지하실 입구에 승복을 입은 세 명의 젊은 승려가 등불을 들고 그들을 노려보고 있었다. 젊은 승려들이 허균과 길참을 계단 위로 끌고 올라갔다.

"꿇어라!"

어깨가 딱 벌어진 젊은 승려가 허균의 목덜미를 짓눌렀다. 부처를 섬기는 이가 생면부지의 한량을 어찌 이리 고약하게 다루는지 모를 일이었다. 허균은 순순히 두 무릎을 꿇으며 주위를 두리번거렸다.

혜국사 법당이었다. 불보살단과 신장단, 그리고 영단이 차례차례 눈에 들어왔다. 불단 뒤는 형형색색의 기이한 그림들로 가득 채워져 있었고, 불보살단 위의 놋그릇 안에서는 은은한 향내가 피어올랐다. 법당 한쪽 구석에서 노승이 홀로 목탁을 두드리며 귀에 익숙한 염불을 외고 있었다. 그때 낯익은 문양이 허균의 눈을 찔렀다.

신장단 바로 위쪽에 둥근 원 안의 평 자가 오롯이 새겨져 있었다. 원각의 도량에서도 평 자 문양을 보게 되다니, 실로 놀랍고도 섬뜩한 일이었다.

"네놈이 여긴 어쩐 일이냐?"

법당 밖에서 귀에 익은 목소리가 꿈결처럼 들려왔다. 순간 정수리에 날카로운 침을 박은 듯 정신이 번쩍 들었다. 법당 안으로 느릿느릿 다가오는 인물은 바로 봉추거사였다.

4

문경에 도착한 지 닷새째로 접어들었다.

이제 문경새재의 고혹한 정취에 익숙해진 탓인지 주흘산 풍광이 낮
설지 않았다. 저 가파른 고개 너머에는 아직도 뿌연 안개구름을 타고
노니는 녹림호객들의 혼백이 어려 있었다. 연암은 별채 쪽마루 기둥
에 기대고 앉아 깊은 생각에 잠겼다.

차기중에게 사주한 인물은 누구일까? 『교산기행』은 어디에 있는 것
일까?

이제 대략이나마 큰 그림이 그려졌다. 조열과 박만득의 죽음 뒤에
는 『교산기행』이 자리 잡고 있었다. 연암은 차기중이 내뱉은 말을 다
시 한 번 곰곰이 더듬었다. 『교산기행』이 세상에 나와서는 안 될 책이
라니, 대체 무슨 연유로 그런 말을 한 것일까. 그뿐이 아니었다. 『교산
기행』이 빛을 보기에는 아직 때가 이르다 하였고, 자칫 사납고 포악한
자들에 의해 이 책이 불에 타 소실될 것을 염려하였다. 단지 『교산기
행』의 저자가 조정에서 천지간의 괴물이라 일컫는 허균이라는 사실만
으로는 설명이 부족했다.

연암은 별채 쪽마루에서 내려와 마당을 서성거렸다. 그때였다. 주
흘산 기슭 쪽에서 시커먼 연기가 맹렬하게 솟아오르고 있었다. 하늘로
치솟는 연기의 기세로 보아 큰불이 난 것이 틀림없었다. 초가를 나가
니 고을 사람들이 웅성거리면서 연기가 나는 쪽으로 삼삼오오 몰려가
고 있었다. 연암은 고을 사람들을 뒤따라가다가 얼마 가지 않아 발길

을 멈추었다. 맞은편에서 마종삼이 헐레벌떡 뛰어오고 있었던 것이다.

"이보게!"

연암은 앞만 보고 정신없이 뛰어가는 마종삼을 불러 세웠다. 마종삼은 거친 숨을 몰아쉬며 연기가 솟아오르는 곳을 가리켰다.

"차, 차기중 그놈의 집에 부, 불이 났습니다. 방금 전에 그놈의 집이 불타는 것을 보고 이리 서둘러 달려오는 것입니다."

"차기중은 어찌 되었는가?"

마종삼은 그의 생사는 아직 모르겠다는 듯 고개를 가로저었다.

"어서 가보세."

차기중의 초가는 눈뜨고 보지 못할 정도로 참혹했다. 초가를 떠받치던 기둥은 겨우 형체만 남아 있었고, 볏짚으로 이은 산개형(傘蓋形) 지붕은 폭삭 주저앉았다. 화마가 할퀴고 간 쪽마루에서는 아직도 검은 연기가 모락모락 피어오르고 있었다.

차기중은 쪽마루 앞에 굽은 자세로 누워 있었다. 그의 사체에 걸쳐진 누런 무명옷은 불에 타 새카맣게 그을려 있었고, 소매 밖으로 드러난 살갗은 숯덩이처럼 검게 변한 채 열기를 뿜어내고 있었다.

율관은 허리를 굽혀 차기중의 사체를 두 눈으로 훑어 내렸다. 불에 탄 사체를 검시할 때는 먼저 불에 타 죽은 것인지, 아니면 이미 죽은 몸에 불을 실러 사인을 은폐하려고 한 것인지를 구별해야 한다. 불타 죽은 경우에는 두 팔과 다리를 모두 오그리고 있고, 시체의 입과 코 안에는 그을음과 재가 들어 있다. 죽기 전에 불을 피해 도망 다니고 화마와 다투다가 코와 입으로 그을음과 재가 들어가기 때문이다. 그러나

220

이미 죽은 후에 불에 탄 경우라면 입안에 그을음과 재가 들어 있지 않고, 두 팔과 다리도 오그라들지 않는다.

율관이 차기중의 입을 벌리고 그 안을 들여다보았다. 차기중의 입안과 코에는 그을린 흔적이나 재가 없었다. 이는 누군가 차기중을 살해한 후 불에 타 죽은 것으로 위장하기 위해 방화를 한 것이 분명했다.

"두 팔꿈치뼈와 무릎뼈도 타지 않았고, 손과 다리도 오그라들지 않았습니다. 이는 사체를 불에 타 죽은 것처럼 위장하려고 한 술책으로 여겨집니다."

율관은 박만득을 검시할 때와는 달리 차기중의 사체를 보고 정확히 사인을 짚어냈다. 현감이 차기중의 사체를 옆으로 누이고 귓불 주위를 세심하게 살폈다.

"초를 가져오너라!"

현감은 법물(法物)의 하나인 초로 차기중의 귓불 주위를 깨끗이 닦아냈다. 그러자 귓불 밑으로 날카롭게 찢긴 상처 자국이 선명하게 드러났다.

"으음, 범인이 등 뒤에서 귓불 밑을 칼로 찌른 게로군. 불이 난 것을 최초로 목격한 자가 누구냐?"

현감의 고함 소리와 함께 차기중의 이웃을 상대로 탐문이 시작되었다. 구경꾼들 틈에 섞여 있던 연암은 슬며시 빠져나왔다.

"차기중의 동태를 잘 살피라 했거늘 어찌 이런 일이 벌어진 것인가?"

연암이 질책 섞인 목소리로 물었다. 『교산기행』의 행방을 밝혀줄 유일한 인물이 사라졌다. 더 나아가 이번 사건의 배후 인물을 찾을 수 있는 기회도 물거품처럼 사라졌다.

"죄, 죄송합니다."

마종삼은 차기중이 불에 타 죽은 게 자신의 잘못이라도 되는 듯 고개를 들지 못했다.

"차기중이 그동안 집에만 있었는가?"

"아닙니다. 사시 무렵에 집을 나와 혜국사란 사찰에 갔었습니다. 그 뒤로 차기중이 집에 들어오는 걸 보고 잠시 저잣거리에 간 사이에 그만……."

허탈하고 막막한 일이었다. 차기중은 문초한 지 불과 하루 만에 검게 탄 주검으로 발견되었다. 그를 미끼로 활용하려던 계책도 수포로 돌아가고 말았다. 짐작건대 차기중을 살해한 범인은 조열과 박만득을 살해하도록 사주한 이와 동일 인물일 것이다. 이는 곧 그들 사이에서 무언가 일이 꼬이거나 틀어졌음을 의미했다. 이도 저도 아니면 아예 차기중이라는 하수인을 없애 근심의 싹을 도려내려는 수작일 수도 있었다.

"여기 있었구랴."

그때 최 봉사가 연암 옆으로 다가왔다. 최 봉사도 차기중의 초가에서 구경꾼들 틈에 섞여 있던 모양이었다. 연암이 예를 갖춰 고개를 숙였으나 최 봉사는 고개를 꼿꼿이 세우고 연암을 매섭게 노려보았다.

"일전에 차기중의 집을 물어본 적이 있지 않소?"

최 봉사의 목소리는 한겨울 얼음장처럼 차가웠다. 그랬다. 최 봉사를 처음 만난 날 차기중의 집을 물었고, 최 봉사는 연암이 묵을 곳으로 가는 도중에 차기중의 집을 일러주었다.

"유람 길에 들른 것 같지는 않고…… 문경에까지 온 진짜 사유가 무엇이오?"

"……."

"이틀 전에 댁이 차기중의 집 주위를 기웃거리는 걸 본 사람이 있소. 그곳은 왜 기웃거린 것이오?"

연암은 어디서부터 말을 해야 할지 난감했다. 자칫하다가는 되레 차기중의 살해범으로 몰릴 수도 있는 일이었다.

"만약 관아에서 이런 사실을 알게 되면 댁의 처지도 곤란하지 않겠소?"

"실은 문경에 온 사유는 따로 있습니다. 모든 걸 말씀드리겠습니다."

최 봉사는 헛기침을 내뱉으며 고개를 치켜들었다.

"내 집으로 갑시다."

최 봉사는 연암의 말이 끝날 때까지 표정 없이 묵묵히 듣기만 했다. 이따금씩 고개를 끄떡거리기도 하고 가벼운 탄식을 흘리기도 했다. 연암은 부안에 들러 문경에 오게 된 사유, 조열과 박만득의 죽음, 허균의 『교산기행』, 차기중을 문초한 일에 대해 가감 없이 털어놓았다. 언제 이리도 많은 일이 벌어졌는지 연암 스스로도 놀랄 지경이었다.

"대체 『교산기행』이 어떤 서책이기에 이런 망측한 일이 벌어진 것이오?"

최 봉사는 연암의 말이 끝나자 고개를 절레절레 흔들었다.

"홍길동의 행적을 쫓아 쓴 책이라 했는데, 그 내용이 예사롭지 않습니다."

"세 명의 목숨이나 앗아 간 책이니 더 말해 무엇하겠소. 그렇다면 그 서책의 원래 임자는 누구란 말이오?"

"······."

"차기중을 문초할 때 그 얘기는 하지 않았소?"

"아무리 추궁해도 입을 열지 않았습니다."

"그럴 만도 하지. 차기중은 가벼운 인물이 아니오."

"그자를 잘 아십니까?"

"문경의 책쾌인데, 내 어찌 모르겠소. 차기중은 박만득과는 근본부터가 다른 인물이오. 의협심이 강하고 약조를 반드시 지키는 인물이오. 어느 누가 차기중에게 사주를 내린지는 알 수 없으나 보통 인물은 아닐 것이오."

"차기중은 『교산기행』이 세상에 나와서는 안 될 책이라고 했습니다. 아마 차기중에게 사주한 인물은 『교산기행』이 세상에 밝혀지는 걸 꺼렸던 것 같습니다."

"허허, 점점 알 수 없는 소리로군."

"혜국사는 어떤 사찰입니까요?"

옆에 잠자코 있던 마종삼이 끼어들었다.

"갑자기 그건 왜 묻소?"

"소인이 차기중의 동태를 살피기 위해 뒤를 미행했었습니다. 한데 그놈이 주흘산에 있는 혜국사로 들어가더군요. 사찰 안에 꽤 오랫동안 머물러 있었습니다."

"으음, 혜국사는 홍길동과도 인연이 깊은 사찰이오. 주흘산과 조령산이 관군들에게 점령당했을 때 홍길동 무리의 은신처 역할을 했던 곳이기도 하오."

"차기중과 혜국사의 관계가 의심스럽습니다. 문초한 지 얼마 되지 않아 그곳에 갔다면 특별한 사유가 있지 않겠습니까?"

연암은 차기중이 살해당하기 직전에 들른 혜국사를 주목했다. 대부분의 사람들이 예기치 않은 문초를 받은 후에는 심경의 큰 변화를 일으키기 마련이었다. 더군다나 차기중은 두 명을 손수 살해한 인물로 비밀을 지켜야 할 막중한 책무가 있었다.

"그걸 이제 와서 안들 무슨 소용이 있겠소. 어찌 됐든 하루속히 여길 떠나는 게 좋을 게요. 이런 사실을 관아에 다 털어놓는다고 해도 물증이 없으니 어느 누가 댁의 말을 믿겠소?"

"……."

"날이 밝는 대로 떠나도록 하시오. 이 몸이 댁을 위해 해줄 말은 이것밖에 없소이다."

5

"벌건 대낮에 뿔난 도깨비라도 봤느냐? 뭘 그리 놀라는 게냐, 껄껄껄."

가슴팍이 낚싯대에 걸려든 물고기처럼 거칠게 뛰었다. 허균은 어금니를 앙다물었다. 아무리 평정을 찾으려고 해도 사지가 말을 듣지 않았다. 봉추거사가 법당에 발을 들여놓으면서 노승의 목탁 소리도 멈추었다.

"다시는 네놈의 상판대기를 볼 일이 없을 거라 여겼는데, 이리 만난 걸 보니 보통 인연이 아닌 게로구나, 껄껄껄."

말끝마다 저리 헛웃음을 달고 있지만, 틈틈이 허균에게 보내는 눈빛에서는 매서운 불똥이 튀고 있었다.

"네놈이 감히 여길 어찌 알고 찾아왔느냐?"

갑자기 봉추거사의 목소리가 법당 안을 쩌렁쩌렁 울렸다. 방금 전까지 희멀건 입주름을 매달던 얼굴을 싹 몰아내고 그곳에 섬뜩한 살기를 한가득 채워 넣었다. 허균은 정신을 차리려고 두 눈에 힘을 불어넣었다.

"이곳에 온 것을 누가 또 알고 있느냐?"

"……."

"허허, 이놈이 갑자기 벙어리가 되었느냐, 귀머거리가 되었느냐?"

봉추거사의 콧잔등이 사납게 일그러지자 젊은 승려가 허균 앞으로 다가와 허리춤에 찬 칼집을 만지작거리며 시위를 벌였다. 순순히 이실직고하지 않으면 당장이라도 시퍼런 칼을 꺼내 목을 내려칠 기세였다. 그러나 허균은 주눅 들지 않았다. 이럴 때일수록 몸가짐을 바로 하고 정신을 바짝 차려야 한다고 속으로 되뇌었다. 허균 옆에 무릎을 꿇고 있는 길참의 등짝은 식은땀으로 흥건히 젖어 있었다.

"아무도 모릅니다."

"또 다른 일행은 없는 게냐?"

"그렇습니다."

"괘씸한 것! 아무리 부처를 모신 도량이라고 해도 넘봐서는 안 될 곳이 있느니라. 뿌리 깊지 못한 인연은 때로 악연으로 돌변할 수도 있으니 구만리 같은 네놈의 앞날이 무간(無間)의 불지옥으로 떨어질지 어찌 알겠느냐?"

"송구스럽습니다. 귀신에 씌었는지 제 눈이 잠깐 멀었나 봅니다."

허균은 고개를 세우고 또박또박 뱉어냈다.

"다시 한 번 묻겠다. 이곳을 아는 자가 또 있느냐?"

"없습니다."

"네놈은 관아 객사의 뜨신 구들장에 머무르고 고을 현감과도 막역한 사이라고 하는데, 그게 말이 되는 소리란 말이냐?"

허균의 입술이 바싹 타들어갔다. 허접한 말 한마디가 생사의 경계를 넘나들게 하고 천명을 앞당겼다. 관아 객사에 머물고 있는 것을 알 정도라면 이미 문경에서의 행적은 다 드러난 셈이었다.

"이곳을 알게 된 것은 하루가 채 되지 않았습니다. 저는 재물에 눈이 어두워 이곳에 온 게 아니며, 관아의 명을 받아 온 것도 아니며, 허튼 공명심으로 애먼 이들을 밀고하려고 한 것은 더욱 아닙니다. 다만 홍길동의 마지막 행적이 어떠했는지, 홍길동이 이른 곳이 어디인지 알고자 하였을 뿐입니다.”

“닥치거라, 이놈!”

홍길동 소리가 나오자 봉추거사는 소리를 버럭 질렀다. 봉추거사의 눈빛이 금방이라도 허균을 집어삼킬 듯 이글이글 타올랐다.

“저야 이제 목숨이 다한 것을 잘 알고 있습니다. 저승길에 가기 전에 홍길동이 머문 곳이 어디인지⋯⋯.”

“네놈이 그걸 알아서 뭘 어쩌겠다는 게냐? 홍 장군의 혼백을 찾아 별구경이라도 해보겠다는 게냐?”

“⋯⋯.”

“내 일찍이 몸을 함부로 굴리지 말라고 하지 않았느냐. 한데 예까지 굴러온 걸 보니 네놈의 팔자도 참으로 고약한가 보구나, 쯧쯧.”

봉추거사가 두 눈을 지그시 감자 칼을 찬 젊은 승려가 허균 앞으로 바짝 다가섰다.

“나, 나리⋯⋯.”

길참의 목소리가 아련하게 들려왔다. 아아, 이대로 파란만장한 생을 마감하는 것인가. 마흔넷에 이르기까지 수많은 난관과 고초를 겪었지만, 지금처럼 목숨이 코앞에서 간당간당한 적은 없었다. 역모를 꾀한 것도 아니고 중한 범죄를 저지른 것도 아닌데, 어찌 이 낯선 객지에서 정체 모를 노인네에게 이승에서의 마지막을 맡겨야 하는가. 그때 낯익은 글귀가 허균의 눈을 촉촉이 적셔왔다.

寺在白雲中

절집이라 구름에 묻혀 있기로

白雲僧不掃

구름이라 스님은 쓸지를 않아

客來門始開

바깥손 와서야 문 열어보니

萬壑松花老

온 산의 송화꽃 하마 쇠었네

"저, 저것은 손곡 선생의 글귀가 아니옵니까?"

허균은 한 가닥 지푸라기라도 잡는 심정으로 크게 소리쳤다. 이 깊은 산사에서 손곡 선생의 글을 보게 되다니, 너무도 뜻밖의 일이라 어안이 벙벙했다. 손곡 선생의 글은 법당 안쪽에 편액으로 걸려 있었는데, 가만히 살펴보니 손곡 선생의 친필이 분명했다.

"네놈이 손곡을 어찌 아는 게냐?"

봉추거사가 두 눈을 가늘게 뜨고 물었다.

"저는 손곡 선생과 남다른 친분이 있습니다."

허균이 빠르게 봉추거사의 말을 받았다.

"제 나이 열세 살에 손곡 선생을 처음 만나 시를 배웠고, 누이 역시 손곡 선생에게 시를 배웠습니다. 그리고 후대에 귀감이 되도록 선생의 시고(詩稿)를 모아 『손곡집(蓀谷集)』을 만들었습니다."

"허허, 그럼 『손곡집』을 만든 이가 바로 네놈이란 말이냐?"

"저는 양천 허씨 허엽의 아들 허균이라고 합니다."

"오오, 정말 기이한 인연이로다, 기이한 인연이로다."

시퍼렇게 날이 서 있던 봉추거사의 말투가 한결 누그러졌다.

"손곡 선생은 제게 시뿐만 아니라 인생의 섭리를 일깨워준 큰 스승이었습니다."

문득 백학봉 움막에서 들은 봉추거사의 어투가 떠올랐다. 홍길동을 말할 때의 그의 말투나 표현이 손곡 선생과 닮지 않았던가. 그러고 보니 이곳 문경은 손곡 선생과도 무관한 곳이 아니었다. 한때 방랑 시인으로 불렸던 손곡 선생은 깊은 산이든 계곡이든 가리지 않고 정처 없이 떠돌아다녔다.

"한데 어찌 이곳에 손곡 선생의 글이 있사옵니까?"

"혜국사는 손곡과 인연이 깊은 절이니라."

"그럼 손곡 선생과는 어떤 친분이신지……."

허균은 말끝을 흐리며 봉추거사의 눈치를 살폈다. 그러나 봉추거사는 별 대꾸 없이 손곡 선생의 편액을 물끄러미 바라만 보았다.

"허허, 손곡의 영기가 때맞춰 나타난 걸 보니 저승사자가 네놈을 데려가기에는 아직 이른가 보구나. 이놈들의 결박을 풀어주어라."

젊은 승려가 다가와 허균의 몸에 묶인 오랏줄을 풀었다. 길참의 얼굴은 저승 문턱에라도 다녀온 듯 허옇게 질려 있었다.

"이제 물러가거라……."

"……."

"뭘 꾸물거리는 게냐, 어서 물러가지 않고!"

그러나 허균은 꼼짝 않고 법당 바닥에 눌러앉았다. 어렵사리 명줄을 늘려 이곳에 발을 붙이고 있는 이상 반드시 밝혀야 할 게 있었다.

"저 평 자 문양은 무얼 뜻하는 것이옵니까?"

허균이 신장단에 새겨진 평 자 문양을 가리켰다.

"네놈은 바다가 어떻게 생겼는지 알고 있느냐?"

"……."

"바다에는 곡(曲)이 있을 수가 없다. 강과 계곡은 굽이가 있고, 땅과 산은 높고 낮음이 있지만, 바다는 오로지 하나로 통하며 평을 이루지 않더냐. 어느 한쪽으로 기우는 법이 없으며, 어느 한 곳 끊기지 않고 사방팔방 곧게 뻗어 있다. 평 자는 바로 대해를 가리키니 만백성이 하나이며, 타고날 때부터 차별 없는 세상을 이르는 것이니라. 모든 무리가 똑같음을 평등(平等)이라 하고, 근심 걱정 없는 마음을 평상(平常)과 화평(和平)이라 함과 같은 이치니라."

이번에는 늘 가슴에 품고 있던 화두를 꺼냈다.

"홍 장군이 간 곳은 어디이옵니까? 정녕 조선을 떠나 먼 남쪽 섬에 새로운 나라를 세운 겁니까? 저 평 자 문양이 새겨진 패찰이 홍 장군에게로 갈 수 있는 표식이옵니까?"

허균은 자신도 모르게 '홍 장군'이라는 존칭을 입에 올렸다.

"신의를 저버리면 앞길이 순탄치 않은 법이며 인연을 저버리면 자칫 비수로 돌아오는 법이니라. 손곡의 빼어난 시가 네놈을 살려두었다만 그것이 언제 또 비수로 변할지 어찌 알겠느냐?"

"말씀해주십시오. 그날 백학봉에서 홍 장군의 꿈과 이상에 대해 이르시지 않았습니까? 장부가 뜻을 품어 원대한 꿈을 펼쳐야 백성이 따르고, 개벽의 날이 올 것이라 하시지 않았습니까?"

두 눈을 지그시 감은 봉추거사의 얼굴에 잠시 회한의 빛이 스쳐 지나갔다.

"내 방금 뭐라 했느냐, 평 자는 대해와 같다고 하지 않았느냐? 바다 한가운데 섬이 있고, 그 섬에서 오순도순 삼 대가 모여 사니 부러울 게 또 무엇이 있겠느냐?"

"그, 그럼……."

봉추거사는 오 척의 몸을 일으켜 세운 후 허균을 빤히 쳐다보았다.

"너무 많은 것을 알려고 하지 마라. 그런 허튼 망상이 네놈의 명줄을 끊으려 하지 않았느냐. 어서 물러가거라."

6

연암은 눈을 뜨자마자 암괭이처럼 슬그머니 초가 별채를 나섰다. 동이 트기에는 아직 이른 시각이었다. 마종삼은 영문을 모른 채 두 눈을 비벼대며 느적느적 연암의 뒤를 따랐다.

"대체 어딜 가시는 것입니까?"

연암은 안채 노인이 잠에서 깰까 봐 발뒤꿈치를 들었다. 어디선가 개 짖는 소리가 요란하게 들려왔다.

"차기중의 집일세."

차기중은『교산기행』이 매우 귀중한 서책임을 잘 아는 책쾌였다. 따라서 자신에게 사주한 인물에게『교산기행』을 넘기기 전에 이를 필사해두었을지도 모를 일이었다. 어젯밤 초가 별채로 돌아온 연암은 차기중의 집에 한 가닥 기대를 걸었다. 지금으로서는 달리 비벼댈 언덕도, 어디 쑤셔볼 만한 곳도 없었다. 그렇다고 온갖 의혹을 접어둔 채 이대로 녹림호객의 품을 떠날 수는 없었다.

"그럼 차기중의 집에『교산기행』의 필사본이 남아 있다는 소립니까?"

"그야 장담할 수 없지만 필사본이 남아 있다면 천우신조가 아니고 무엇인가."

연암은 먼 하늘을 응시하며 터벅터벅 걸어갔다. 그믐달이 사라진 하늘에 샛별이 밝게 빛나고 있었다. 오늘따라 남은 생명을 불태우려는 듯 샛별이 유난히 반짝거렸다. 저 샛별 속에서 곱게 화장을 한 누이가 함박 미소를 짓고 있었다. 아련한 기억의 물살이 가슴속으로 천천히 밀려들었다.

누이는 샛별을 유달리 좋아했다. 시집가던 날에도 샛별을 보며 고이 화장을 했다. 그때 연암의 나이 겨우 여덟 살이었다. 누이가 시집가면 이제 누가 가슴을 어루만져줄 것인가. 난데없이 심병이 도질 때마다 누이가 연암 곁에서 긴 밤을 함께 지새웠다. 그런 연암의 애달픈 마음을 알았는지 누이는 오리 모양의 옥비녀와 벌 모양의 금노리개를 어린 연암에게 내주며 오누이의 훈훈한 정표로 삼았다.

누이가 유명을 달리한 지 열 해가 넘었다. 천명을 돌이킬 수 없듯 떠나는 자나 보내는 자나 훗날을 기약할 수 없었다. 연암은 지금도 매형이 배를 타고 떠나던 모습을 잊을 수가 없었다. 벼슬을 하지 못한 매형은 누이를 묻고 어린 자식들과 계집종 하나를 이끌고 산골로 들어가는 배를 탔다. 궁핍한 생활을 견디다 못해 매형은 세상을 등지고 산속으로 들어가겠다고 최후통첩을 했다. 그날 연암은 강가에 말을 세워놓고 나룻배가 떠나는 모습을 멀리서 지켜보았다. 누이의 환영은 나룻배가 사라질 때까지 연암의 눈 끝에서 떠나지 않았다. 강 건너 우뚝서 있는 푸른 산은 누이의 머리채 같고 강물의 풍광은 누이의 거울 같고 샛별은 누이의 맑은 눈망울 같았다. 이제 누이의 모습은 볼 수가 없구나. 누이의 따뜻한 약손도, 샛별을 닮은 눈망울도 영원히 볼 수가 없구나. 남매로 지낸 세월이 왜 이리 짧고 빠르게 지나갔는지 서럽고 안타까웠다. 연암은 두포에서 배를 타고 가는 매형의 식구들을 배웅하며 하염없이 눈물을 흘렸다.

"저걸 보십시오."

마종삼의 차가운 목소리가 잠시 감상에 젖어 있는 연암의 머리에 폭포수처럼 쏟아졌다. 그새 샛별은 온데간데없이 자취를 감추었다.

"설령 그놈의 집에 필사본이 있었다고 해도 어디 온전히 남아 있겠습니까?"

화마의 열기는 잦아들었으나 초가 안은 새카맣게 그을어 성한 곳이 없었다. 마종삼은 선뜻 초가 안으로 들어가지 못하고 고개를 주억거렸다.

"왜 그러나?"

"이곳에 발을 들여놓았다가 이웃 사람들에게 발각되면 어찌합니까? 최 봉사의 말대로 꼼짝없이 살해범으로 몰릴 수도 있지 않겠습니까요?"

"내키지 않으면 그만두게, 나 혼자 들어갈 테니."

"아, 아닙니다."

마종삼은 그제야 사위를 두리번거리며 초가 안으로 들어섰다.

"일단 두 눈에 불을 켜고 찾아보세."

그러나 어디서부터 손을 써야 할지 엄두가 나지 않았다. 두 눈에 잡히는 것이라고는 검은 재와 타다 남은 목재, 잡동사니뿐이었다. 한 차례 바람이 스쳐 지나가자 옷깃에 검은 재가 더덕더덕 달라붙었다. 연암은 검은 재가 쌓여 있는 툇마루를 지나 방 안으로 들어섰다. 방바닥에는 이미 누군가 다녀갔는지 발자국이 선명하게 찍혀 있었다.

서책은 어디에 두었을까? 손과 발이 닿는 대로 초가 곳곳을 쑤시고 다녔지만 매번 헛손질이었다. 비록 책이 불에 탔어도 흔적은 남아 있기 마련이었다. 그래도 명색이 책쾌인데 초가 안에 책이 한 권도 보이지 않다니, 조열처럼 따로 서고를 마련한 것은 아닐까.

"차기중이 이곳에 서책을 보관한 것 같습니다."

툇마루 밑의 섬돌 주위를 뒤지던 마종삼이 서책 보관 장소를 찾아냈다. 마루 밑으로 무릎 높이만큼 책이 쌓여 있었는데, 불길이 어찌나 사나웠는지 온전하게 남아 있는 책이 한 권도 없었다. 손길이 닿자마자 이내 검은 재로 변해 맥없이 부서졌다.

"저건 뭔가?"

검게 탄 서책 옆으로 낱장의 종이가 이리저리 굴러다녔다. 마종삼은 툇마루 밑으로 얼굴을 처박고 들어가 낱장의 종이를 집어 들었다.

"이, 이건『교산기행』을 필사한 종이 같습니다."

연암은 마종삼이 들고 있는 종이를 낚아챘다.

홍길동이 천수를 다 누리고 저세상에 간 것인지 택당이 가져온 공문대로 문경 관아에서 참수형에 처해진 것인지 도통 아는 이가 없었다. 어딜 가나 홍길동을 도술가이며 신선이라 여길 뿐 천명을 타고난 인간으로 받아들이지 않으니 참으로 탄식할 노릇이었다. 문경에서 만난 사람들의 얘기를 가만히 듣노라면 중국 송나라 때의 설화집인『태평광기(太平廣記)』에 나오는 도술가와 신선을 잘 엮어놓은 것 같아 귀담아 듣는 것이 되레 경솔한 일이었다. 과연 이곳에서 걸물의 자취를 밝힐 수 있을지 확신이 서지 않았다.

내 일찍이 홍길동을 기록한 문서를 찾기 위해 조선 팔도를 누비며 공을 들였으나 인연이 닿지 않아 허사로 돌아갔다. 바람 따라 들려오는 소문에는 난삽하고 기이한 행적만 나돌아 미혹만 일으킬 뿐 무엇 하나 이목을 밝히는 게 없었다. 그런데 문경에 이르러서야 비로소 원하는 것을 손에 넣으니 그간의 치성이 헛되지 않음을 보여주었다. 이 문서는 모두 경신년에 기록된 것인데, 그중에는 홍길동의 책사로 알려진 맹춘이 주흘산 고모산성에서 제포

됐을 때의 문서도 있었다.

연암의 두 눈에 섬광이 번뜩였다. 이 글에는 홍길동의 행적을 찾아가는 허균의 자취가 담겨 있었다. 비록 불에 그슬려 글자를 식별하기가 수월치 않으나 『교산기행』을 필사한 것만은 틀림없었다. 차기중이 『교산기행』을 필사한 후 낱장의 종이를 묶지 않고 서책 옆에 둔 것이었다.

"다른 필사지도 있을 터이니 어서 더 찾아보세."

연암은 소매를 걷어붙였다.

"여기 또 있습니다!"

마종삼은 어느새 툇마루 안쪽까지 기어 들어가 또 한 장의 필사지를 찾아냈다.

아무리 소설이란 게 붓끝 가는 대로 써지는 것이라고 해도 실제 존재했던 인물을 쓰는 데는 숱한 어려움이 따르기 마련이다. 성인군자를 역적으로 몰 수 없듯이 가공을 해도 정도껏 해야 하고 거간꾼처럼 술수를 부렸다가는 차라리 쓰지 않는 것만 못하다. 홍길동이라는 인물은 삼척동자도 다 알고 있는 터라 여간 신경이 쓰이지 않는다. 그래서 꿈과 생시를 엄연히 분간해야 하고 필부들의 잡담이나 바람결에 묻어오는 소문이라도 소홀히 해서는 안 된다.

봉추거사에게서 전해 들은 홍길동의 자취는 팔도에 떠도는 풍문과는 격이 달랐다. 홍길동의 출생에서 출가, 그리고 호방한 녹림 호객의 수령이 되기까지 그의 말을 빠짐없이 기록하여 문장으로 드러내니 하나의 열전(列傳)이 원고 속에 가득 채워졌다.

"오오."

연암은 몸을 납작 낮춰 툇마루 밑으로 기어 들어갔다. 코앞에 『교산기행』을 필사한 종이가 있는데 체면을 가릴 형편이 아니었다. 툇마루 밑을 쥐새끼처럼 뒤지고 다니느라 옷은 흙과 재로 뒤범벅이 되었다. 숨을 고를 때마다 매캐한 재가 한 움큼 입안으로 빨려 들어왔다.

동이 틀 무렵까지 툇마루 밑을 뒤져 긁어모은 필사지는 모두 여섯 장이었다. 두 장은 화마가 비켜 가 온전했고, 나머지 네 장은 반쯤 타다 만 것이었다. 이것만으로도 대단한 수확이었다. 이 필사지 중에는 허균이 혜국사에 들렀다가 곤경에 처한 글도 있었다.

7

천운이 따랐는지 목숨만은 간신히 건졌다. 봉추거사의 벼락같은 목소리가 법당을 울릴 때만 해도 검은 두루마기를 걸친 저승사자가 법당 밖에 우두커니 서 있었다. 그때 손곡 선생의 글귀가 보이지 않았다면 어찌 되었을까. 하해와도 같은 손곡 선생의 은덕이 서늘한 등줄기를 보듬어주었다. 허균은 옛 기억을 더듬으며 손곡 선생의 말을 떠올렸다.

"절친한 벗 중에 홍길동을 명쾌히 논하는 이가 있었다. 그의 말을 듣노라면 하도 절절하고 생생하여 마치 홍길동이 이승으로 환생하여 내 곁에서 멋들어진 풍월을 읊는 것 같았다."

봉추거사는 도통 알 수 없는 인물이었다. 아차실을 떠날 때는 온갖 의문으로 뒤꽁무니를 가득 채우더니 문경에 와서는 명줄을 쥔 염라로 변해 하나뿐인 숨통을 죄어왔다. 게다가 손곡 선생과도 두터운 친분이 있다 하니 그의 정체를 가늠조차 할 수 없었다.

날이 밝아오자 허균은 객사를 슬그머니 빠져나왔다. 혜국사를 다녀온 후 객사 안에서 동이 트기만을 기다리고 있었다.

"토굴 안에 홍 장군의 행적을 밝혀줄 단서가 있을지도 모르오……."

최방원 또한 봉추거사 못지않게 장막에 가려진 인물이었다. 홍길동의 친필이라고 내민 글은 그 속에 담긴 내용을 떠나 출처가 의심스러웠다. 허균은 관아 뒷문을 빠져나와 담벼락 쪽으로 다가섰다.

토굴은 관아 뒷문 옆의 담벼락과 이어져 있었다. 관아 담장 옆으로 흙더미가 층층이 쌓여 있었고, 흙더미 너머에 평평하게 다진 땅이 살짝 드러났다. 이 토굴은 관아의 잡동사니를 쌓아두는 곳으로, 전쟁이나 민란 발생 시에는 수령의 은거지로 사용되었다. 토굴 안에는 녹이 슨 무기와 갑옷, 그리고 철로 만든 갖가지 연장들이 뒤죽박죽 섞여 있었다.

"이보게, 교산!"

그때 등 뒤에서 똑 부러진 목소리가 표창처럼 귀에 꽂혔다.

"거기서 무얼 하는 건가?"

뒤를 돌아보니 염기출이 토굴 입구에 곡두처럼 서 있었다. 허균의 몸은 몹쓸 짓을 하다가 들킨 철부지처럼 뻣뻣하게 굳어졌다.

"어서 이리 나오게. 그곳엔 아무것도 없네."

참담한 일이었다. 허균의 얼굴에는 모욕감과 배신감, 그리고 당혹감이 복잡하게 얽혀 있었다.

"자네가 처음 문경에 왔을 때부터 홍길동에게 지대한 관심이 있다는 것을 잘 알고 있었네."

허균은 애써 염기출을 외면하고 동이 터오는 주흘산으로 고개를 돌렸다. 관아 뒷문을 빠져나올 때도 염기출이 기거하는 내아에서는 전혀 기척이 없었는데, 어떻게 토굴에 온 것을 알았을까.

"읍성 안을 돌아다니며 홍길동의 행적을 묻고 다닌 것도, 교귀정의 가짜 홍길동의 무덤을 찾아간 것도 알고 있었네. 이제 예까지 왔으니 속 시원히 털어놓게나."

억장이 소리 없이 무너졌다. 염기출이 지난 행적을 들춰가며 한 마디씩 내뱉을 때마다 허균은 모욕감에 치를 떨었다. 어떻게 오랜 벗을 이리 능멸할 수 있단 말인가. 그렇게 꽁무니를 졸졸 따라다녔으면서도 전혀 내색을 하지 않고 짐짓 딴청을 부리다니. 세상이 어수선하니 저 올곧고 강직하던 사람도 술수에 능한 모사꾼으로 변했단 말인가. 허균은 화를 삭이느라 연신 콧바람을 내뿜었다.

돌이켜보니 홍길동의 은거지에서 관군들에게 발각되었을 때부터 염기출의 행실이 미심쩍었다. 그날 돗자리 두 닢 위에서 술자리가 파할 때까지 염기출은 전혀 눈치를 주지 않았다. 허균이 문경에 왜 왔는지, 홍길동의 은거지에 왜 갔는지 단 한 번도 입에 올리지 않았다.

"진작 눈치라도 주었으면 이런 험한 꼴은 보이지 않았을 게 아닌가."

허균은 대놓고 염기출에게 섭섭한 감정을 드러냈다.

"오해하지 말게. 난 자네의 비범한 능력을 보고 싶었던 것뿐일세."

"비범한 능력이라니?"

"자네는 호기심이 많고 푸는 재주 또한 남달리 뛰어나지 않은가. 그래서 내가 이 고을에서 풀지 못한 것을 자네의 그 비상한 머리로 해결해주리라 믿었던 것일세. 이제 비로소 때가 온 것 같으니 서로 합심하는 게 어떠한가. 내가 알고자 하는 것이 곧 자네가 궁금하게 여기는 것과 일치할 테니 말일세."

"객사까지 선뜻 내준 호의도 다 그럴 만한 사유가 있었군."

"그동안 자네에게 속내를 비치지 않은 것은 오랜 벗으로 취할 행동이 아니었네. 내 진심으로 머리 숙여 용서를 구할 테니 그만 노여움을 풀게나."

그제야 허균의 노기가 다소 누그러졌다.

"나 또한 이곳에 부임한 이후부터 홍길동의 행적에 의문을 가지고 있었네. 자네도 읍성을 돌아다녀서 잘 알겠지만 이곳에는 아직도 홍길동의 자취가 남아 있지 않은가. 백 년이 훨씬 지난 도적 우두머리의 자취가 호사가들의 옛날이야기로 그치지 않고 지금까지도 속절없이 이어지고 있으니 여간 골칫거리가 아닐 수 없네. 게다가 해마다 고을 사람들이 소리 소문 없이 사라지는 일이 거듭되니 어찌 팔짱 끼고 바라만 볼 수 있겠나. 자네도 지방 관직을 두루 거쳤으니 내 심경을 잘 헤아릴 걸세."

"홍길동이 문경에서 종적을 감춘 게 언제인가? 듣자 하니 경신년 10월이라고 하던데."

"허허, 역시 자네답게 많은 것을 알아냈군. 하나 홍길동은 경신년에 사라진 게 아니라 한 해 전인 기미년에 이미 종적을 감추었네."

기미년에 홍길동이 사라졌다니, 그것은 처음 듣는 소리였다.

"진짜 홍길동은 기미년에 문경을 떠났고, 그 후 도적 무리들을 지휘한 것은 가짜 홍길동이었네."

"교귀정에 있는 무덤이……."

"맞네. 바로 그 무덤 속 인물이 경신년에 장노균에게 체포되었던 가짜 홍길동일세. 진짜 홍길동은 기미년 2월부터 문경을 떠날 채비를 하느라 식량과 무기를 은거지에 비축하고 있었네. 자네에게 보여줄 게 있으니 날 따라오게."

염기출이 허균을 데리고 간 곳은 관아 서고였다. 염기출은 양옆에 가지런히 놓여 있는 서가를 훌쩍 지나치더니 서고 안쪽으로 들어갔다. 그곳은 며칠 전 허균이 서고에 들어왔을 때 미처 발길이 닿지 않은 곳이었다.

"여기에 고을 현감인 김부영이 남긴 문서가 있네."

"김부영은 누군가?"

"조정에서 장노균을 파견하기 전에 고을 수령을 맡았던 인물일세."

염기출은 문서 보관함 뒤쪽에서 붉은 천이 덮인 나무 상자를 열었다.

"이 문서에는 홍길동에 대한 내용이 잘 나타나 있네."

홍길동의 영험한 재주나 기개는 어디에서 나오는 것인가. 난잡한 도적 무리들을 통솔하고 각성시켜 그 대오가 하늘을 찌를 기세다. 이들 무리는 깊은 계곡과 산속을 날랜 산짐승처럼 휘젓고 다니면서 관군의 창과 칼을 우롱하고 희롱한다. 행여 관군에게 포박당해도 무릎 꿇는 이가 없고 머리 조아리며 목숨을 구걸하는 이도 없다. 되레 고개를 빳빳이 들고 장렬하게 죽음을 택하니 어찌 이들을 섬멸할 수 있단 말인가. 이들은 홍길동을 홍 장군이라 하여 깍듯하게 예우하고 섬기니 마치 군주 앞의 충신과 다름이 없다. 홍길동의 은신처를 물어도 순순히 대답하는 이가 없고, 오히려 신의와 약조를 내세워 관군의 기를 꺾으니 그 기백이 놀라울 따름이다. 이런 충절이 한낱 도적 무리에게 나올 수 있다는 것이 신기하면서도 그 기개에 탄복하지 않을 수 없다. 고을 백성 또한 홍길동을 친부친형처럼 여기고 있어 관군에게 협력하는 자가 없으니 조정의 명을 완수할 수 있을지 걱정이 아닐 수…….

경신년이 되자 고을에는 요상한 풍문이 끊이지 않았다. 주흘산에 은거하던 홍길동 무리들이 하나둘씩 사라지더니 급기야는 모두 자취를 감추었다. 돌림병이 돈 것도 아니고 관군이 소탕한 것은 더욱 아닐진대 어찌 이들이 종적을 감추었는지 아는 이가 없어 여러 소문만 무성했다.

놀라운 일이었다. 고을 현감이 한낱 도적 우두머리에 불과한 자에게 이런 찬미의 글을 적다니. 이 글은 봉추거사나 최방원이 침을 튀겨 가며 했던 말과도 그리 다르지 않았다.

"아래 글귀에…… 고을 사람들이 사라졌다는 것은 무슨 소린가?"

문경에 도착한 후로 그와 유사한 풍문을 여러 차례 들었다. 그러나 아직 이에 대해 명쾌하게 말해주는 이는 없었다. 염기출은 대답 대신 품 안에서 평 자 문양의 패찰을 꺼냈다.

"이 패찰을 본 적이 있는가?"

순간 허균의 몸이 바짝 쪼그라들었다. 꼽추가 지니고 있던 것과 똑같은 패찰이었다.

"처음 보는 것이네. 대체 그게 무엇인가?"

허균은 시치미를 뚝 떼고 되물었다.

"도적 무리들이 이 패찰로 고을 사람들을 현혹하는 것이라네. 이를테면 놈들의 접선 표식이라고나 할까."

염기출은 다시 패찰을 품에 넣고는 낮은 소리로 말했다.

"이제 머지않아 도적 무리들의 정체도 만천하에 드러나고 모든 의혹이 풀릴 걸세."

"……"

"제아무리 입단속을 하고 신의를 내세워도 어디든 무리와 어울리지 못하는 자가 꼭 있기 마련 아닌가, 하하."

"일말의 단서라도 잡은 게로군."

"두고 보면 알 걸세. 하루속히 도적 무리든 주모자든 빠짐없이 잡아들여 괴이한 소문의 정체를 밝혀야 하네. 이를 등한시하면 앞으로 무슨 변괴가 일어날지 후일을 장담할 수 없네."

허균은 혜국사에 있는 봉추거사와 젊은 승려들을 떠올렸다. 바로 이들이 염기출이 두 눈에 불을 켜고 잡으려는 주모자들이었다.

"만에 하나, 그들 무리를 잡아들이면 어찌할 텐가?"

"허허, 그걸 지금 말이라고 하는가. 그 즉시 참수형에 처해야 할 게 아닌가. 백성들이 일은 하지 않고 저리 넋 놓고 수군거리는 걸 보고도 가만히 있으라는 소린가. 당장 목을 베어 저잣거리에 효시할 걸세!"

염기출은 그들이 옆에 있으면 당장이라도 목을 벨 듯이 목소리를 높였다.

8

"방금 뭐라 하였소? 차기중의 집에 갔었다고?"

최 봉사의 얼굴이 화로처럼 붉게 달아올랐다.

"허허, 이거 정말 큰일 날 사람이로군."

최 봉사는 찬바람을 일으키며 등을 휙 돌렸다. 이미 예상하던 바였다. 날이 밝으면 문경을 떠날 줄 알았는데, 되레 차기중의 집에 갔었다 하니 최 봉사가 노여워하는 것은 당연했다. 연암은 아무런 대꾸도 하지 않고 최 봉사의 노기가 풀릴 때까지 기다렸다.

"차기중의 집에는 왜 간 것이오? 아직도 밝혀야 할 게 남았던 게요?"

최 봉사는 노기가 가라앉았는지 등을 돌려 연암과 마주했다. 연암은 다소곳한 자세로 미리 준비한 말을 풀어냈다.

"차기중의 집 툇마루 밑에서 『교산기행』을 필사한 종이를 발견했습니다. 차기중은 필사한 종이를 묶지 않고 낱장으로 섬돌 옆에 은닉해 두었는데, 대부분 불에 타 소실되었지만 다행히도 몇 장은 온전히 남아 있었습니다. 화마를 피한 필사지 중에는 교산이 혜국사에서 겪은 일을 적은 글도 있었습니다."

연암은 품 안에 있는 필사지를 꺼내 최 봉사 앞에 내밀었다.

혜국사 경내에 들어서자마자 봉추거사와 조우했다. 기이한 인연이었다. 아차실을 나설 때 봉추거사를 만나지 못하고 떠난 것이 내내 아쉽고 서운했는데, 하늘이 내 심경을 알고 그와의 만남을 허락하니 보통 인연이 아니었다.

하나 그의 위세는 아차실에서와 달라 염라의 사신이라도 되는 듯 천명을 거스르며 내 숨통을 죄어왔다. 내 나이 마흔넷에 그날처럼 위태로운 적이 없었다. 바람 앞의 촛불 같던 목숨을 손곡 선생과의 친분 덕분으로 부지하게 되니 선생의 하해 같은 은덕에 머리를 조아리지 않을 수가 없다. 어려서는 스승이 되어 문장을 깨우쳐주고 불혹이 넘은 나이에는 저리 빼어난 시로 명줄을 늘려주니 이런 은덕이 또 어디에 있단 말인가.

돌이켜보건대 혜국사는 온갖 의혹을 잡아넣은 비밀 곳간과 같은 곳이었다. 홍길동이 살아서는 은거지 삼아 관군들의 눈을 피하고, 홍길동이 사라진 후에는 대를 이어 홍길동이 품은 뜻을 은밀하게 전하였다. 지금도 궁박한 고을 백성들이 혜국사 주위를 기웃거리며 그 은덕을 기다리니, 천년의 수려한 도량을 이어온 명찰(名刹)인지 도적 무리들이 우글거리는 요상한 절간인지 구분할 수 없었다.

연암이 최 봉사가 노여워할 것을 빤히 알면서도 그를 찾아온 것은 이 필사지 때문이었다. 허균은 혜국사를 가리켜 '온갖 의혹을 잡아넣은 비밀 곳간'이라고 했다. 『조령야담』에도 틈틈이 혜국사와 관련된 문장이 나오는데, 대부분이 기이한 내용을 담고 있었다.

"차기중은 살해당하기 직전에 혜국사에 갔습니다. 제가 보기엔 이번 사건과도 무관하지 않은 듯합니다."

연암은 어제 최 봉사가 흘린 말을 놓치지 않았다. 차기중과 혜국사의 관계를 물었을 때 최 봉사는 애써 모른 척하고 즉답을 회피했다.

"으음, 혜국사는 이래저래 박만득이나 차기중과도 맥이 닿는 사찰이오."

최 봉사는 혜국사에 대해 적혀 있는 필사지를 내려놓았다.

"애초에『교산기행』을 박만득이 가지고 있었다고 했소?"

"그렇습니다. 박만득이 그 서책을 훔쳐 한양의 책쾌에게 넘겨주었습니다."

최 봉사는 이제 뭔가를 알겠다는 듯 고개를 끄떡였다.

"박만득은 행실이 바르지 않은 인물이오. 평소 손버릇이 좋지 않아 고을 사람들도 그를 경계하고 멀리하였소."

"……."

"겉으로는 책쾌 행색을 하고 있으나 실은 깊은 산속의 절간을 돌아다니면서 사찰 유물을 도굴하고 훔치는 일로 입에 풀칠을 하였소."

그때 문득 조열의 봇짐 속에 불상과 은촛대가 있었다는 오작노의 말이 떠올랐다.

"지난겨울에는 박만득 그놈이 혜국사를 염탐하고 있다는 소리를 들은 적이 있소. 혜국사는 사찰 유물뿐만 아니라 희귀한 고서들도 소장하고 있는 곳이오."

"그럼 박만득이『교산기행』을 훔친 곳이……."

"전혀 근거가 없는 소리는 아니오. 박만득이 혜국사 경내에 사찰 유물을 훔치러 들어갔다가 그 서책을 발견했을지 어찌 알겠소. 그래도 명색이 책쾌인데『교산기행』이 어떤 책인지는 한눈에 알아보지 않았겠소?"

연암은 가볍게 고개를 흔들었다. 최 봉사의 말이 어느 정도 일리는 있으나 가슴에 와 닿지 않았다.

"만일 박만득이 혜국사에 침입해 사찰 유물을 건드렸다면 중운 스님이 그를 결코 가만두지 않았을 것이오."

"중운 스님이 누굽니까?"

연암이 빠르게 물었다.

"혜국사 주지요. 고승답지 않게 워낙 성질이 사납고 괴팍하여 한 치 앞을 내다볼 수 없는 인물이오."

연암은 두 귀를 쫑긋 세웠다. 최 봉사가 한 마디씩 뱉어낼 때마다 꼬인 매듭이 조금씩 풀려가는 느낌이 들었다.

"차기중은 혜국사와 어떤 인연이 있습니까?"

"그자는 불심이 지극한 인물이오. 크고 작은 우환이 생길 때면 혜국 사에 가서 불공드리는 일을 게을리하지 않았소. 지난해 그의 처가 병 으로 죽은 후에는 거의 매일같이 절에 드나들었소. 게다가 혜국사 스 님들과도 남다른 관계를 유지하고 있었소."

"그렇다면 차기중에게 사주한 인물이……."

연암은 말끝을 흐리면서 최 봉사의 얼굴을 훔쳐보았다. 최 봉사는 연암의 눈길이 부담스러운지 고개를 살짝 돌렸다.

"혜국사 내에 사찰 유물이나 고서를 보관하는 곳이 따로 있습니까?"

"혜국사에는 가지 않는 게 좋을 것이오."

"무슨 연유 때문입니까?"

"중운 스님이 애꿎은 선비에게까지 경을 칠지 어찌 알겠소. 살생을 금하는 불법과는 거리가 먼 인물이니 거리를 두는 게 좋을 것이오."

최 봉사는 그렇게 다 드러내고는 은근슬쩍 발을 빼려고 했다.

"귀담아 듣겠습니다."

연암은 예를 갖추고 최 봉사의 집을 나왔다.

9

이게 무슨 소리일까?

투박하게 땅을 구르는 소리, 누군가를 부르는 고함 소리, 이따금씩 말발굽 소리도 한데 뒤엉켜 귓불을 흔들었다.

동헌 앞뜰은 오합지졸로 난장판을 이루고 있었다. 수십 명에 이르는 관군들이 창을 들고 내아와 동헌, 질청 앞을 넘나들고 관아 뒤편의 마방에서는 말의 울음소리가 요란하게 들려왔다. 움직임이 가장 분주한 곳은 외삼문 쪽에 있는 군기고였다.

허균은 허겁지겁 객사 뜰로 나왔다. 솟을삼문을 넘어 질청 쪽으로 다가가자 아전들이 삼삼오오 모여 뭐라 수군거리고 있었다. 군기고 앞에서는 일렬로 대오를 갖춘 관군들이 무기를 배급받고 있었다.

"나리."

그때 군기고 앞에 있던 길참이 허균 앞으로 다가왔다.

"무슨 일이 있는 게냐?"

"관군들이 헤, 혜국사를 찾았나 봅니다요. 지금 곧 혜국사로 간다고 하는데 어찌하면 좋겠습니까요?"

무기를 배급받은 관군들이 하나둘씩 관아를 빠져나가고 있었다. 구군복 차림의 염기출은 옆구리에 칼을 차고 고래고래 고함을 지르며 관군들을 독려하고 있었다.

"저리 놔두다가는 봉추거사가 관군들에게 잡힐 게 빤해 보입니다요."

"이리 따라오너라."

허균은 군기고를 나와 내아 뒤편에 있는 관아 뒷문으로 다가섰다.

"넌 당장 혜국사로 달려가서 관군들이 가고 있다는 사실을 봉추거사에게 알리거라."

"아, 알았습니다요."

"관아 뒷문을 나서면 혜국사로 가는 지름길이 있을 것이다. 절대 관군들에게 발각되어서는 안 된다."

"염려 마십시오."

"어서 서둘러라."

봉추거사가 관군들에게 포획되도록 내버려둘 수는 없었다. 염기출에게는 오랜 벗으로서 할 짓이 아니나 어쩔 수 없는 일이었다. 허균은 봉추거사와의 짧고 굵은 인연을 여기에서 끊고 싶지 않았다.

관아 안은 을씨년스러웠다. 예닐곱 명의 관군만이 동헌 앞을 서성거릴 뿐, 나머지는 창칼을 들고 모두 혜국사로 몰려갔다. 늘 각양각색의 사람들로 북적거리던 질청 주변도 오늘만은 차분히 가라앉았다. 허균은 객사 안에서 초조한 마음으로 길참이 오기만을 기다렸다.

염기출은 원칙에 충실하고 타협을 모르는 인물이었다. 그는 봉추거사를 체포하자마자 즉시 참수하여 고을 사람들이 모두 볼 수 있도록 저잣거리에 효시할 것이다. 그리고 백성을 미혹에 빠뜨린 죄가 얼마나 크고 무서운지를 이웃 마을에게까지 널리 알리려고 할 것이다. 허균은 봉추거사가 문경을 무사히 빠져나가게 해달라고 손곡 선생에게 빌고 또 빌었다. 이번에도 영험한 기운을 앞세워 봉추거사의 눈과 발이 되어달라고 간곡히 청했다. 길참이 객사에 들어온 것은 해질 무렵이었다.

"어떻게 됐느냐? 봉추거사는 만나봤느냐?"

"그렇습니다요. 관군들이 몰려오고 있으니 어서 피신하라고 전했습니다요."

"잘했구나. 관군들은 봤느냐?"

"그럼요. 혜국사를 나오는데 산속에 관군들이 구름 떼처럼 쫙 깔려 있었습니다요. 자칫하다가는 주흘산을 벗어나기 전에 잡힐지도 모르겠습니다요."

"봉추거사는 뭐라고 하더냐?"

"다른 말은 없었고 떠나는 길에 나리께 이걸 전해달라고 하였습니다요."

길참이 품속에서 꺼낸 종이에는 다음과 같은 글귀가 적혀 있었다.

懷蘇子赤壁之遊 (회소자적벽지유)

夜泊牛渚懷古 (야박우저회고)

月明霧靄 山上無諍處 (월명무애 산상무쟁처)

"이게 무슨 글이냐?"

"저도 모르겠습니다요. 정신없는 와중에도 법당 안에서 이 글을 적어 주었습니다요."

"그럼 피신하기 전에 봉추거사가 적은 글이란 말이냐?"

길참이 고개를 끄떡였다.

"허허, 몸을 피하기에도 분주했을 터인데 어찌 이런 글까지 적었단 말이냐."

허균은 봉추거사가 적어 준 글을 다시 한 번 세심하게 훑어보았다. 이 글만으로는 무슨 필담을 나누려는 것인지 짐작이 가지 않았다. 틀림없이 깊은 곡절을 담은 것 같은데, 그 뜻을 해독하기가 쉽지 않았다.

염기출이 관아에 들어선 것은 일몰이 한참 지난 후였다. 솟을삼문을 넘어 동헌으로 향하는 그의 표정은 어둡고 침울했다. 양어깨는 축 처져 있고 발걸음은 족쇄를 찬 것처럼 무거워 보였다. 관아를 나설 때의 결연하고 비장한 기개는 어디에서도 찾아볼 수 없었다. 손곡 선생의 영기가 이번에도 이승의 구원을 받아들인 것일까. 염기출의 저 어두운 표정 속에 무사히 도피한 봉추거사의 얼굴이 스치고 지나갔다.

"주흘산에 갔다고 들었네만……."

허균은 염기출의 표정을 살피며 넌지시 물었다.

"한발 늦었네."

염기출은 주흘산 쪽을 쳐다보며 긴 한숨을 지었다.

"어찌 알았는지 모두 도피했더군. 법당 안에 향불이 타고 있는 것으로 봐서 피신한 지 얼마 되지 않아 보였네."

염기출은 내아 쪽으로 터벅터벅 걸어갔다. 관군들이 포위망을 좁혀 가며 혜국사를 덮쳤을 때는 이미 봉추거사와 젊은 승려들이 모두 피신한 뒤였다. 관군들은 밤늦게까지 주흘산을 뒤졌으나 끝내 그들을 찾아내지 못했다.

어스름한 달빛이 객사 창틈으로 기어 들어왔다. 잠이 오지 않았다. 허균은 뜬눈으로 멀뚱히 천장만 바라보았다. 불과 하루 사이에 여러 대소사를 벼락처럼 치른 것 같았다. 봉추거사는 어디로 갔을까? 또 그가 적어 준 글귀는 무엇을 뜻하는 것일까?

허균은 이부자리에서 뒤척이다가 청청한 달빛에 끌려 객사 뜰로 나갔다. 밤늦게까지 술렁이던 관아 안은 이제 평상을 찾은 듯 고요하게 잠들어 있었다. 주흘산 자락도 어둠에 푹 잠겨 있었다. 주흘산 꼭대기에 비스듬히 걸쳐 있는 달덩이가 아내의 얼굴을 닮았다. 오늘따라 유독 아내가 보고 싶었다. 그러고 보니 혜국사에서 목숨이 간당간당할 때 얼핏 저승사자 옆에 있는 아내의 얼굴을 본 것도 같았다.

열다섯에 시집온 아내는 성품이 조심스럽고 성실하며, 소박하고 꾸밈이 없었다. 시어머니 섬기기를 매우 공손히 하여 아침저녁으로 몸소 문안드리고, 음식은 반드시 맛을 보고 나서야 드렸다. 책과 멀어지려고 할 때면 늘 아내가 나타나 장부의 뜻을 일깨워주어 마음을 다잡곤 했다. 임진년 왜적을 피해 북으로 가던 도중 아내는 몹시 지친 몸으로 단천에 이르러 아들을 낳았다. 아내는 피난길이 고되고 힘들어 말도 제대로 못할 형편이었다. 그때가 초열흘날 저녁이었는데, 아내는 그날 밤을 넘기지 못하고 숨을 거두고 말았다. 피난 중에도 소를 팔아 관을 사고 옷을 찢어 염을 했다. 그러나 아내의 체온이 너무 따뜻해서 차마 그대로 묻을 수가 없었다. 눈물을 겨우 삼키고 뒷산에 임시로 아내를 묻으니, 그때 허균의 나이 스물두 살이었다. 아내와 함께 산 세월을 손꼽아보니 겨우 여덟 해에 불과했다. 지금도 아내를 떠올리면 가슴이 여러 갈래로 찢어졌다. 임진란 당시 외롭게 죽어간 아내의 모습, 다시는 떠올리고 싶지 않은 그 참혹한 몰골이 잊히지 않았다.

그때였다. 달덩이를 떠받치고 있는 주흘산 꼭대기에서 희미한 불빛이 깜박거렸다. 불빛은 아주 잠깐 산속에 머물렀다가 이내 안개처럼 사라졌다.

허균은 불빛이 잘 보이는 동헌 쪽으로 다가섰다. 잠시 후 불빛이 다시 깜빡이더니 여기저기서 샛별처럼 반짝거렸다. 순식간에 불빛의 숫자가 스무여 개로 늘어나 주흘산 자락을 붉게 물들였다.

'오오, 저 불빛은……'

지난 기억의 등불이 등줄기를 타고 스멀스멀 기어 올라왔다. 아차실에서 맹렬하게 타오르던 횃불, 저것은 바로 홍길동의 혼령을 불러내는 횃불이 아닌가! 그러나 아차실에서와는 달리 횃불이 타오르는 시간은 오래가지 않았다. 스무 개에 이르는 횃불은 잠깐 동안 산속에 머물다가 사라졌고, 그 후 다시 타오르지 않았다.

주흘산은 대낮인데도 어두컴컴했다. 최 봉사의 집을 나설 때만 해도 사정없이 내리쬐던 햇살은 그새 슬그머니 사라졌다. 햇살이 자취를 감춘 하늘에 먹구름이 꾸역꾸역 몰려들었다.

연암은 혜국사 앞에서 걸음을 멈추었다. 벌써부터 천년 고찰의 그윽한 향취가 코끝을 살살 건드렸다. 혜국사는 신라 때 체징(體澄)이 창건한 절로, 창건 당시에는 법흥사(法興寺)라고 불렸다. 그러나 고려 말 공민왕이 홍건적의 난을 피해 이곳으로 파천한 것을 계기로 나라의 은혜를 많이 입었다고 하여 혜국사로 명칭이 바뀌었다.

"자네는 여기에서 기다리고 있게. 굳이 자네까지 나설 필요는 없지 않은가."

"괘, 괜찮겠습니까?"

"예까지 와준 것만 해도 고맙네."

혜국사 안에서 어떤 일이 벌어질지 장담할 수 없었다. 박만득과 차기중은 쥐도 새도 모르게 목숨을 잃었다.

"행여 이 몸이 나오지 않거든 관아에 연락해주게."

"아, 알았습니다. 소인은 여기서 기다리고 있겠습니다요."

이제 서서히 실마리가 풀릴 조짐이 보였다. 이번 사건의 큰 그림 속에 혜국사와 중운 스님을 끼워 넣자 어느 정도 윤곽이 드러났다. 중운 스님이 차기중에게 사주한 인물이든 그저 고약한 중늙은이에 지나지 않든 상관없었다. 문경을 떠나기 전에 그를 꼭 한 번 만나보고 싶었다.

연암은 천천히 일주문 쪽으로 걸음을 내딛었다. 일주문 양쪽으로 곧게 뻗어 있는 고목, 이끼로 뒤덮인 부도탑, 고찰만이 지니는 상서로운 비경(秘境)……. 거기에 서늘한 살기까지 꾸물꾸물 모여들어 사찰 주변은 묘한 분위기를 자아내고 있었다. 경내는 고요하고 적막했다. 연암은 대웅전 앞마당을 쓸고 있는 젊은 승려에게 다가가 중운 스님이 있는 곳을 물었다.

"이리 오십시오."

중운 스님은 선방 툇마루에서 글을 적고 있었다. 연암이 툇마루 앞에 서자 붓을 내려놓고 연암을 위아래로 쓰윽 쳐다보았다. 순간 연암은 자신도 모르게 두어 발치 뒤로 물러섰다. 중운 스님은 연암의 소설 「김신선전」에 등장하는 김홍기의 모습과 꼭 닮아 있었다. 키는 7척이 넘었으며, 여윈 얼굴에 수염을 길렀고 눈동자는 푸르며 귀는 길고 누른빛이 났다. 유독 눈매만이 달랐는데, 마치 삵을 보는 것처럼 날카로웠다. 어찌 됐든 범상치 않은 인물이었다. 오랜 수행을 거친 득도의 기운 뒤에는 매서운 살기가 똬리를 틀고 있었다.

"썩 물러가거라."

"스, 스님."

"여긴 네놈 같은 종자가 발을 들여놓을 곳이 아니니라. 세상이 어수선하니 감히 예가 어디라고 별 희한한 잡것들이 방정을 떠는구나."

중운 스님은 대뜸 종놈 다루듯 험한 말을 쏟아냈다. 연암은 드러내 놓고 얼굴을 찡그렸다. 행색은 이리 남루해도 뼈대 있는 사대부의 자손이 아닌가.

"저는 서책을 찾으러 왔습니다."

"서책? 허허, 참으로 괴이한 종자로구나. 서책을 찾는데 어찌 중들이 염불을 외는 절간에 찾아왔단 말이냐?"

"경내에 귀한 서책이 있다 하기에……."

"서책은 무슨 얼어 죽을!"

중운 스님은 손을 내저으며 연암의 말을 잘랐다.

"네놈 같은 양반 나부랭이들이 옆구리에 꿰차고 앉아 한갓지게 풍월을 읊어대며 노닥거리라고 만든 게 서책이란 말이냐? 백성은 굶주리다 못해 도적이 되어 분탕질을 하는데 양반 나부랭이는 책이나 읽고 글이나 쓸 줄 알았지 뭘 할 줄 아느냐? 밭을 갈 줄 아느냐, 고기를 잡을 줄 아느냐? 그렇다고 새끼나 제대로 꼴 줄 아느냐? 기껏 한다는 재주가 당파를 나누어 간에 붙었다 쓸개에 붙었다 싸움질이나 하고 있으니 그 꼬락서니가 얼마나 한심하면 지나가는 개도 쳐다보지 않겠느냐?"

들던 대로 괴팍한 중늙은이였다. 진귀한 서책을 찾으러 왔다고 분명하게 밝혔는데도 이 중늙은이는 뜬금없이 양반의 허세를 매섭게 질타하고 있었다. 연암은 구구절절 짖어대는 중운 스님 앞에서 제대로 대꾸조차 하지 못했다. 그렇다고 마냥 이 중늙은이의 험담을 들어줄 수는 없는 노릇이었다.

"제가 찾고자 하는 것은 『교산기행』이라는 서책입니다."

연암은 조심스럽게 얼굴을 들이댔다. 이 중늙은이에게 훈계나 들으려고 깊은 산을 힘겹게 올라온 것이 아니었다.

"『교산기행』?"

순간 중운 스님의 동공이 확 풀리면서 눈 밑에 가벼운 경련이 일어났다. 연암은 품 안에서 필사지를 꺼내 중운 스님 앞에 내밀었다. 조금이라도 틈을 주고 싶지 않았다. 이미 혜국사에 발을 들여놓기 전에 당차게 밀어붙여야겠다고 단단히 마음먹은 터였다.

"이것은 『교산기행』의 일부를 필사한 것입니다. 저는 이 서책의 원본을 보고자 이곳에 온 것입니다."

중운 스님의 시선이 한동안 『교산기행』 필사지에 머물렀다. 일언반구도 없었다. 입에서는 가끔 가는 탄식이 흘러나왔다. 두 눈에는 초점이 없었는데, 필사지의 글을 읽고 있는 것인지 깊은 사색에 잠긴 것인지 알 수가 없었다. 연암은 고삐를 늦추지 않았다.

"스님! 진귀한 서책은 후세에 전해져 많은 이의 귀감이 되어야 하니……."

연암은 더 이상 말을 잇지 못하고 멈칫거렸다. 중운 스님이 갑자기 묵언수행을 하듯 가부좌를 틀고 두 눈을 감았기 때문이었다. 잠시 짧은 침묵이 이어졌다. 차마 저 경건한 수행 의식 앞에서 속세의 허튼 욕망을 입에 올릴 자신이 없었다.

"책이란 무엇이냐?"

이윽고 중운 스님이 두 눈을 뜨고 옆에 있는 벼루를 가져왔다.

"종이와 벼루는 농토이고, 붓과 먹은 쟁기와 호미이며, 문자는 씨앗이니라. 하면 책은 무엇이겠느냐?"

"……."

"책이란 바로 양식이니라. 하나 양식이라 해도 다 같은 양식이 아니니라. 세상 천지에 온갖 서책이 있다만, 범부의 손에 들어가 화(禍)를 입히는 책이 있는가 하면, 적기가 오지 않아 빛을 보지 못하는 책도 있느니라. 양식을 잘못 먹으면 탈이 나는 것과 같은 이치니라."

적절한 비유였다. 이제야 득도에 이른 고승의 면모가 드러나는 걸까. 문방사우가 고승의 입에서 순식간에 양식으로 탈바꿈했다.

"만물을 두루 살펴보거라. 미물이든 영물이든 이 모든 것이 자신의 자리를 지킬 때 비로소 빛이 나지 않더냐. 때가 아니면 나서지 말고 느긋하게 참고 기다려야 하느니라. 어둠이 온다 하여 빛이 영영 사라지더냐. 잠시 어둠에게 자리를 내줄 뿐 빛은 영원히 만물을 두루 살피지 않더냐."

"……"

"아직도 말뜻을 모르겠느냐? 재물에 눈이 멀어 앞뒤 가리지 않고 설치다가는 그 재물이 양식은커녕 시퍼런 비수로 변해 등짝에 꽂힐 게야."

오오, 이는 바로 박만득을 두고 하는 말이 아닌가. 연암은 자신도 모르게 목덜미를 어루만졌다.

"명줄 재촉하고 싶지 않거든 썩 물러가거라!"

이제 비로소 확실한 심증이 가슴팍에 모아졌다. 중운 스님은 『교산기행』의 존재를 알고 있는 것이 분명했다. 그의 입에서 툭툭 튀어나온 말은 몇 마디에 지나지 않았지만, 그 속에는 『교산기행』의 내력이 간결하게 응축되어 있었다.

"이 서책이 왜 세상에 나와서는 안 되는 것입니까?"

연암은 물러서지 않았다. 이쯤은 이미 각오하고 사찰 문턱을 넘어 섰다.

"『교산기행』의 저자가 대역죄로 처형당했기 때문입니까? 아니면 대 도적의 혼백이 세상 밖으로 나오는 걸 원치 않기 때문입니까?"

"이, 이놈이……."

"군주는 백성의 하늘이요, 백성은 만물의 빛이라 하였습니다. 귀한 서책이야말로 스님의 말씀처럼 양식이 되어야 함은 물론 그늘진 곳을 비추고 만물에 생기를 불어넣는 빛이 되어야 하지 않습니까? 빛이 어 둠을 물리치듯 귀한 서책이 세상에 나와 사악한 마음을 물리치고 정 화할 수 있다면 이 또한 서책의 도리를 다함이 아니겠습니까?"

"허허, 그놈의 주둥아리가 경망을 떠는구나. 그렇다면 네놈 같은 양 반 나부랭이들이 끼고 있는 책이 양식은 고사하고 백성을 부려먹는 도구로 쓰인다면 어찌하겠느냐?"

"……."

"진귀한 책일수록 때를 잘 만나야 하느니라. 제아무리 만물을 비추 는 빛과 같이 빼어난 책이라 해도 사납고 포악한 자의 손에 들어가면 빛이 되는 것은 고사하고 불길 속으로 사라지는 것과 같은 이치니라. 세 치 혀가 백 명의 청중을 움직인다면 귀한 서책은 후대에 전해져 십 만, 백만을 사로잡을 수 있지 않겠느냐? 그처럼 귀한 양식이 또 어디 에 있단 말이냐? 하나 때가 오기도 전에 빛을 잃어 사라진다면 천하의 걸물을 다룬다 한들 무슨 소용이 있단 말이냐?"

중운 스님은 두 무릎을 곧게 펴고 자리에서 일어났다.

"스님!"

"허튼 풍문에 휩쓸리지 말고 어서 돌아가거라. 잔설이 녹으면 봄이 오고 봄이 오면 꽃이 피는 법이니라."

중운 스님은 그렇게 말하고는 선방 안으로 들어갔다.

그새 날이 저물고 있었다. 오랫동안 선방 앞을 지키고 있었지만 한 번 닫힌 문은 열리지 않았다. 어디선가 목탁 소리가 아련하게 들려왔다. 선방 뒤편의 주고(廚庫)에서는 저녁 공양을 마련하느라 젊은 승려가 부산을 떨고 있었다. 연암은 자리에서 일어나 일주문 쪽으로 터벅터벅 걸어갔다. 하도 오래 무릎을 꿇고 있던 터라 양다리에 감각이 없었다.

"어찌 되었습니까? 경내에 『교산기행』이 있었습니까?"

일주문 앞에서 기다리고 있던 마종삼이 다가왔다.

"아직 때가 오지 않았다고 하네."

혜국사를 나서는데 뒤끝이 영 개운치가 않았다. 아직 털어내지 못한 잡스러운 앙금이 자꾸 소매를 붙들고 늘어졌다. 마음 같아서는 날이 밝을 때까지 선방 앞을 지키고 싶었다. 그래서 경내에 『교산기행』이 있는지, 과연 그 서책 때문에 박만득과 차기중이 살해된 것인지 따지고 싶었다.

일주문을 나서는데 가랑비가 추적추적 내리고 있었다. 가는 빗방울이 발밑으로 쉼 없이 떨어졌다. 연암은 갓끈 아래로 떨어지는 빗물을 어깨에 이고 계곡을 따라 힘없이 내려갔다.

11

진시(辰時) 무렵, 갑자기 관아가 술렁거렸다.

허균은 목침을 밀어놓고 객사 창문을 열었다. 키가 작달막한 아전이 옷자락을 휘날리며 솟을삼문을 넘어섰다. 아전은 염기출이 기거하는 내아 쪽을 향해 헐레벌떡 뛰어갔다. 뭔가 큰일이 터진 게 분명했다. 동헌 앞을 지키고 있는 관군들은 넋이 빠진 얼굴로 내아 쪽을 불길한 눈초리로 바라보았다. 그러나 염기출은 내아에 틀어박힌 채 좀처럼 모습을 드러내지 않았다. 내아 밖에서는 아전들만이 서로 얼굴을 맞대고 발을 동동 구르고 있을 뿐이었다. 내아와 동헌은 물론 질청과 군기고, 노비 방도 무겁게 가라앉아 있었다. 이윽고 염기출이 내아 대청마루에 나타나자 아전들은 마치 대역죄라도 지은 죄인처럼 고개를 조아렸다.

"무슨 일인데 아침부터 이리 호들갑을 떠는 게냐?"

내아 밖으로 나온 염기출은 상서롭지 못한 기운을 느꼈는지 얼굴이 붉게 상기되어 있었다.

"고, 고을 사람들이 사라졌습니다요!"

이방이 한 발짝 앞으로 나서며 고개를 숙였다.

"소상히 아뢰어라!"

"동이 틀 무렵 고을 사람들이 쥐도 새도 모르게 사라졌다는 전갈이 왔습니다요. 지금 관군들이 고을 안을 기찰하며 어찌 된 영문인지 사태를 파악하고 있사옵니다요."

염기출의 얼굴에 낭패감이 흘렀다.

"모두 몇 명이더냐?"

"현재 파악한 인물만 십여 명에 이릅니다."

"해괴한 일이로다, 해괴한 일이로다."

관아에서는 며칠 전부터 이들이 사라지는 것을 막으려고 읍성 곳곳에 관군을 배치하고 길목을 차단했다. 그러나 관군들의 철통같은 경계에도 불구하고 고을 사람들이 감쪽같이 사라지고 말았다. 허균은 주흘산 허리를 아스라이 휘감고 있던 횃불을 떠올렸다. 공교롭게도 고을 사람들이 사라진 시각은 스무여 개에 이르는 횃불이 주흘산을 붉게 물들이고 있을 때와 일치했다.

읍성 안은 뒤숭숭했다. 새벽녘에 사람들이 사라졌다는 소문은 빨래터 아낙네들의 입을 타고 빠르게 퍼져갔다. 저잣거리나 주막, 우물가 등 사람이 모여드는 곳이면 어디든 이들의 얘기로 술렁거렸다. 이들의 기묘한 행방은 대낮 술판의 안줏감이 되었고, 빨래터의 단단한 방망이가 되었으며, 무당들의 점괘가 되었다. 얼마 가지 않아 고을에서 사라진 사람은 모두 열두 명으로 확인되었다.

허균은 최방원의 집 앞에서 걸음을 멈추고 고택 안을 기웃거렸다. 최방원은 볕이 잘 드는 마루에 앉아 있었다. 판문을 열고 안으로 고개를 들이밀자 최방원이 어서 들어오라는 듯 손끝을 까딱거렸다.

"소문은 들었소?"

"고을 사람들이 사라진 것을 묻는 게요?"

"그렇소."

"입이 달린 사람이라면 어딜 가나 그 얘기뿐인데, 귀머거리가 아니고서야 어찌 그걸 모르겠소?"

"그들 중에는 댁이 문초한 꼽추도 있다 하오, 하하하."

최방원은 뭐가 그리 통쾌한지 큰 소리로 웃었다.

"홍 장군의 후손이 그들을 데려간 게 분명하오. 내가 뭐라 하였소. 조만간 홍 장군의 약조를 지키기 위해 그들이 나타날 거라 하지 않았소. 지금 관아 분위기는 어떻소?"

"그야 두말하면 잔소리 아니오. 이거나 좀 봐주시오."

최방원을 찾아온 것은 그들 얘기를 듣고자 해서가 아니었다. 허균은 봉추거사가 보내온 글을 내밀었다.

懷蘇子赤壁之遊 (회소자적벽지유)

夜泊牛渚懷古 (야박우저회고)

月明霧靄 山上無諍處 (월명무애 산상무쟁처)

벌써 수십 차례 살펴보았지만 도무지 그 뜻을 헤아릴 수가 없었다. 봉추거사가 생사를 넘나드는 위급한 상황에서도 이런 글귀를 적어 주었다면 필히 그 속에는 비장한 뜻이 담겨 있을 것이었다.

"으음, 여기 소자(蘇子)라 함은 북송의 시인 소동파를 이르는 것이 아니오?"

연암은 고개를 끄떡였다. '회소자적벽지유'는 소동파가 부친의 명을 받아 적벽에서의 뱃놀이를 떠올리며 지은 시였다.

"맨 위의 것은 소동파가 지은 시의 제목이고 그 아래 것은 이태백의 시인데, 여기 우저(牛渚)라 함은 채석강을 이르는 것이 아니오?"

"맞소."

유난히 술을 좋아했던 이태백은 채석강에 비친 달을 쫓다가 물에 빠져 죽었다는 전설이 전해지고 있었다. '야박우저회고'는 이태백이 자취를 감추기 직전에 쓴 시로, '채석강에 묵으며 옛일을 회고하다'라는 뜻이었다.

"한데 맨 아래 것은 무엇이오?"

마지막 글귀가 문제였다. '월명무애 산상무쟁처'는 무엇을 이르는 것인지 도통 알 수가 없었다.

"밝은 달에 안개가 끼어 있으니 산 정상에는 다투는 곳이 없다⋯⋯. 허허, 난생처음 보는 글귀요."

연암도 마찬가지였다. 소동파와 이태백의 시는 한눈에 알아봤으나, 마지막 문구는 눈에 익지 않았다. 최방원도 이 세 글귀가 무엇을 뜻하는지, 무엇을 말하려고 하는 것인지 해독하지 못했다.

"물어볼 게 하나 있소이다."

허균은 최방원 옆자리에 엉덩이를 걸쳤다.

"댁을 처음 만났을 때부터 알고 싶은 게 있었으나 결례가 될지 몰라 지금까지 참아왔소."

최방원은 어서 말해보라는 듯 고개를 주억거렸다.

"댁의 정체는 무엇이오?"

"허허, 참으로 일찍도 물어보는구려."

"이젠 이 몸이 문경을 떠날 때가 된 것 같으니 말해줄 수 있겠소?"

"그리 어렵지도 않은 걸 왜 여태껏 마음에 담아두고 있었소, 허허. 내가 가지고 있는 홍 장군의 친필이나 서책들이 궁금했던 게로군."

"……."

"나의 고조부는 문경 관아의 관군이었소. 홍 장군을 체포하려고 주흘산과 조령산, 희양산을 누비고 다니던 토벌대였단 말이오."

허균의 두 눈이 휘둥그레졌다. 막연하게나마 예상하던 것과는 딴판이었다. 허균은 최방원이 홍길동 무리의 후손일 것이라 짐작하고 있었다.

"무얼 그리 놀라시오, 허허. 고조부는 겉으로만 창을 들고 다니는 토벌대였을 뿐 진정으로 홍 장군을 추앙한 분이었소. 당시 관아에는 홍 장군을 추앙하는 관군들도 꽤 많았다고 하오. 댁이 본 홍 장군의 친필이나 서책은 고조부께서 주흘산과 희양산의 은거지를 수색할 때 가져온 것이라오. 물론 이것들은 관아에 보고하지 않고 다른 관군들 모르게 숨겨둔 것이오."

"……."

"고조부께서는 눈을 감을 때까지 홍 장군 무리를 따라가지 못한 것을 안타깝게 여겼소. 만약 그때 고조부께서 홍 장군을 따라갔다면 어찌 되었겠소? 이 몸도 지금쯤 홍 장군이 세운 나라에서 편히 살고 있지 않겠소? 하하하."

나비야, 꿈을 잡으러 가자

1

갑자기 몸이 왜 이럴까?

연암은 어깻죽지가 축 늘어지고 온몸이 천근만근 무거웠다. 등골에는 쉴 새 없이 찬바람이 들어오고 입술은 입추 지난 잎사귀처럼 바싹 타들어갔다. 혜국사를 다녀온 이후 혼백이 빠져나간 듯 삭신이 욱신거렸다. 초겨울에나 덮는 솜이불로 단단히 감싸도 온몸이 으스스 떨려왔다.

뜻하지 않은 열병이었다. 초가 별채에 들어설 때만 해도 이마에 미열만 있었다. 몸을 식히면 나을까 해서 목침을 베고 누웠더니 금방 온몸이 불덩이처럼 활활 타올랐다. 가끔 미열에 시달린 적은 있으나 이처럼 몸이 후끈 달아올라 이부자리 신세가 된 적은 없었다. 연암은 머리끝까지 솜이불을 걷어 올렸다. 열을 식히는 데는 잠만 한 보약이 없었다.

"어둠이 온다 하여 빛이 영영 사라지더냐."

반쯤 감긴 눈 사이로 중운 스님의 얼굴이 스르르 떠올랐다.

"세 치 혀가 백 명의 청중을 움직인다면 귀한 서책은 후대에 전해져 십만, 백만을 사로잡을 수 있지 않느냐? 그처럼 귀한 양식이 또 어디에 있단 말이냐?"

연암은 아직 때가 오지 않았다는 중운 스님의 말을 순순히 받아들이기로 했다. 중운 스님 역시 『교산기행』이 얼마나 귀중한 서책인지 잘 알고 있었다. 이 서책이 사납고 포악한 자의 손에 들어가는 것을 우려한 것도 그 때문이었다. 연암은 두 눈을 감고 잠을 청했다.

어느 깊은 산속, 구름과 안개가 자욱이 피어오르는 오솔길에 들어섰다. 한참을 가다 보니 계곡물 위로 복숭아 꽃잎이 떠내려오는데 그 향기가 아주 감미로웠다. 복숭아꽃 향기에 취해 따라가다 보니 태산(泰山)이 앞을 가로막았다. 산 아래 계곡으로 접어들자 작은 동굴이 나타났다. 연암은 조심스럽게 동굴 안으로 들어섰다. 발길을 옮길수록 동굴 안이 넓어지더니 동굴이 끝나는 곳에 이르자 별안간 밝은 세상이 나타났다. 그곳에는 끝없이 너른 땅과 기름진 논밭, 풍요로운 마을과 뽕나무, 대나무 밭이 펼쳐져 있었다. 세상 어느 곳에서도 볼 수 없는 아름다운 풍광이었다. 사립문이 반쯤 열려 있고 그 안에서 닭과 개가 한가롭게 노닐고 있었다. 가만히 그 주위를 둘러보니 고을이 하도 평온하고 아득하게 보여서 마치 신선이 사는 곳 같았다.

연암은 가만히 양발을 모으고 주위를 둘러보았다. 그때 인기척이 들리고 숲 속 샛길에서 허우대가 큰 장정이 모습을 드러냈다. 허리에 큰 칼을 차고 사슴 가죽을 몸에 두른 모양새는 영락없는 도적이었다. 하나 그의 이목구비는 또렷하고 아련한 후광이 그의 등을 비추고 있었다. 칼을 찬 사내 뒤에서 또 한 명이 슬그머니 나타났다. 그는 키가 아주 작았으며, 한 손에 지팡이를 쥐고 몸에는 낡은 두루마기를 걸치고 있었다. 그의 얼굴에도 오묘한 광채가 흘렀는데, 눈매가 송골매처럼 매섭고 허옇게 눈이 쌓인 눈썹은 실뱀처럼 꿈틀거렸다. 허리에 칼을 찬 사내와 지팡이를 쥔 사내가 나란히 발길을 옮겼다.

연암은 적당한 간격을 두고 그들의 뒤를 쫓아갔다. 온갖 새들이 무성한 숲 속에서 노래하고 맑은 시냇물에서는 물고기들이 한가롭게 헤엄치고 있었다. 이윽고 가파른 벼랑이 앞길을 막더니 별안간 하늘에서 오색구름이 내려왔다. 잠시 오색구름에 넋을 잃은 사이 그들은 시야에서 감쪽같이 사라졌다. 아무리 주위를 둘러보아도 그들의 모습은 보이지 않았다. 고개를 들어보니 아주 짙은 안개가 벼랑을 타고 주춤주춤 다가오고 있었다. 벼랑 끝에는 큰 칼과 지팡이가 납작하게 누워 있었다.

연암은 눈을 떴다.

온갖 새들은 천장 위로 사라지고 물고기들은 문틈으로 기어나갔다. 허리에 큰 칼을 찬 사내도, 지팡이를 쥔 사내도 보이지 않았다. 연암은 목침을 밀어놓고 몸을 반쯤 일으켰다.

예사롭지 않은 꿈이었다. 기름진 논밭, 뽕나무와 대나무밭……. 그 광경이 너무도 생생하여 꿈과 생시를 혼동했다. 아직도 오색구름이 손에 잡힐 듯 별채 안에 두둥실 떠다니는 것 같았다. 연암이 꿈에서 본 풍경은 『도화원기』에 나오는 세상과 흡사했다. 『도화원기』는 무릉에 사는 한 사람이 배를 타고 가다가 길을 잃어 우연히 도원을 구경하고 돌아왔으나 다시 그곳을 찾을 수 없었다는 이야기를 담고 있었다.

"안에 있소?"

별채 문밖에서 최 봉사의 목소리가 들려왔다. 최 봉사는 툇마루에 몸을 걸치고는 방 안을 힐끔 쳐다보았다.

"몸이 좋지 않은가 보오. 안색이 백짓장 같소이다."

"괜찮습니다. 한데 어인 일로……."

"중운 스님은 만나봤소?"

연암이 고개를 끄떡였다.

"뭐라 하오?"

"지금은 때가 아니라고 합니다."

"때가 아니라니, 그게 무슨 소리요?"

"『교산기행』은 세월이 더 흐른 뒤에나 빛을 볼 것 같습니다."

"으음, 어찌 됐든 다행이오. 나는 댁이 무슨 화를 입을까 걱정했소."

"……."

"관아에서도 냄새를 맡은 것 같소. 박만득의 시신을 재검하여 자액이 아닌 것으로 판명이 났소. 어제는 관군이 박만득의 집을 수색했는데, 그곳에서 자그마한 불상과 사찰 유물을 찾아냈다고 하오. 듣자 하니 박만득이 평소 잘 알고 지내던 책쾌들을 시켜 훔친 불상을 다른 사찰에 비싼 값을 받고 팔려고 했던 모양이오. 지금 문경의 책쾌들도 관아에서 심문을 받고 있소."

어느 정도 예상한 바였다. 차기중을 문초했을 때 조열이나 박만득의 역할이 무엇인지 대충 짐작하고 있었다.

"한 가지 궁금한 게 있습니다. 이번 사건의 배후 인물이 중운 스님이라면, 차기중은 왜 살해한 것입니까? 차기중은 혜국사 승려와도 친분이 있다고 하지 않았습니까?"

"음, 나도 그게 의문이오. 아무리 후환을 없애려고 한다 해도 목숨까지 앗아 간 것은 지나치지 않나 싶소."

"그들만의 또 다른 곡절이 있는 것은 아닙니까?"

최 봉사는 그 이상은 모르겠다는 듯 고개를 절레절레 흔들었다.

"하여튼 어서 몸을 피하는 게 좋을 게요. 행여 그 여파가 댁에게까지 미치지 않으리라 어찌 장담할 수 있겠소."

최 봉사는 그 말을 남기고 총총히 사라졌다. 그렇지 않아도 원기를 회복하면 문경을 떠날 참이었다. 이제 이곳에 뻗대고 앉아 달리 할 일도 없었다.『교산기행』을 찾는 것은 물 건너갔다. 서슬 퍼런 중운 스님을 설득할 자신도, 혜국사 경내에 들어가『교산기행』을 훔쳐 올 용기도 없었다. 차라리『교산기행』이 빛을 볼 때가 되어 올곧고 학식 깊은 선비의 손에 들어가 먼 후대에까지 전해지기를 바랐다.

"나리, 문밖에 승려가 찾아왔습니다."

방에서 이불을 걷고 있는데 마종삼이 열린 문틈으로 얼굴을 내밀었다.

"승려?"

"혜국사 중입니다."

싸리문 밖에는 삿갓을 쓴 젊은 승려가 우뚝 서 있었다. 연암이 다가서자 젊은 승려가 삿갓을 벗었다. 혜국사 경내에 들어섰을 때 중운 스님의 선방으로 안내한 승려였다.

"여긴 어쩐 일이오?"

"긴히 드릴 말씀이 있어서 찾아왔습니다."

연암이 안으로 들어올 것을 권했으나, 승려는 정중하게 거절했다.

"말해보시오."

"하루속히 이곳을 떠나셔야 합니다."

"내 어찌 영문도 모르고 그 말을 따를 수 있겠소?"

"사유는 묻지 마시고 속히 문경을 떠나십시오."

윽박지르지만 않았지 다분히 명령조였다. 당장 짐 싸서 떠나지 않으면 박만득이나 차기중처럼 개죽음을 당할 것이라는 소리처럼 들렸다.

"중운 스님이 시킨 게요?"

"……."

"살생을 금하는 불법은 어디 가고 사악한 칼끝이 중생의 심장을 노린단 말이오?"

"서두르십시오."

젊은 승려는 마치 중운 스님이 보낸 밀사라도 되는 것처럼 한 마디만 뱉어내고 등을 돌렸다.

"잠깐! 차기중은 왜 살해한 거요?"

"……."

"그자는 당신들의 지시를 충실히 따른 인물이 아니오?"

"그럼 이만."

연암은 젊은 승려의 앞을 몸으로 막았다.

"하나만 더 물어보겠소. 어찌『교산기행』이 세상에 나와서는 안 될 책이라는 게요?"

중운 스님에게도 던졌던 질문이었다. 그것 하나만이라도 확실하게 알고 문경을 떠나고 싶었다.

"그 서책 안에 백성을 미혹에 빠뜨리는 글귀가 있기 때문이오, 대도 적의 혼백이 군주를 희롱하는 글귀가 있기 때문이오? 이도 저도 아니면 천하의 호걸이 나타나 백성을 교화하여 새 세상이 도래할 것을 두려워하기 때문이오?"

"백성을 하늘이라 하지 않았습니까? 한데 어찌 천하의 주인이 따로 있을 수 있겠습니까?"

연암은 둔탁한 흉기로 뒤통수를 맞은 것처럼 정신이 아찔했다. 젊은 승려는 삿갓을 쓰고 빠른 걸음으로 초가를 벗어났다. 갑자기 젊은 승려의 뒷모습이 기괴한 암석처럼 보였다. 연암은 그 자리에 우뚝 서서 젊은 승려가 마지막으로 남긴 말을 곱씹었다.

그 소리는 기축옥사(己丑獄事)의 장본인으로, 역모죄에 연루되어 자결한 인백(仁伯) 정여립(鄭汝立)이 남긴 말과 흡사했다. "천하는 공공의 물건이며[天下公物], 누구를 섬긴들 임금이 아니랴[何事非君]!"

이 어찌 속세를 등진 젊은 중의 입에서 나올 소리란 말인가.

2

또 하루가 지났다.

고을에서 사라진 열두 명의 사람들에 관한 입방아는 좀처럼 수그러들지 않았다. 이들의 기이한 행적은 호사가들이 뼈와 살을 보태 걷잡을 수 없이 퍼져갔다. 관아에서 이들을 입에 올리는 자는 엄히 다스리겠다고 곳곳에 방을 붙여도 이들의 행적은 문경 읍성뿐만 아니라 인근 고을에도 퍼져 유령처럼 떠돌아다녔다.

허균이 혜국사를 다시 찾아간 것은 봉추거사가 사라진 지 사흘 뒤였다. 혜국사는 깊은 정적에 둘러싸여 있었다. 유서 깊은 고찰의 창연한 기운은 온데간데없고 들짐승만이 주인 행세를 하며 경내를 휘젓고 다녔다.

법당 안으로 들어서니 불단은 산사태라도 난 것처럼 허물어져 있었다. 법당 바닥에는 아직도 관군들의 발자국이 어지럽게 남아 그날 얼마나 야단법석을 떨었는지 여실히 보여주었다. 신장단 위에 새겨진 평 자 문양은 난도질을 당해 그 형체를 알아볼 수가 없었다. 법당 안에서 원형을 유지하고 있는 것은 손곡 선생의 글귀가 유일했다.

"시란 무엇이냐?"

어디선가 손곡 선생의 목소리가 들려왔다.

"소싯적부터 문재(文才)가 있다는 소리를 귀가 닳도록 들어왔어도 문장을 뽐내는 데는 사람을 가려야 한다. 사람이나 글이나 매한가지라 이를 알아주는 사람이 있어야 더욱 빛나는 법이다. 시를 쓰되 식견과 재주를 앞세우지 말고 늘 대도(大道)를 마음에 품도록 해라. 시대를 아파하고 시속을 분개하는 것이 아니면 참다운 시라 할 수 없다."

손곡 선생은 가만히 앉아만 있어도 의연한 기백과 광채가 느껴졌다. 젊은 날을 치열하게 살아온 열망의 기운이 기체에 그대로 녹아 있었다. 때로 손곡 선생의 모습은 거대한 산자락처럼 보였고, 때로는 온화한 강물처럼 느껴졌다.

허균은 품 안에 있는 종이를 펼쳤다. 봉추거사는 왜 이런 글을 보내온 것일까? 소동파와 이태백, 과거의 시인들을 통해 그의 마음을 전한 것인가? 허튼 꿈을 좇지 말고 조용히 세속을 떠나 신선놀음을 즐기라는 것은 아닐까. 아무리 더듬어도 이 세 구절에는 공통점이 보이지 않았다.

"평 자는 대해와 같다고 하지 않았느냐!"

그때 봉추거사의 목소리가 등짝을 후려쳤다.

"바다 한가운데 섬이 있고, 그 섬에서 오순도순 삼대가 모여 사니 부러울 게 또 무엇이 있겠느냐."

바다, 섬……. 소동파, 이태백, 적벽, 채석강, 산상무쟁처……. 한 줄기 영롱하고 오묘한 빛이 목이 잘린 황금 부처상 위로 살포시 내려앉았다.

허균은 두 눈을 지그시 감았다. 용두산을 돌아 절벽과 암반 앞으로 펼쳐진 적벽강과 층층이 깎인 기암절벽을 따라 흐르는 채석강이 떠올랐다. 쌍선봉 암자에서 바라본 서해의 장엄한 낙조도 머릿속에서 오락가락했다. 산상무쟁처가 무엇을 뜻하는지도 뒤늦게 떠올랐다. 이는 경치와 땅의 기운으로 인해 스스로 번뇌와 분별이 끊어지고 가라앉는 곳을 뜻하는 말이었다.

아아, 이제 봉추거사가 무엇을 전하려 한 것인지 깨달았다. 이 세 문장은 결코 동떨어진 글귀가 아니었다. 서로가 엇비슷한 풍광을 지니면서 어느 한 곳으로 줄기차게 몰려들었다. 잠시 후 망망대해를 거닐고 있는 허균의 머릿속에 웅대한 기운이 솟구치면서 조선 서해 끝의 지명(地名)이 불쑥 떠올랐다.

'오오, 바로 그곳이야!'

적벽강, 채석강, 월명암……. 봉추거사의 글은 세속을 등지고 신선놀음이나 하라고 전해 준 것이 아니었다.

"길참아, 길참아!"

허균은 법당 안을 서성거리는 길참을 불렀다.

"찾았다. 고을 사람들이 어디로 사라졌는지 찾았단 말이다!"

"그곳이 어딥니까?"

"바로 변산(邊山)이다!"

"변산이요?"

"그래, 이 글을 보거라!"

허균은 맨 위에 있는 소동파의 시 제목을 가리켰다. '적벽강'은 기암절벽을 끼고 있는 변산의 해안가로, 당나라 소정방이 변산에 주둔하였을 때 이곳의 경치가 중국의 적벽과 흡사해서 붙인 이름이었다. 이태백이 달을 쫓다가 빠져 죽었다는 채석강도 마찬가지였다. 변산 해안가의 절경이 너무 빼어나 채석강이라 붙여졌다. 즉 적벽강과 채석강은 변산 해안가에 있는 지명이었다. 무엇보다 허균을 헷갈리게 한 것은 월명무애(月明霧靄)라는 글귀였다. 월명은 '밝은 달'이 아니라 변산 쌍선봉에 있는 암자인 월명암을 가리키는 것이었다. 월명암에서 내려다보이는 안개 낀 아침 바다의 신비함을 가리켜 월명무애라고 일컬었다. 산상무쟁처는 대둔산 태고사, 백암산 운문암, 쌍선봉 월명암과 함께 호남의 삼대 영지로 손꼽는 곳이었다.

"그럼 이 글귀가 변산에 있는 적벽강과 채석강, 월명암을 이르는 것입니까요?"

"그래, 너도 자주 간 곳이 아니더냐."

부안 정사암에서 변산은 멀지 않았다. 직소폭포를 지나면 쌍선봉 월명암이 있고 산을 따라 내려가면 변산 해안가인 채석강과 적벽강이 나왔다.

의심의 여지가 없었다. 이 세 글귀를 합하여 전라도 변산으로 결론을 내리자 모든 의혹이 한순간에 눈 녹듯이 사라지고 그 자리에 변산의 창대한 기운이 내려앉았다. 여러 갈래로 흩어진 의혹의 물줄기를 푸는 데는 오랜 시간이 걸렸지만, 이 물줄기를 하나의 강물로 모으는 데는 눈 깜짝할 시간밖에 걸리지 않았다.

"봉추거사는 변산을 알리기 위해 이런 글귀를 보낸 게 틀림없다. 이는 곧 내게 변산으로 찾아오라는 뜻이 아니겠느냐."

혜국사에 관군이 쳐들어간다는 전갈을 보내자 봉추거사가 변산이라는 지명은 직접 적지 못하고 에둘러 이런 글귀를 답신으로 적어 보낸 것이었다. 봉추거사다운 기발한 답신이었다.

"그, 그럼 어쩌죠? 봉추거사와 고을 사람들이 사라진 지 벌써 사흘이 넘었는데요."

"음, 사흘이 지났다고 해도 아직 변산에는 도착하지 못했을 것이다. 문경에서 변산까지 족히 열흘은 걸릴 테니 말이야."

허균은 지그시 입술을 깨물었다. 봉추거사보다 앞서 변산에 도착하는 방법은 단 하나뿐이었다.

허균은 관아를 떠날 채비를 마치고 동헌 앞뜰로 나왔다. 염기출은 동헌 대청마루에 앉아 허균을 물끄러미 쳐다보았다.

"이젠 가봐야겠네. 그동안 진심으로 고마웠네."

염기출이 자리에서 일어나 허균 앞으로 다가왔다.

"미안하네. 공사다망하여 대접이 소홀했네."

"그런 소리 말게. 귀양살이 끝내고 이런 호강은 처음이네."

"그렇다면 다행이로군."

염기출은 동헌 앞뜰에서 처음 대면했을 때와는 판이하게 달랐다. 고을 수령의 위엄은 사라지고 혼백이 홀쩍 빠져나간 듯 양어깨가 축 늘어졌다. 고을 사람들이 사라진 후로는 눈의 초점이 사라지고 사나

흙 굶은 사람처럼 초췌해 보였다.

"떠나기 전에 부탁 하나 해야겠네."

허균은 어렵게 말문을 열었다.

"말해보게."

"말 두 필이 필요하네."

"말 두 필?"

"서둘러 가야 할 곳이 생겼네."

염기출은 슬그머니 두 주먹을 움켜쥐었다.

"고을 사람이 어디로 사라진지 알아낸 게로군."

"……"

짧고 굵은 침묵이 이어졌다. 허균은 짙은 구름이 빼곡히 들어찬 주흘산을 바라보고 있었고, 염기출은 그런 허균을 매섭게 노려보았다. 염기출의 몸은 분기(憤氣)를 억제하지 못해 부들부들 떨렸고, 허균의 몸은 감정 없는 막대기처럼 꼼짝도 하지 않았다. 한 차례 서늘한 바람이 그들 사이를 비집고 지나가자 염기출이 깊은 탄식을 토해냈다.

"알았네. 그곳이 어디인지 묻지 않겠네……. 이리 따라오게."

염기출은 마방 쪽으로 터벅터벅 걸어갔다.

3

"이제 한양으로 올라갈 겁니까요?"

마종삼은 짐을 꾸린 후 별채 안을 쓰윽 훑어보았다. 방 안에는 밤새 연암의 몸을 감싸주었던 솜이불이 차곡차곡 개켜져 있었다. 시간이 흐르면서 연암은 빠르게 안정을 찾았다. 온몸을 뜨겁게 달구었던 열도 내리기 시작했고, 잔기침도 훨씬 줄어들었다. 방구들장을 끼고 꼼짝없이 지낸 하루가 달포처럼 느껴졌다. 열하에 갈 때는 밤새 아홉 번 강을 건널 때도 끄떡없었다. 그런 연암을 보고 마부들이 남몰래 무슨 보약을 그리 많이 먹었느냐고 농을 건네기도 했다.

"아닐세."

아직 한양으로 올라가기에는 일렀다. 혜국사 일주문을 나설 때부터 다음 목적지를 염두에 두고 있었다. 이대로 한양에 올라가면 아무 일도 손에 잡힐 것 같지가 않았다.

"변산에 가봐야겠네. 기왕에 나선 걸음인데 갈 데까지 가봐야 하지 않겠나."

마종삼도 이미 짐작을 하고 있었는지 가볍게 한숨을 내쉬었다. 차기중의 초가에서 발견한 『교산기행』 필사지에는 허균이 문경에서 변산으로 떠났다고 적혀 있었다. 급박한 일로 문경 관아에서 말 두 필을 빌렸다고 하나 그 이유를 알 수 없었다.

문경을 떠나려 하니 쉽사리 발길이 떨어지지 않았다. 이곳에서 보고 듣고 느낀 것이 하도 많아 대하(大河)와도 같은 소설을 읽는 것 같았다. 발길이 머무는 곳마다 홍길동 혼백의 기개가 하늘을 찌르니 읍성 안에 떠도는 풍문만으로도 궁박한 백성들의 눈과 귀를 홀리기에 조금도 부족하지 않았다. 진원(眞源)은 맛이 없고 진수(眞水)는 향취가 없는 법이거늘 어찌 혼백이 되어서도 이 모두를 갖추었는지 그저 부러울 따름이었다.

임진란 이후부터 나도는 풍문이 기어이 현실로 드러나 허튼소리가 아님이 증명되었다. 한날한시에 열두 명에 이르는 고을 백성들이 감쪽같이 사라졌다. 고을 안 어디를 가나 온통 그들의 족적을 두고 입방아가 끊이지 않았다. 수일 전부터 이를 염려하여 관군들이 곳곳에서 길목을 막고 첩자를 두었는데 모두 무용지물이 되고 말았다.

갈 길이 다급해 문경 관아에서 말 두 필을 빌려 변산으로 향했다. 봉추거사가 적어 준 문구를 푸는 데 꼬박 사흘이 걸렸다. 채석강과 적벽은 다름 아닌 변산 해안가를 이름이요, 월명은 쌍선봉에 있는 월명암이었다.

과연 변산에 가면 홍길동이 세웠다는 나라를 찾아갈 수 있을까. 터무니없는 바람으로 여기면서도 문경에서 겪은 일을 헤아리니 허튼 꿈만은 아닌 것 같아 그 밤 내내 잠을 이루지 못했다.

"그동안 길잡이가 되어주어 고마웠네. 이젠 나 홀로 가도 될 것 같네."

마종삼은 용한 길잡이였을 뿐만 아니라 무료한 여행길에 말동무도 되었고, 문경에 이르러서는 감찰자와 호위군의 역할까지 도맡았다.

"아닙니다. 저도 따라가겠습니다."

마종삼은 무슨 그런 섭섭한 소리를 하느냐는 듯 희멀건 낯짝을 들이댔다.

"소인도 정녕 홍길동이 어디로 떠났는지 알아야겠습니다."

연암은 배시시 웃어 보였다. 행여 마종삼이 혼자라도 한양에 올라가야겠다고 말할까 봐 가슴이 조마조마했다. 그 먼 길을 말벗도 없이 홀로 갈 생각을 하니 하도 끔찍해서 온몸이 부르르 떨렸다. 연암은 문경을 떠나기에 앞서 최 봉사의 집을 찾아갔다.

"몸은 좀 어떻소?"

"이젠 다 나았습니다."

"다행이구려. 아무리 잔병이라고 해도 객지에서 병을 얻으면 그것처럼 서러운 게 없다오, 허허."

최 봉사를 알게 된 지 불과 사흘밖에 되지 않았는데도 오랜 교분을 나눈 사람처럼 친밀하게 느껴졌다.

"『교산기행』을 찾는 것은 포기하였소?"

최 봉사가 아픈 데를 찔렀다. 이제 적당한 때가 와 빛이 어둠을 몰아내기를 기다리는 수밖에 없었다.

"달리 도리가 없습니다."

"너무 상심하지 마시오."

"그동안 진심으로 고마웠습니다."

최 봉사가 아직 할 말이 남은 듯 연암 앞으로 가까이 다가앉았다.

"차기중이 왜 살해됐는지 이제 짐작이 가오. 차기중이 『교산기행』의 존재를 파악하고 이를 관아에 밀고하려고 했던 모양이오."

뜻밖의 소리였다. 그를 문초할 때만 해도 신의를 저버리지 않기 위해 혀를 깨물고 자결할 것처럼 보였다. 차기중이 왜 갑자기 변심한 것일까?

"포상금을 노린 듯하오. 금서로 지정된 교산의 서책인 데다가 그 내용이 예사롭지 않으니 관아에서 후한 상금을 내릴 것으로 생각한 모양이오. 그래서 『교산기행』의 필사지 일부를 관아에 전달하고 흥정을 벌이는 와중에 변을 당한 것 같소."

"그럼 관아에서도 『교산기행』의 필사지를 가지고 있습니까?"

"그런 것 같소."

그날 차기중의 집에 갔을 때, 방바닥에는 누군가 이미 그곳을 다녀간 흔적이 남아 있었다. 그 발자국 임자가 관아에서 파견된 관군인지 아니면 혜국사 승려인지는 알 수 없었다.

"재물에 눈이 멀어 앞뒤 가리지 않고 설치다가는 그 재물이 양식은커녕 시퍼런 비수로 변해 등짝에 꽂힐 게야."

이제 와 더듬어보니 중운 스님이 내뱉은 이 말은 박만득이 아니라 차기중을 겨냥한 말이었다.

"떠나기 전에 물어볼 게 있소이다."

"말씀하시지요."

"『교산기행』이라는 서책 말이오. 이 책이 홍길동의 흔적을 쫓아 쓴 기행문이라 하지 않았소?"

연암이 고개를 끄떡였다.

"그렇다면 교산은 『홍길동전』을 탈고하기 전에 이미 『교산기행』의 집필을 마친 게 아니오? 기행문은 사실에 근거하여 보고 듣고 느낀 것을 있는 그대로 쓰고 소설은 여기에 적당히 살을 붙여 썼을지도 모르지 않소."

예리한 지적이었다. 연암은 미처 그런 생각은 하지 못했다. 『교산기행』의 원본을 보지 못해 뭐라 말할 수는 없으나 충분히 있을 수 있는 일이었다.

"간밤 내내 그런 생각이 떠나질 않았소. 홍길동이 소설 속에서가 아니라 실제로 저 먼 남쪽 섬에 나라를 세웠을지도 모른다고 말이오."

"소설은 어디까지나 소설일 뿐입니다."

"이 늙은이는 생각이 좀 다르오. 홍길동의 행적을 더듬어보면 관군에게 잡혀 처형되었다는 기록은 어디에도 없소. 홍길동은 조선의 의적이라 일컬어지는 임꺽정과는 말로가 다르단 말이오."

임꺽정은 그의 오른팔인 서림의 배신으로 구월산에서 체포되어 참수형에 처해졌다. 명종은 선전관과 금부 낭청에게 임꺽정을 잡아오라고 특명을 내릴 정도로 그를 두려워했다. 1562년 1월 8일, 임꺽정이 체포되었다는 소식을 듣자 명종은 "국가에 반역한 임꺽정 무리가 모두 잡혀 내 마음이 몹시 기쁘다"라고 말하며 공을 세운 자들에게 큰 상을 내렸다. 그러나 홍길동은 달랐다. 『연산군일기』에는 홍길동에 대한 기록이 꼭 다섯 차례 나온다. 1500년(경신년) 10월 22일, 영의정인 한치형(韓致亨)이 홍길동을 체포한 소식을 듣고 기쁨을 감출 수 없었다는 기록이 있는데, 훗날 밝혀진 대로 이는 가짜 홍길동을 체포하고 추문

한 기록이었다. 여기에는 홍길동의 체포자, 포상자, 재판 일지, 처형 등 아무것도 나와 있지 않았다. 연산군 이후의 실록에도 간간이 홍길동이라는 이름이 등장하지만, 그 어디에도 홍길동이 체포되거나 처형당한 기록은 없었다. 그래서 많은 사람들이 홍길동이 천수를 누렸을 것이라 했고, 홍길동이 도적 무리를 이끌고 새로운 나라를 세웠을 것이라고 믿었다.

"나는『홍길동전』이 기묘한 상상에만 의존해 쓴 소설이라고 생각하지 않소.『교산기행』의 필사지에도 나타나듯이 교산이 부지런히 발품을 팔아 쓴 소설이라면, 정말 홍길동 무리가 저 먼 남쪽 섬에 나라를 세웠을지도 모르지 않소."

"……."

"분별없는 늙은이가 해본 소리니 귀담아 듣지는 마시오, 허허."

연암은 최 봉사에게 가볍게 고개를 숙이고 발길을 돌렸다. 주흘산 꼭대기 위로 먹구름이 꾸역꾸역 몰려들고 있었다.

4

풀밭에 누워 잠시 눈을 붙이고 나니 해가 중천에 떠 있었다. 단잠을 방해하던 바람의 기세도 한풀 꺾였다.

월명암 가람이 훤히 보이는 숲 속에 자리를 잡은 지 사흘째로 접어들었다. 지루한 나날이었다. 봉래동 주막과 정사암을 오가며 온종일

이곳을 지키고 앉아 봉추거사 일행이 나타나기만을 목이 빠지게 기다렸다.

허균은 날이 갈수록 초조해지고 다급해졌다. 하루 종일 월명암 주변을 어슬렁거리다가 늦은 밤에 쌍선봉을 내려갈 때는 가슴속의 화로가 맥없이 꺼지는 것 같았다. 행여 잠든 사이에 그들이 월명암에 도착한 것은 아닐까. 그러고는 감쪽같이 그곳을 떠난 것은 아닐까. 사실 봉추거사 일행이 월명암에 올 것이라는 확신은 없었다. 채석강이나 적벽강도 마찬가지였다. 그래도 허균이 믿고 의지하는 것은 오직 하나, 봉추거사가 도피하기 전에 적어 준 글귀였다. 채석강, 적벽강, 월명암……. 굳이 지명을 에둘러 밝히면서까지 이를 적어 준 데는 그만한 이유가 있을 것이라고 굳게 믿었다.

월명암은 변산 쌍선봉 중턱에 위치한 암자였다. 쌍선봉 아래 왼쪽으로는 서해 바다를 끼고 있는 채석강과 적벽강이 마주 보고 있었다. 쌍선봉 오른쪽으로는 내소사와 직소폭포가 자리 잡고 있었다.

'이 또한 기묘한 인연이 아니고 무엇인가.'

허균은 목을 길게 늘이고 귀를 기울였다. 월명암 가람 위로 매창의 은은한 노랫가락과 거문고 소리가 들려왔다. 오랜 세월이 흘러도 매창의 곱디고운 목소리는 여전했다. 문득 젊은 날의 옛 기억이 새록새록 떠올랐다.

임진란이 일어나기 두 해 전, 매창이 기방에서 나와 객점을 차린 곳이 바로 월명암 한쪽 산자락이었다. 그곳은 정취 있는 술집이라는 소문이 자자해 호남의 문인들이 자주 찾아왔다. 그때부터 매창의 시와 거문고, 노래가 일품이라는 것이 방방곡곡에 알려져 글깨나 읽는 한 량들이 그녀의 시를 들으려고 객점으로 속속 모여들었다. 새벽녘까지 술을 거나하게 마시고 낙조대에서 바라본 일출이 지금도 눈 끝에 아련하게 남아 있었다. 만학천봉을 뚫고 웅장한 모습을 드러내는 쌍선봉의 일출은 만취의 객기를 다 털어내고도 남을 장관이었다.

"나리, 정말 그들이 이곳에 오겠습니까요?"

"……."

"나리."

허균은 소나무에서 등을 떼고 산만하게 주위를 둘러보았다. 매창의 고운 자태도 거문고의 은은한 선율도 신기루처럼 사라졌다.

"방금 뭐라 했느냐?"

"봉추거사가 여기에 오겠느냐고 물었습니다요."

"틀림없이 올 게다."

"문경에서 변산까지는 짧은 거리가 아닙니다요."

"간절히 원해서 오는 곳인데 천 리 길이 아니라 만 리 길인들 못 오겠느냐."

허균은 봉추거사 일행이 변산에 도착하는 날이 오늘이나 내일쯤일 것이라 짐작했다. 문경에서 변산까지는 삼백 리가 넘으니 그들이 험한 준령을 아무리 빨리 넘는다고 해도 족히 열흘은 걸릴 것이었다. 허균은 봉추거사가 주흘산에서 사라지고 문경에서 사흘을 보냈다. 또한 말 두 필을 빌려 변산에 이르기까지 또 사흘이 걸렸다. 워낙 멀고 험한 길을 쉬지 않고 달려온 터라 말도 지치고 사람도 지쳤다. 충청도 공주에 이르렀을 때는 길참이 타던 말이 이유 없이 성깔을 부려 이를 다독이느라 꽤 애를 먹었다. 그리고 변산에 도착해 월명암 주위에 자리를 잡고 사흘이 흘렀다.

"저 바다를 보니 문득 「장생전」이 떠오릅니다요. 나리께서 지은 소설 중에 「장생전」이 가장 흥미롭습니다요."

월명암을 등지고 있는 봉우리 아래로 서해안의 드넓은 갯벌과 고군산군도의 절경이 펼쳐져 있었다.

"「장생전」 중에 어디가 가장 마음에 드느냐?"

"장생이 검선(劍仙)이 되는 것과 동해의 이상국을 찾아가는 것이 기억에 남습니다요."

장생은 비록 비렁뱅이지만 재능이 있는 활달한 성품의 소유자로, 용모가 우아하고 수려하며 담소도 잘 나누고 노래도 잘 불렀다. 그는 자신의 불우한 처지를 딛고 일어나 신비로운 도술로 동해에 이상국을 건설하려는 야심찬 꿈을 가지고 있었다. 소설에 그린 동해의 이상국은 허균이 늘 마음에 품고 있던 나라였다.

"길참아, 넌 이상국이라고 하면 어떤 나라라고 생각하느냐?"

"그야 모든 백성이 배불리 먹고 태평하게 사는 나라가 아닙니까요?"

허균의 입가에 잔잔한 미소가 흘렀다. 이상국에 대한 열망은 신분이나 나이, 성품과 처지에 따라 천차만별이었다. 언젠가 이식에게 이상국이 어떤 나라냐고 묻자 그는 군신이 일치된 나라라고 주저 없이 말했다. 또 어떤 벼슬아치는 공맹 사상과 충효 사상이 골격을 이루는 나라를 첫손가락으로 꼽았다.

"나리……."

"왜 그러느냐?"

"나리께서는 정녕 홍길동이 도적 무리를 이끌고 조선을 떠나 저 먼 남쪽……."

"쉿!"

허균은 수풀 아래로 낮게 몸을 움츠리고는 손가락을 입술에 갖다 댔다. 월명암으로 올라오는 샛길 쪽에서 인기척이 들려왔다. 수풀이 거칠게 흔들리는 것으로 봐서 꽤 많은 사람이 올라오는 것 같았다. 곧이어 그들이 모습을 드러내는 순간, 허균의 심장이 그대로 멎었다.

"보, 봉추거사입니다요!"

길참이 낮게 비명을 질렀다. 문경에서 사라진 지 꼭 아흐레 만이었다. 허균은 마른침을 꿀꺽 삼켰다. 잠시 멎었던 심장이 쿵쾅쿵쾅 걷잡을 수 없이 뛰기 시작했다. 봉추거사는 스무 명이 넘는 일행을 맨 앞에서 이끌고 있었다. 봉추거사 뒤로 젊은 승려들과 장정, 아낙네 등이 잠시라도 떨어질세라 서로 바짝 붙어서 월명암 쪽으로 올라오고 있었다. 그들 중에는 희양산 해골바위에서 보았던 꼽추도 있었다. 이들은 봉추거사가 이끄는 대로 차례차례 월명암 법당 안으로 들어갔다.

"이, 이제 어찌 되는 것이옵니까?"

막상 봉추거사 일행이 코앞에 나타나자 허균은 어찌할 바를 몰랐다. 그러고 보니 봉추거사 일행을 다짜고짜 기다리기만 했지, 그들이 나타나면 어떻게 처신해야 할지 한 번도 생각한 적이 없었다.

"나, 나리……."

"일단 예서 기다려보자."

월명암 뒤의 가파른 봉우리에 엷은 안개와 구름이 몰려오고 있었다. 이른바 월명무애였다. 꽤 오랜 시간이 흘렀는데도 해무(海霧)만 짙어질 뿐 월명암에서는 아무런 기척이 없었다. 길참은 앞이 잘 보이지 않는지 자꾸 두 눈을 비볐다. 그들이 나타난 이후 길참은 잠시도 몸을 가만두지 못하고 들썩거렸다.

"나리께서는 저 먼 남쪽 섬에 홍길동이 세운 나라가 있다고 하면…… 어, 어찌하실 겁니까요?"

"뭘 말이냐?"

"홍길동의 나라에…… 가, 가실 겁니까요?"

"네놈은 어찌하겠느냐? 저들을 따라가겠느냐?"

"저, 저는……."

그때 깊은 정적으로 둘러싸였던 월명암 경내가 들썩거렸다. 봉추거사 일행이 다시 모습을 드러냈다. 이번에도 봉추거사가 법당에서 나온 행렬을 앞장서서 이끌고 있었다. 허균은 그들로부터 멀찍이 떨어져서 뒤를 밟았다. 조금이라도 소리가 날까 봐 발목에 힘을 빼고 살금살금 고양이 걸음으로 따라갔다. 그들이 가는 길은 월명암으로 올라온 길의 맞은편이었다.

"저들이 어디로 가는 겁니까요?"

짐작 가는 곳이 있었다. 적벽강이나 채석강이 분명했다. 봉추거사 일행은 낮은 봉우리를 내려와 서해바다 쪽으로 향하고 있었다. 허균은 그들과 간격이 벌어지지 않도록 부지런히 발을 놀렸다. 너무 긴장한 탓인지 무릎 관절에 찬바람이 숭숭 들어왔다. 뒤에서 슬금슬금 따라오는 길참의 입에서는 숨소리조차 들려오지 않았다.

이윽고 완만한 샛길을 따라 내려가던 그들이 낮은 구릉 쪽으로 방향을 틀었다. 곧이어 좁고 완만한 경사길이 사라지고 탁 트인 평지가 나타났다. 밭두렁길을 따라 드문드문 초가가 보였고, 먼 산 뒤로 소 울음소리가 길게 울려 퍼졌다.

"나, 나리……. 바, 바다 쪽으로 가고 있습니다요……."

밭두렁길이 끝나자 저 멀리 해안가에 깎아지른 절벽이 나타났다. 채석강이었다. 출렁거리는 바다 물결 위로 쌍돛이 활짝 펼쳐진 배 한 척이 두둥실 떠올랐다.

5

비가 멈추었다.

백두대간 줄기를 따라 한나절 가랑비를 뿌리더니 변산에 들어서면서 하늘이 말끔히 개었다. 연암은 직소폭포를 지나 쌍선봉으로 접어들었다. 저 멀리 산중턱에 자리한 월명암이 눈에 들어왔다.

참으로 모질고 기막힌 여정이었다. 이곳에 다시 오게 될 줄은 꿈에도 몰랐다. 문경새재를 넘던 길을 그대로 되짚자니 곱절은 더 피곤했다. 부안과 문경 사이의 다소 낯익은 풍광도 그리 위안이 되지는 못했다. 그래서인지 변산으로 돌아갈 때는 하루하고 반나절이 더 걸렸다.

변산은 부안 우반골과는 지척에 있었다. 다섯 산봉우리를 넘자 변산의 경계에 이르렀다.

"이러다가 도적 떼를 만나는 건 아닌지 모르겠습니다. 골짜기들이 문경새재 못지않게 험합니다."

"그러게 말일세."

계곡을 옆구리에 끼고 가파른 경사길이 끝없이 이어졌다. 예로부터 변산을 일러 장광(長廣) 팔십 리의 소 천엽 같은 산이라고 했다. 높은 산 정상에서 내려다보면 크고 작은 봉우리가 소의 천엽처럼 들쭉날쭉하고 움푹 파여 문경새재 못지않게 험준한 산이 그득했다. 대부분의 변산 봉우리들은 바위로 이루어져 기묘함을 더하고 그 사이의 계곡에는 폭포와 여울이 어울려 절경을 더해주었다.

월명암은 바위가 신선처럼 정상을 지키는 쌍선봉 아래 오도카니 앉아 있었다. 가람이라고 해야 겨우 세 채밖에 없는 작은 사찰이지만, 산중에 어디 이런 터가 있었을까 싶을 만큼 기운이 수승(秀勝)했다. 연암은 승려들이 기거하는 선방으로 다가섰다.

"이 깊은 산속에 어쩐 일이오? 길을 잃은 게요?"

눈썹이 허연 노승이 고개를 갸웃거렸다.

"아닙니다. 스님께 여쭈어볼 게 있어 찾아왔습니다."

연암은 잠시 숨을 고르고 월명암이 허균과 어떤 인연이 있는 곳인지를 물었다. 『교산기행』 필사지에는 채석강, 적벽강과 더불어 월명암이 명확하게 기록되어 있었다. 더군다나 월명암은 정사암에서 그리 멀리 떨어진 곳이 아니었다. 이곳 역시 문경의 혜국사와 마찬가지로 허균의 자취는 물론 홍길동의 기발한 무용담이 창대하게 뻗어 있을 것 같았다. 암자 도량에 들어설 때부터 대도적의 웅대한 기상이 어서 오라는 듯 가슴팍을 두드렸다.

"교산 허균이라면 역모죄로 처형을 당한 인물이 아니오?"

"그렇습니다. 교산은 한때 부안 우반골에서 집을 고쳐 짓고 살았습니다. 혹시 교산이 월명암에 다녀갔거나 이곳과 남다른 인연이 있는지요?"

"나도 교산이 우반골에 머물렀다는 소리는 들은 적이 있소. 하나 월명암에 다녀갔다는 것은 금시초문이오."

잘못 짚은 것일까. 월명암은 이래저래 허균과는 인연을 뗄 수 없는 곳이라고 여겼다. 그러나 노승은 허균과의 인연은커녕 뜬소문도 없었다고 잘라 말했다. 이번에는 변산의 도적 무리들에 대해 질문을 던졌다. 노승은 잠시 뜸을 들이고 연암의 쌍꺼풀진 두 눈을 물끄러미 쳐다보았다.

"행색을 보아하니 관아에서 나온 감찰자 같지는 않고……. 무슨 연유로 도적들에 대해 묻는 게요?"

"조선 팔도에서 변산의 도적이 가장 날래고 드세다는 풍문을 들었습니다. 교산 또한 정사암에 머무를 때 날랜 도적 무리에게 유달리 관심이 많았습니다."

"으음, 변산에는 유독 세 가지가 많은데 그게 뭔 줄 아시오? 바로 호랑이와 중과 도적들이라오. 이놈 저놈 아무나 변산에 들어와 머리 깎고 중이 되었으니 한때 암자 수가 만 개가 넘었다오. 그래서 저잣거리에 목탁과 염주를 파는 상점이 있을 정도였소, 하하."

노승은 도적 무리는 제쳐두고 중 얘기에 열을 올렸다. 연암은 질문의 의도를 살짝 비틀어보았다.

"혹시 홍길동 무리가 변산에 들어와 활약한 적은 없습니까?"

"홍길동? 허허, 홍길동이라면 공주 무성산과 문경새재에서 날뛰던 도적이 아니오?"

"그렇습니다. 하나 홍길동 무리가 번성한 후에는 변산에 적을 두고 관군과 대치한 적이 있다고 들었습니다."

연암은 어떻게든 변산과 홍길동을 한데 엮어보려고 생전 듣도 보도 못한 소리를 끌어들였다.

"홍길동 무리가 변산에 적을 두다니, 그건 또 어디서 주워들은 소리요?"

노승의 콧잔등이 들썩거렸다.

"제아무리 지나가는 길손의 호주머니를 털어 입에 풀칠을 하는 도적들이지만, 그들 사이에도 법도라는 게 있소. 그건 바로 다른 도적들의 소굴은 건드리지 않는 것이오. 한데 홍길동 무리가 뭐 빌어 처먹을 게 있다고 변산까지 와서 남의 밥그릇을 빼앗으려 하겠소?"

"그럼 변산에 홍길동 무리에 대해 전해져 내려오는 이야기는 없습니까? 전설이나 구전 따위도 괜찮습니다."

"없소! 예서 수십 년을 머무르며 온갖 뜨내기 도적들을 다 만나봤지만, 그런 소리는 귓불 근처에도 얼씬거린 적이 없소이다."

연암은 실망감을 감추지 못했다. 월명암에는 혜국사와는 달리 허균

과 홍길동의 자취가 남아 있지 않았다. 『교산기행』의 필사지만으로는
허균이 월명암에서 무슨 일을 겪었는지 도저히 알 수가 없었다.

"보아하니 조선 팔도의 대도적에게 꽤나 관심이 많은 것 같은데, 그
렇다면 멀리 거슬러 올라갈 필요도 없소. 변산에도 홍길동 못지않은
대도적이 있었으니 말이오."

노승은 작설차를 한 모금 마신 후 헛기침을 토해냈다.

"이는 오래전의 일도 아니요, 전설이나 구전 따위의 허무맹랑한
이야기는 더욱 아니오. 불과 오십 년 전, 변산에서 실제로 일어난 일
이오."

"그 도적이 누굽니까?"

연암이 빠르게 물었다.

"변산 도적으로 이름 석 자를 떨친 이는 노비 출신의 정팔룡이라는
자요. 사람들은 그를 정 도령이라고 불렀소."

정팔룡이라는 이름이 낯설지 않았다. 그 이름과 함께 소싯적의 아
련한 기억이 등줄기를 타고 스멀스멀 기어 올라왔다.

"정팔룡은 무신란(戊申亂)이 일어났을 때 변산의 구천 명에 이르는
도적을 이끌었던 큰 도적이었소."

무신란은 1728년(영조 4년) 소론인 이인좌(李麟佐)와 북인 정희량(鄭
希亮) 등이 영조와 노론 세력을 타도하기 위하여 일으킨 난이었다. 무
신란에 주도적으로 참여한 인물로는 연암의 조부뻘 되는 박필현(朴弼
顯)과 박필몽(朴弼夢)도 있었다. 연암은 이들의 방손(傍孫)이었다. 태인
현감 박필현은 거병을 하였으나 전주성 입성에 실패한 후 사로잡혀

처형되었다. 무장에 유배되었던 박필몽은 무장의 관노 삼십여 명을 징발하여 전주 입성을 시도했으나, 뜻을 이루지 못하고 한양으로 압송되어 처형되었다.

연암은 조부인 박필균(朴弼均)으로부터 이런 집안의 얘기를 들으며 성장했는데, 변산의 '정 도령'이라는 이름을 그때 처음 들었다. 박필균은 사헌부 대사헌, 예조 참관 등의 고위 관직을 지낸 인물로, 성격이 대쪽같이 꼿꼿했다. 당시 박필균은 소론의 사대부로부터 '눈이 붉은 사나운 싸움꾼'이란 별명을 얻을 정도로 강경한 인물이었다. 그는 어려서부터 필재가 뛰어난 연암을 끔찍이 아끼고 귀여워했다. 연암 역시 청렴하고 검소한 삶을 산 조부를 부친보다 더 잘 따랐다.

스무 살이 될 무렵, 연암은 조부로부터 무신란에 대한 이야기를 처음 들었다. 박필현과 박필몽이 무신거사에 참여했다가 처형당한 것도 조부를 통해 알게 되었다. 박필균은 무신란에 동참한 변산 도적들에 대해서도 말을 해주었는데, 당시 도적의 우두머리가 도적들에게 내린 세 가지 행동 강령이 있었다고 했다.

한 사람의 백성도 죽이지 않는다[不殺一民]. 백성의 재물을 빼앗지 않는다[不奪民財]. 부인들을 겁탈하지 않는다[勿忦婦人].

이런 행동 강령을 내세운 인물이 정팔룡이었다.

"정팔룡은 어떤 인물입니까?"

연암이 옛 기억을 더듬으며 물었다.

"변산 도적들 중에 그만한 인물이 없었소. 비록 노비 출신이기는 하나 도적 무리를 통솔하는 능력이 여느 대장군 못지않았소. 하여 난을 일으킨 전라도의 사대부들도 정팔룡의 기개를 높이 사 그에게 도움을 청한 것이오."

노승은 차가 남아 있는 잔을 코에 갖다 댔다.

"당시 변산의 도적들 사이에는 난에 참여하는 걸 반대하는 자가 많았소. 거사가 성공하더라도 사대부의 치적에 가려 도적들의 공적이 묻힐 것을 염려했기 때문이오. 하나 정팔룡은 오로지 대의를 품고 도적 무리를 설득하여 주도적으로 난에 참여하였소. 아마 정팔룡이 사대부 가문에서 태어났으면 필히 정승의 위치에 올라 국운을 논하며 그 책무를 다했을 것이오."

용기 있는 결단이었다. 노비 출신인 정팔룡이 사대부들의 간교한 술책을 모를 리 없었다. 그럼에도 불구하고 그는 앞뒤 가리지 않고 거사에 주도적으로 참여했다.

"한낱 도적에 불과한 그들이 무얼 원해 사대부들의 뜻을 따랐겠소? 도적들이 가슴에 품은 뜻은 아주 담백하고 평범한 것이었소. 노비 출신들은 노비에서 벗어나기를 원했고, 고향을 등진 도적들은 그저 고향에 필부로 돌아가 농사를 지으며 살기를 원했던 것이오."

무신란은 실패로 끝났다. 거사에 참여한 이들은 처형당했고, 영조의 세력은 더욱 견고해졌다. 연암은 정팔룡의 마지막 행적이 궁금했다.

"난이 진압되고 정팔룡은 어찌 되었습니까?"

"음, 여러 풍문이 있긴 한데 어느 것이 정설인지는 알 수 없소. 이인좌가 처형을 당한 후 지리산에 몸을 숨겼다는 소리도 있고, 금강산으로 들어갔다는 풍문도 있소. 어찌 됐든 워낙 신출귀몰해 관군에게 붙잡히거나 처형당하지 않은 것만은 분명하오."

노승은 잠시 뜸을 들이더니 말끝을 흐렸다.

"누군가는 정팔룡이 변산에서 자취를 감춘 후 무월도(舞月島)에 갔다는 소리도 곧잘 하더이다만……."

"무월도라니요?"

"굳이 풀이를 하자면 달이 춤을 추는 섬인데, 오래전부터 변산의 어부들 사이에 전해 내려오는 가상의 섬이오."

"……."

"어부들은 이 섬을 낙토(樂土)라고 부르며 무척이나 동경하였소. 또한 곡식도 풍부하고 먹을 것도 많아 신비의 섬이라고도 불렀소."

"그 섬이 어디에 있습니까?"

"허허, 지금까지 뭘 들은 게요? 변산의 어부들이 지어낸 가상의 섬이라고 하지 않았소. 이런 전설이 널리 퍼진 것은 임진란 이후부터라고 하오. 전란의 피해가 심하니 그저 마음 편히 쉴 수 있는 곳이 없나 하여 백성들 사이에서 생겨난 전설 같소. 한때는 변산의 어부들이 이런 전설을 그대로 믿어 무월도를 찾으려고 먼바다에 나갔다가 풍랑을 만나 목숨을 잃기도 했소. 그래서 언제부턴가 그 섬을 '망상의 섬'이라 부르기도 한다오, 허허."

무월도, 낙토, 가상의 섬, 신비의 섬, 망상의 섬……. 전설이나 구전은 소설의 튼실한 씨앗이었다. 대부분 이런 이야기가 황당무계하여 관심을 두지 않으나, 가만히 귀 기울이면 인간의 삼라만상이 다 여기에서 비롯된 것이었다. 맹랑하고 황당한 이야기의 진위를 가릴 게 아니라 그런 사연이 왜 백성들의 입을 통해 전해지는지를 밝히는 것이 학문하는 자의 도리였다. 아무리 미천한 이야기라고 한들 어찌 속 깊은 사연이 없겠는가.

"하긴 어느 누군들 한 번쯤 그런 낙토 같은 섬을 꿈꾸지 않겠소. 알고 보면 부처의 품이 지상낙토고 연화세계이거늘 다들 허상에 사로잡혀 있으니……."

6

바다 물결이 험하게 출렁거렸다. 월명암을 내려온 후부터 졸졸 따라오던 햇살은 그새 감쪽같이 사라졌다. 봉추거사 일행은 채석강 앞에 묶여 있는 돛단배를 향해 천천히 걸어가고 있었다.

"나, 나리…… 어쩌실 겁니까요?"

기암절벽을 거세게 때리는 물결 소리가 가까이서 들려왔다. 하늘 위로 솟구친 두 개의 쌍돛이 바람결에 펄럭거렸다. 허균은 해안가 암벽에 몸을 숨긴 채 배에 오르는 그들을 멀뚱히 지켜만 보았다.

"저들이 배를 타고 떠나면……."

길참의 입에서 단내가 푹푹 풍겨왔다. 봉추거사는 채석강 바위에 서서 배에 오르는 그들의 뒷모습을 가만히 바라보고 있었다. 하나, 둘, 셋……. 이제 모두 배에 올라타고 젊은 승려와 봉추거사만 남았다.

"잠깐!"

허균은 암벽 뒤에서 뛰쳐나와 해안가로 달려갔다.

"이대로 갈 수는 없소이다!"

허균의 카랑카랑한 목소리가 채석강 주위를 울렸다. 허균의 갑작스러운 출현으로 돛단배 위가 술렁거렸다. 젊은 승려가 돛단배에 오르려다 말고 허균 앞으로 다가섰다. 그는 허리춤에서 칼을 꺼내더니 허균의 목에 들이댔다. 날카로운 칼끝이 목에 닿자 붉은 피가 찔끔찔끔 흘러내렸다.

"용케도 찾아왔구나, 허허."

봉추거사가 안면에 희미한 미소를 매달고 허균 앞으로 걸어왔다.

"하여튼 비상한 재주를 가진 놈이로다. 그 글귀를 기어이 해독하다니, 허허."

"카, 칼을 치워주십시오."

허균의 목에 들이댄 시퍼런 칼날이 가늘게 흔들렸다.

"칼을 거두어라!"

봉추거사의 명이 떨어지자 젊은 승려가 빠르게 칼을 거두었다.

"이, 이 배는 어디로 가는 것이옵니까?"

"그건 네놈도 잘 알고 있지 않느냐."

"그럼 정녕 홍 장군의 나라로 가는 것이옵니까?"

"네놈에게 왜 그런 글귀를 써 주었는지 아직도 모르겠느냐? 네놈의 타고난 성분이 저 배가 이르게 될 섬과는 어울리지 않으나, 언젠가 호시절이 도래하면 요긴하게 써먹을 데가 있을 것 같아 네놈을 부른 게다."

"저, 저를 요긴하게 써먹을 데라니요?"

"네놈의 명석하고 비상한 글재주를 빌리고 싶었던 게다. 그 섬에 뿌리내린 백성들이 어떻게 하루를 소일하고 있는지, 맑은 기풍과 후한 풍속이 어떻게 그곳에서 녹아나고 있는지 네놈이 두 눈으로 똑똑히 보고 장문의 글로 남기면 얼마나 좋겠느냐. 비록 당장은 아니더라도 훗날 그 섬이 후대에 널리 알려지게 되면 어리석은 군주나 세 치 혀 아래 시퍼런 도끼를 감추고 있는 간교한 신하들에게 모범이 될 수 있지 않겠느냐."

"……."

"자, 이제 예까지 왔는데 어찌하겠느냐? 나와 함께 배에 오르겠느냐?"

허균은 즉답을 주지 못하고 망설였다.

"허허, 대체 무얼 주저하는 게냐. 네놈도 그 섬이 어떤 별천지인지 오매불망 가보고 싶어 하지 않았느냐. 하나 배에 오르기 전에 한 가지 명심해야 할 것이 있느니라."

"그, 그게 무엇이옵니까?"

"그곳에 한번 발을 들여놓으면 다시는 뭍으로 나올 수가 없다. 골육이 썩어 사라질 때까지 그 섬에서 살아야 하느니라. 일찍이 그 섬을 나오려고 한 사람은 단 하나도 없으니 이는 크게 염려하지 않아도 될 게다. 어찌할 테냐?"

"……."

"그곳엔 왕도 없고 노비도 없느니라. 왕이 없으니 신하가 있을 리 없고, 노비가 없으니 네놈 같은 양반도 있을 리가 없다. 그렇다고 그곳에서 무위도식을 하거나 위신을 지킬 수 있으리라 생각했다면 당장 허튼 꿈에서 깨어나야 할 것이니라."

허균은 아무 말도 못 하고 멍하니 봉추거사만 바라보았다.

"이상한 놈이로구나. 그곳에 가고 싶어 안달이 난 줄 알았는데, 어찌 망설이는 게냐? 두고 온 처자식 때문이더냐? 하하하."

그곳에 발을 들여놓으면 다시는 나올 수가 없다……. 봉추거사의 목소리가 귓전에서 아득하게 울렸다. 아아, 쌍돛이 휘날리는 저 돛단배에 몸을 맡기고 싶었다. 설령 무릉도원 별천지가 아니더라도 거기서 하루하루 살아가는 백성들을 똑똑히 보고 싶었다. 조선 팔도를 단단히 떠받치고 있는 가식과 위선의 제도에서 벗어나고 싶었다. 간이며 쓸개며 다 빼 주고 제 앞가림만을 챙기는 간신배로부터 멀어지고 싶었다.

"시간이 없다. 어서 결정해라!"

아아, 대체 어찌해야 한단 말인가. 저 내면 깊숙한 곳에서는 어서 돛단배에 오르라고, 홍길동이 세운 나라를 두 눈으로 똑똑히 확인하라고 아우성이었다. 그러나 허균은 꽁꽁 얼어붙기라도 한 듯 단 한 발짝도 내딛지 못했다.

"배에 오르지 않겠습니다……. 저는 이 나라에서 해야 할 일이 남아 있습니다. 이 조선에서 이뤄야 할 원대한 꿈이 있사옵니다."

혹독한 귀양살이를 하면서도 삶에 강한 애착을 가졌던 것은 가슴속에 품은 꿈을 이루기 위해서였다. 하늘이 도와 적기를 내리면 이 조선 팔도를 깡그리 개조하고 혁신하고 싶었다. 아직 배포나 꿈이 맞는 사상가를 만나지 못했을 뿐 언젠가는 하늘이 천둥 같은 명을 내리리라 믿었다.

"원대한 꿈이라……. 허허, 백학봉에서 한 말을 잊었느냐? 세월이 뒤숭숭하면 나는 새도 제 집 둥지에 틀어박혀 나오지 않는다고 하지 않았느냐. 보아하니 아직도 정신을 못 차리고 벼슬에 마음을 두고 있는 게로구나."

"……."

"알았다. 네놈 뜻이 정 그러하다면 할 수 없지."

"이자를 어찌 놓아주려고 하십니까?"

허리에 칼을 찬 젊은 승려가 뾰족한 아래턱을 내밀었다.

"놔두어라. 이 나라에서 해야 할 일이 남아 있다고 하지 않느냐. 어서 배에 오르거라."

봉추거사는 그렇게 말하고 뱃머리를 향해 몸을 돌렸다.

"저, 저는 가겠습니다요!"

그때 허균 옆에 있던 길참이 봉추거사 앞으로 뛰쳐나왔다.

"절 데려가주십시오. 전 홍 장군의 나라로 가겠습니다요!"

"기, 길참아……."

"죄송합니다, 나리……. 절 보내주십시오."

"……."

"나리를 모시며 장성과 문경을 두루 다니는 동안 저 또한 꿈을 갖게 되었습니다요. 정녕 그곳이 신분 차별이 없고 누구나 사람답게 살 수 있는 곳이라면 저의 후일을 그곳에 맡기고 싶습니다요. 저는 진심으로 이 땅을 떠나고 싶습니다요."

길참의 목소리가 애잔하게 울려 퍼졌다. 길참은 봉추거사 앞으로 다가가 무릎을 꿇었다.

"저를 받아주신다면 그곳에 가서 열심히 살겠습니다요."

봉추거사는 목석처럼 뻣뻣하게 선 채 길참과 허균을 번갈아 쳐다보았다.

"부디 저를 받아주십시오!"

"배에 오르거라!"

"고, 고맙습니다요."

봉추거사의 말이 떨어지자 길참의 얼굴이 환하게 밝아졌다. 그러나 허균 앞으로 다가갈 때 길참의 얼굴은 딱딱하게 굳어 있었다.

"나리, 정말 죄송합니다요."

길참은 배에 오르기 전에 허균에게 다가와 큰절을 올렸다.

"아, 알았다."

"나리께서 베푼 은덕은 평생 잊지 않겠습니다요."

"그래, 내 어찌 너의 뜻을 막을 수 있겠느냐."

"나리……."

길참은 머리가 바위에 닿도록 한 번 더 큰절을 올렸다. 길참의 눈에서 눈물이 뚝뚝 떨어졌다.

이윽고 채석강에 묶여 있던 돛단배가 먼바다로 방향을 틀었다. 뱃머리에 선 봉추거사는 허균을 애써 외면했고, 길참은 허균을 향해 두 손을 흔들었다.

허균은 돛단배가 눈앞에서 사라질 때까지 그 자리를 떠나지 못했다. 채석강 주변에는 장대비라도 내리려는지 노란 번개가 사정없이 내리꽂혔다.

7

바람 한 점 없었다. 서녘의 붉은 해가 온 바다를 진홍으로 물들이며 마지막 정열을 불태우고 있었다.

연암은 느릿느릿한 걸음으로 채석강 쪽으로 다가갔다. 채석강은 파도에 씻긴 바위가 깎이고 또 깎여 알몸으로 영겁의 세월을 떠받들고 있었다. 몇천만 년이나 파도에 씻겼는지 그 세월을 감히 짐작할 수 없었다. 겹겹이 쌓인 단안반석은 흡사 시루떡을 차곡차곡 쌓은 것 같기도 하고 만 권의 책을 정연히 쌓아놓은 것 같기도 했다.

허균은 채석강 앞에서 어떤 긴박한 일을 겪었던 것일까? 『교산기행』필사지에는 그날 허균의 심경이 다음과 같이 적혀 있었다.

사람이 제 태를 끊고 세상에 나와 온갖 곡절을 겪는 게 인생이라
하지만 내 나이 마흔넷이 되는 동안 이날처럼 긴박한 때가 있었
는지 헤아리지 않을 수 없었다. 채석강 앞에 쌍돛이 펄럭이는 배
에 오르면 별천지가 기다리고 있을지 모르나 의구심이 들어 망

설이게 되고, 조선에 남아 있자니 눈꼴사나운 간신배들이 떠나지 않아 이래저래 마음이 흔들리지 않을 수 없었다. 고리타분한 유생들에게 휘둘리고 나라에 버림받은 기박한 팔자를 생각하면 당장에 조선 땅을 떠나고 싶었으나 차마 배에 오르지 못했다. 식솔들을 생각해서도 아니요, 나라의 은덕을 잊지 못해서는 더욱 아니었다.

오죽하면 이 육신이 두 개로 쪼개져 하나는 저 먼 남쪽 섬에 보내고 다른 하나는 조선에 남았으면 하는 기망을 가졌으니 이 얼마나 기체의 존엄을 모독한 바람이었을까.

"『교산기행』의 종착지가 바로 이곳입니까?"

마종삼의 눈길이 고운 모래 길 너머 적벽강 쪽으로 향했다. 채석강 끝의 북쪽에는 붉은색을 띤 바위가 쌓인 적벽강이 구부정하게 누워 있었다. 적벽강의 기암괴석은 바위 하나하나가 만물의 형상을 하고 있었는데, 어느 것은 여인의 젖무덤 같고 또 어느 것은 토끼 모양을 하고 있었다.

"바다로 가지는 않았을 테고……. 이제 더 갈 곳도 없지 않습니까?"

이번 기행에서 허균의 발길이 마지막에 이른 곳은 어디일까. 채석강에 온 것은 분명한데 그다음 행선지는 모호했다. 『교산기행』 필사지에는 채석강 앞에서 겪은 일만 간략하게 적혀 있을 뿐이었다.

연암은 봇짐을 내리고 그 안에서 손에 잡히는 대로 낱장의 종이를 꺼냈다. 조열이 연암의 집에 가져온 것, 조열의 서고에서 발견한 것, 오작노가 조열의 품 안에서 꺼낸 것, 차기중의 초가에서 찾아낸 필사지 등을 모두 합하니 열 장가량 되었다. 십여 장에 이르는 필사지는 어디가 앞이고 어디가 뒤인지 기행의 순서를 꿰맞추는 것도 쉽지 않았다. 대충이나마 부안 정사암에서 장성 아차실, 문경과 변산에 이르는 허균의 족적을 읽을 수 있었다. 그러나 이것으로 『교산기행』을 아우르는 데는 턱없이 모자랐다. 채석강에 이르러 먼바다를 바라보니 『교산기행』의 전문이 더 간절해졌다.

"이곳에 와보니 감회가 남다릅니다……. 정말 홍길동이 저 먼 남쪽 섬으로 가서 율도국을 세운 걸까요?"

채석강에 도착한 후로 마종삼의 표정이 사뭇 진지했다.

"자네가 보기엔 어떤가?"

"허무맹랑한 소리 같지는 않습니다. 제아무리 붓 가는 대로 쓰는 게 소설이라고 해도 충분히 있을 법한 일이 아닙니까?"

『홍길동전』에는 다소 황당무계한 이야기도 있으나, 도적 무리들이 품은 이상은 결코 허황된 꿈이 아니었다. 조선 팔도에서 미천하고 기박한 군도로 살아갈 바에는 차라리 위험을 무릅쓰고서라도 그들만의 왕국을 찾아 떠나지 않았을까.

문득 『홍길동전』을 처음 접했을 때의 감흥이 새록새록 떠올랐다. 책을 손에 쥐자마자 막힘없이 술술 읽어 내려갔다. 홍길동의 분신이라도 된 듯 책 속에 푹 빠져들어 도적 무리들과 함께 첩첩산중을 누비고 다녔다. 허균의 자유분방한 글쓰기 형식은 젊은 연암에게 지대한 영향을 끼쳤다. 연암은 오래전부터 금서로 지정된 허균의 서책을 남몰래 탐독하면서 그의 글에 매료되었다. 허균의 글은 일반 문장가의 것과는 달랐다. 그의 자유분방한 삶처럼 글쓰기 역시 형식에 구애받지 않고 날래고 민첩했다.

그때 문경을 떠나면서부터 가슴에 품고 있던 의혹 한 점이 목덜미를 지그시 내리눌렀다. 『교산기행』은 어떻게 혜국사에 흘러 들어간 것일까? 허균도 『교산기행』을 탈고하면서 이 서책이 이 세상에 나와서는 안 될 책임을 알고 있었을까?

허균이 부안 정사암을 떠나 다시 한양에 둥지를 튼 것은 1612년 11월이었다. 허균은 그 이듬해인 1613년, 한때 '그대는 나의 해와 달'이라고 신뢰하던 광해군의 부름을 받고 궁궐로 들어갔다. 그러나 궁궐로 들어간 후 허균의 삶은 순탄하지 않았다. 1613년 '칠서의 난'이 일어나고 허균은 그 배후자로 의심받았다. 이 무렵 인목대비를 폐위시키려는 '폐모론'이 대두되었고, 중신들 사이에서는 치열한 정파 싸움이 전개되었다. 이때 허균은 대북파의 실세인 이이첨에게 무릎을 꿇고 그 밑으로 들어가 충성을 다짐했다. 허균으로서는 치욕의 순간이 아닐 수 없었다. 그 후 허균은 투서 사건에 휘말리다가 결국 이이첨의 농간으로 역모죄로 의금부에 투옥되었다.

이이첨은 허균을 역모죄로 모함하기 위해 여러 술책을 동원했는데, 그중 하나가 『홍길동전』의 원본을 찾는 것이었다. 『홍길동전』이야말로 허균을 역모죄로 잡아넣을 수 있는 유력한 물증이었기 때문이다. 그러나 수일 동안 허균의 집을 수색했지만 끝내 『홍길동전』은 발견되지 않았다. 당시 허균은 이런 술책을 예감했는지 그가 소장한 서책과 집필한 글을 모두 조카사위인 이사성(李士星)의 집으로 보냈다.

1618년 8월 17일, 허균은 의금부에 투옥되었을 때도 자신이 무슨 죄를 지었는지 잘 알지 못했다. 자신이 역모죄로 투옥되었음을 알게 된 것은 그가 거열형을 당하기 불과 이틀 전이었다. 당시 허균은 역모를 꾸밀 힘이 전혀 없었다. 그를 따르는 무리는 백 명도 채 되지 않는 승병과 필부, 그리고 신분 차별로 깊은 좌절감을 느끼던 서얼 출신 들 뿐이었다. 의금부에 잡혀 들어간 지 이레 후인 8월 24일, 허균은 몸이 여섯 토막으로 찢어져 참혹한 최후를 맞이했다.

연암은 열 장의 『교산기행』 필사지 중에서 마지막 남아 있는 필사지를 펼쳤다.

내가 여기에 적은 글은 두 귀로 듣고 두 눈으로 보고 온몸으로 겪은 것이니 감히 허튼 글이 있을 수 없다. 그것이 허무맹랑한 내용이라고 해도 할 수 없고, 잡귀에 씌어 허깨비를 보았다고 해도 할 수 없다. 한 조각 흰 구름과 사철 내내 변치 않는 노송이 이 글의 진위를 알아준다면 그것으로 족할 일이다.

장성, 문경, 그리고 변산에 머무는 동안 단 하루도 두 다리 쭉 뻗고 편히 잠든 적이 없었다. 발길 닿는 곳마다 곡절 깊은 사연이 마중 나와 잔잔한 가슴에 불을 지폈다. 부안 정사암에 돌아와 이 여행이 얼마나 걸렸는지 헤아려보니 꼭 오십오 일이 걸렸다. 홍길동의 혼백은 여행길 내내 시도 때도 없이 잠자리까지 파고들어 내 육신이 홍길동인지, 홍길동의 혼백이 내 골육인지 분간할 수 없었다.

나비의 꿈인가, 나비로 환생한 홍길동의 꿈인가. 이도 저도 아니면 내 육신이 나비로 둔갑하여 홍길동의 꿈을 꾼 것인가. 정사암에 돌아와서도 꿈과 생시를 혼동해 일상이 더없이 혼잡했다.

지금 이 글을 정리하면서도 여러 의혹을 거두지 못하고 있다. 하여 이 글을 서책으로 묶는다 해도 감히 세상에 선뜻 내놓을 자신이 없다. 한 치 앞을 내다볼 수 없는 게 인생이라 후사를 위해 조신해야 할 까닭이 여기에 있다.

"나리께서도 소설을 써보시는 게 어떠한지요?"

마종삼이 뭔가 할 말을 찾은 듯 연암을 빤히 처다보았다. 뜬금없이 웬 소설 타령인가. 연암은 다소 머쓱한 표정을 지었다.

"소설을 집필한 지도 꽤 되지 않았습니까요."

그랬다. 이희천이 『명기집략』을 소지한 이유로 목숨을 잃은 이후 연암은 소설을 쓰지 못했다. 그 후로도 무슨 잡념이 그리 많이 생기는지 소설은커녕 이렇다 할 잡문도 쓰지 못했다.

연암이 처음 소설을 쓴 것은 스무 살이 채 되기 전이었다. 집안 노비들에게 귀동냥으로 주워듣고서 「광문자전」을 썼고, 곧이어 「예당선생전」을 탈고했다. 세상에 떠도는 기이한 인물이나 사건에 대해 듣고 『방경각외전』을 쓴 게 스물한 살이었다. 그때만 해도 붓끝이 실뱀처럼 자유롭게 꿈틀거리고 삶의 이빨처럼 날카로웠다. 머리에서 빙빙 맴도는 것도 붓만 들이대면 깔끔하고 유려한 문장으로 태어났다. 하도 글이 잘 써져서 벼루에 먹을 가는 시간이 아까울 정도였다. 서른 안팎의 나이 때는 관동 지방을 유람한 후 「양반전」을 썼다. 그 이듬해 금강산을 유람한 후 「김신선전」을 탈고했다. 그 후 제대로 소설을 써본 게 언제였던가. 마흔을 넘어서는 백탑 지기들의 책 서문이나 이승을 떠난 벗의 추도문, 절친한 벗에게 보내는 잡문의 편지만 끼적거렸다. 아등바등 먹고사느라 바쁜 것도 아니었는데 내세울 만한 소설 한 편 쓰지 못했다.

"어떤 소설을 쓰면 좋겠나?"

"글쎄요. 나리께서 마음속에 품고 있는 세상은 어떠한지요?"

"마음속에 품고 있는 세상이라……."

"소설에서라면 뭐든 할 수 있지 않겠습니까요? 간신배니 모사꾼이니 잡것 날것들을 붓으로나마 모두 패대기칠 수 있지 않습니까요."

"……."

"이번 여행길에 겪은 일을 소설로 만들면 아주 근사할 것 같습니다. 저는 월명암 노승에게 전해 들은 정팔룡이라는 도적이 구미가 당깁니다요."

'이건 또 무슨 조화란 말인가.'

갑자기 손끝에 묘한 힘이 모아졌다. 붓을 쥐고 있지 않은데도 손가락이 근질거리고 팔뚝에는 퍼런 핏줄이 돋아났다. 그뿐이 아니었다. 심장은 벌렁벌렁 뛰고 사지는 하늘을 날 것처럼 가뿐했다. 몸 안에 흐르는 이런 기류는 상서로운 징조였다. 감흥이 오를 대로 올라 몸을 주체할 수가 없었다. 마치 스무 살 때의 영감이 되살아나는 것 같았다.

이런 기세라면 단 하루 만에 소설 한 편을 써 내려갈 자신이 있었다. 그때 문득 한양을 떠나기 전에 붓을 들었던 인물이 떠올랐다. 바로 허생이었다.

"이제 그만 올라가세."

채석강의 칼바람이 연암의 등짝을 매섭게 후려쳤다.

8

'결말이 문제로군…….'

허균은 붓을 내려놓고 골똘히 생각에 잠겼다. 정사암 툇마루에는 『홍길동전』 초안이 어지럽게 널려 있었다. 정사암으로 돌아온 지 한 달이 지나서야 겨우 붓을 들었다. 그동안 여러 잡문과 소설을 써왔지만 이번처럼 고되고 정신 사나운 적이 없었다. 조선 팔도를 떠도는 소문, 두 달 가까이 몸소 겪었던 생생한 현실과 맛깔스런 상상의 세계에서 고민은 한없이 깊어갔다.

허균은 이 소설 속에서 서자 출신의 도적 우두머리를 화려하게 둔갑시켰다. 도술과 변신술은 기본이고 효성이 지극한 효자에, 임금을 충성스럽게 섬기는 인물로 각색했다. 썩 내키지는 않으나 홍길동을 이상적인 인물로 그려내기 위해서는 어쩔 수 없는 선택이었다. 조선을 떠받치고 있는 두 개의 커다란 기둥, 효성과 충성의 잣대를 무시할 수 없었다.

오랜 고민을 거듭한 끝에 봉추거사와 염기출, 가짜 홍길동의 무덤, 평 자 문양의 패찰 등은 소설에서 제외시켰다. 이런 생생한 현실은 실록을 집필하는 게 아닌 다음에야 군이 싸잡아 넣을 필요가 없었다. 되레 자유롭게 상상을 펼쳐가며 글을 쓰는 데 커다란 걸림돌이 되었다. 늘 그렇듯이 소설은 속세든 신선이 노는 마당이든 자유롭게 넘나들어야 감칠맛이 나기 마련이었다.

지난가을 오십오 일간 보고 듣고 겪은 일은 따로 정리해두었다. 정사암에 돌아와 집필을 시작할 때부터 소설과 기행문을 동시에 써 내려갔다. 기행문에는 장성 아차실에서 문경과 변산에 이르기까지의 숨가쁜 일정을 가감 없이 있는 그대로 적었다. 그저 본 대로 느낀 대로 적으려니 군이 상상할 필요가 없었고, 달리 맛깔스럽게 꾸밀 필요도 없었다. 두 눈과 두 귀, 그리고 하나의 심장이 곧 글이며 문장이었다. 이미 이번 기행문의 제목도 정하였다. 자신의 호를 딴 『교산기행』이었다.

그러나 대충 기행문의 초안을 마주하고 보니 이를 세상에 내놓을 엄두가 나지 않았다. 과연 어느 누가 오십오 일간의 이 장엄한 순례를 믿을 것인가. 아차실 성황당 앞의 음사, 아차실 산을 밝히던 횃불, 봉추거사와의 조우, 홍길동의 친필, 채석강의 돛단배……. 대도적을 쌍수 들어 찬양하고 그 후손들에게도 존경과 경의를 표하니 이는 매우 위험한 서책이 될 것 같았다. 그래서 기행문을 탈고했다고 하여 선뜻 세상 밖으로 내보낼 자신이 없었다. 공맹사상에 투철한 유생은 물론 사려 깊은 학자들에게도 거센 비판을 받을 게 빤한 일이었다. 자칫 이 기행문으로 말미암아 민심을 현혹하고 조정을 능욕했다 하여 목에 칼을 채울지도 모를 일이었다. 당분간 머리맡에 두었다가 적절한 기회를 봐서 세상에 내놓고 싶었다. 이도 저도 안 되면 차라리 혜국사로 보내면 훗날을 기약하는 것도 한 방편이었다. 지금쯤 혜국사는 안정을 찾고 천 년 고찰의 위용을 되찾았을 게 아닌가.

허균은 흐트러진 마음을 추스르고 다시 소설 속으로 빠져들었다. 결말 부분에 이르러서는 붓끝이 사흘 내내 제자리걸음이었다. 홍길동이 이상국을 찾아 나선 것까지는 그럭저럭 꾸려나갔으나, 그다음 홍길동의 역할을 어떻게 해야 할지 판단이 서지 않았다. 이상국의 강력한 군주로 등장시켜야 할지, 아니면 홍길동이 원래 꿈꾸던 대로 왕도 없고 노비도 없는 세상을 그려야 할지 갈피를 잡을 수 없었다.

계곡으로 나가 머리를 식히면 명쾌한 답을 얻을 수 있을까. 허균은 붓을 내려놓고 정사암을 나섰다. 선계폭포에 고인 물은 그새 살얼음으로 변해 있었다. 입에서는 허연 김이 연신 쏟아져 나왔다.

허균의 눈길이 계곡을 훑어오다가 냇가 바위 앞에 멈추었다. 바위틈 사이로 하얀 비늘이 살랑살랑 움직이고 있었다. 동장군의 위세가 하도 등등해 생명을 달고 꿈틀거리는 것을 볼 수 없어 꽤나 적적하던 참이었다. 바위틈으로 다가가니 백옥처럼 흰 날개가 고개를 내밀었다.

'오오, 이것은 나비가 아닌가……'

눈앞에서 팔랑거리며 춤을 추고 있는 것은 모시나비였다. 봄의 한가운데서 날갯짓을 뽐내야 할 나비가 어찌 입동이 지난 산줄기에 나타났는가. 모시나비는 허균 주위를 빙빙 맴돌다가 어깨 위에 살포시 내려앉았다. 놀랍고 신기한 일이었다. 산천이 꽁꽁 얼어붙은 날에 모시나비라니, 이게 무슨 징조일까.

허균은 마치 장자(莊子)의 호접지몽(胡蝶之夢)의 일부가 된 듯 어리둥절했다. 지난가을 다사다망한 가운데 난생처음 겪었던 곡절도 나비의 꿈은 아니었을까. 장성과 문경에서 겪은 일이 까마득한 옛일 같았다. 돌이켜보면 정말 꿈인지 생시인지 분간할 수 없는 나날이었다. 정사암에 돌아와서도 종종 그때의 일이 떠올라 날밤을 꼬박 지새운 게 하루 이틀이 아니었다.

허균은 바깥문 앞에서 걸음을 멈추었다. 모시나비는 허균을 한시도 떠나지 않고 어깨며 허리며 머리에 날개를 걸치고 기어이 정사암까지 따라붙었다. 희한한 나비였다. 방에 들어온 후에는 마치 날짐승이 제 둥지를 찾아가듯 『홍길동전』 초안에 곱게 날개를 접고 앉았다. 행여 홍길동의 혼백이 적적한 정사암에서 벗이라도 되어주려고 나비로 환생한 것은 아닐까.

홍길동의 영롱한 자취가 모시나비 날개 속에서 맑고 은은하게 되살아나고 있었다.

9

비가 온 후라 날이 제법 선선했다. 문틈으로 바람이 술술 기어들어 등줄기를 다독거렸다. 글쓰기에 딱 좋은 날씨였다.

연암은 붓대를 꽉 움켜쥐었다. 더 이상 미룰 수도 늦출 수도 없었다. 오늘이야말로 허생을 소설 속에 제대로 녹아들게 할 작정이었다. 채석강을 떠날 때부터 무엇을 쓸 것인지 차곡차곡 머릿속에 집어넣었다. 소설에 온통 마음이 쏠려서인지 한양으로 올라오는 길이 하나도 피곤한 줄도 몰랐다. 마종삼도 그런 기미를 눈치챘는지 먼저 말을 거는 적이 없었다. 이제 다시 스무 살 때의 영특한 기운을 받아 붓이 덩실덩실 춤추는 일만 남았다. 십여 년 만에 쓰는 소설이라 쥐꼬리만 한 양기마저 탈탈 털어 넣었다.

허생이라는 선비를 세세하게 다듬고 손질했다. 옥갑에서 비장들에게 전해 들은 이야기로는 턱없이 부족했다. 애초에는 궁박한 살림은 거들떠보지도 않고 글만 읽을 줄 아는 문약한 선비를 그릴 생각이었다. 하나 부안 우반골 반계거사의 명당 터를 들러보고 허생의 행로가 바뀌었다. 이참에 반계거사의 출중한 경세 지식을 넣고 싶었다. 일개 범상한 열혈 장사꾼으로는 만족할 수 없었다. 기왕이면 조선 팔도의 경세를 쥐락펴락하는 거상으로 격을 끌어올렸다.

허생의 창대한 꿈과 이상도 빠뜨릴 수 없었다. 신마소설(神魔小說) 따위의 맹랑한 격식은 발도 못 붙이게 했다. 그리하여 허생을 군도(群盜)까지 아우르는 통 큰 인물로 격상시켰다. 도적 무리들이 원하는 태평한 나라는 무월도 같은 저 먼 남쪽 섬으로 정했다. 이들이 무주공도에서 연명하기 위해 무엇이 필요한지도 꼼꼼하게 살폈다. 생존(生存)을 위한 식량, 생산(生産)을 위한 도구, 생식(生殖)을 위한 배우자 등 삼생(三生)을 갖추니 사람의 도리를 하는 데 부족한 게 없었다. 무주공도에 도착하자마자 서책 따위는 모두 바다에 빠뜨렸다.

"종이와 벼루는 농토이고, 붓과 먹은 쟁기와 호미이며, 문자는 씨앗이고 책은 양식이니라. 하나 빛과 양식이 되어야 할 책이 백성을 부려 먹는 도구로 쓰인다면 어찌하겠느냐?"

중운 스님의 카랑카랑한 목소리가 귓불을 때렸다. 원래 책이라 함은 손에 쥐고 있는 임자에 따라 칼이 되기도 하고 양식이 되기도 하고 불멸의 혼이 되기도 했다. 무주공도에서는 칼도 양식도 불멸의 혼도 필요 없었다. 이번에는 월명암을 나설 때 노승이 한 말이 옆구리를 찔렀다.

"벼슬아치든 도적 우두머리든 부귀와 영화, 장수(長壽)를 어찌 다 누릴 수 있겠소. 하늘이 생물을 창조할 때 날카로운 이빨을 준 자에게는 굳센 뿔을 주지 않았고, 날개를 준 자에게는 두 팔을 주지 않은 것과 같은 이치요……."

연암은 고개를 절레절레 흔들었다. 허생에게는 이빨과 뿔, 날개와 두 팔을 모두 달아주고 싶었다. 고매한 선비, 지략의 경세가, 통 큰 거상, 무주공도의 군주까지……. 소설이라면 가능했다.

이 소설에는 제목을 달지 않기로 했다. 연암은 이를 '옥갑야화'로 묶어 『열하일기』에 집어넣을 생각이었다. 소설이 태동하게 된 배경이나 의미를 열하라는 대장정의 큰 틀에 묶고 싶었다.

연암은 붓을 내려놓고 두 다리를 뻗었다. 온종일 허생을 붓대에 끼고 있으려니 온몸이 근질거렸다. 이제 나이가 들어서인지 조금만 가부좌를 틀어도 무릎이 팍팍했다. 길게 뻗은 다리 옆으로 『교산기행』

필사지가 납작하게 누워 있었다.

돌이켜보니 꿈 같은 날들이었다. 백탑 지기들과 수없이 많은 여행을 했어도 이처럼 곡절 깊은 날들은 겪어보지 못했다. 한 달 넘게 『교산기행』에 이끌려 봉우리를 넘고 강을 건너고 기어이 바다에까지 이르렀다. 그 사이사이에 스쳤던 인물들과 주변 풍광이 주마등처럼 떠올랐다. 반계거사, 채석강, 정팔룡, 무월도…… 이것들이 허생이 멋들어지게 태어날 수 있도록 양질의 씨앗을 뿌려주었다. 무엇보다 대문장가와 대도적의 만남은 여행길 내내 연암의 가슴을 뜨겁게 달구었다. 그것은 신비롭고 한편으로는 경이로운 만남이었다.

귀가 먹먹하고 눈앞이 침침했다. 연암은 툇마루 아래로 내려와 나막신을 찾았다. 싸리문을 나서니 희뿌연 구름 속을 헤집고 보름달이 살포시 고개를 내밀었다.

샛노란 달덩이 위에서 허생이 배시시 웃고 있었다.

제5회 김만중문학상 금상 수상작

걸작의 탄생

초판 1쇄 인쇄 2015년 2월 3일
초판 1쇄 발행 2015년 2월 6일

지은이 조완선
저작권자 남해군·김만중문학상운영위원회
펴낸이 이수철
주 간 신승철
편 집 정사라, 최장욱
교 정 박상미
마케팅 정범용
관 리 전수연

펴낸곳 나무옆의자
출판등록 제396-2013-000037호
주소 서울시 용산구 한강대로 109 용성비즈텔 802호(140-750)
전화 02) 790-6630~2 팩스 02) 718-5752

페이스북 www.facebook.com/namubench9
카페 cafe.naver.com/namubench
인쇄 제본 현문자현 종이 월드페이퍼

ISBN 979-11-952602-6-3 03810

* 이 도서의 국립중앙도서관 출판예정도서목록(CIP)은 서지정보유통지원시스템
  홈페이지(http://seoji.nl.go.kr)와 국가자료공동목록시스템(http://www.nl.go.kr/kolisnet)에서
  이용하실 수 있습니다. (CIP제어번호 : CIP2015001939)